À PROPOS DE L'AUTRICE

Passionnée de livres et de mots, **Alfreda Enwy** aime s'inventer des histoires et a souvent la tête dans les nuages. Irrécupérable sentimentale et addict aux romances, elle s'est décidée à écrire les siennes. Qu'il s'agisse de romance contemporaine ou de New Adult, Alfreda se plonge avec délectation dans les univers de ses romans et tombe régulièrement amoureuse de ses hommes de papier…

COMMENT SANTA
A BRISÉ MA POISSE

ALFREDA ENWY

COMMENT SANTA A BRISÉ MA POISSE

Harper Collins
POCHE

HARPERCOLLINS FRANCE

83-85, boulevard Vincent-Auriol, 75646 PARIS CEDEX 13
Tél. : 01 42 16 63 63

www.harpercollins.fr

ISBN 979-1-0339-1945-2

Prologue

April
Six ans plus tôt, le 24 décembre 2017

J'applique méticuleusement l'ombre à paupières sur les yeux d'Ornella, ma meilleure amie. Ils sont d'un magnifique bleu, tirant vers le gris lorsqu'il pleut et étincelant lorsque le soleil brille. Ce qui lui va le mieux, ce sont les teintes caramel, bronze, ou la couleur corail.

J'adore la maquiller ou m'entraîner à faire des *make-up* sophistiqués sur elle. Depuis toute petite, j'ai une fascination pour le maquillage qui n'a fait que se développer ces dernières années. Je crois que je suis vraiment douée pour ça.

— Ferme les yeux encore une petite minute, je vais mettre le fixateur.

J'applique le spray sur son visage pour bien faire tenir son maquillage.

— Voilà, c'est bon.

Ornella ouvre les yeux, elle se regarde dans le miroir. Son visage s'illumine de mille feux. Elle est belle sans maquillage, mais tout autant avec.

— Pourquoi est-ce que je m'étonne à chaque fois de ton talent ? demande-t-elle.

— Parce que tu m'aimes ?

— Je t'aime sans l'ombre d'un doute, mais tu es vraiment douée.

Nos amies me disent souvent la même chose et, quand on sort, je suis la maquilleuse attitrée de la bande, même ma mère me fait des compliments. Je me penche pour me maquiller à mon tour. Comme toute autre chose, ce sont des techniques qui s'apprennent. J'ai regardé beaucoup de vidéos sur Internet. Je trouve vraiment magique de transformer un regard rien qu'en utilisant certaines techniques et couleurs.

— Tu es certaine que tu veux continuer ton année de licence ? demande Ornella.

— Oui, pourquoi ?

Je croise son regard sérieux dans le miroir.

— Parce que tu pourrais peut-être étudier dans une école. Je suis certaine que tu serais capable d'en faire ton métier plus tard si tu obtenais un diplôme et une expérience encore plus professionnelle que celle que tu as.

J'y ai déjà réfléchi. Le métier de maquilleur spécialisé dans les effets spéciaux me plaît énormément, celui d'artiste prothésiste aussi. Ils évoluent dans l'univers de l'audiovisuel et du spectacle. Ces artistes de l'illusion usent de leur habileté et de toute leur technicité pour donner aux acteurs l'apparence voulue. Monstre, personnage vieilli, visage déformé ou accidenté, ils sont capables de tous les artifices et s'assurent que les spectateurs n'y voient que du feu. Je crois que c'est dans ce domaine que j'aimerais travailler. D'autant que lorsqu'on regarde la liste des artistes *make-up* qui ont révolutionné le monde du cinéma, il n'y a pratiquement que des hommes.

— Ces écoles sont payantes et puis si c'est pour ne pas trouver de job et finir par dessiner des papillons dans les parcs d'attractions, non merci.

Non pas que je critique ces gens-là, c'est simplement que je me sentirais frustrée de ne pas atteindre le niveau dont je rêve.

— Je ne dénigre pas les maquilleurs, au contraire… je veux juste dire que j'aurais trop peur de ne pas réussir à trouver des boulots pour des films ou des séries et de ne pas m'épanouir comme je le veux.

— Il n'y a aucune raison pour que tu n'y arrives pas.

— Si, il y en a même plusieurs. Mon manque d'expérience, la difficulté à se faire respecter dans ce milieu, le peu de places qui sont très prisées, mon manque de talent peut-être… il y a tellement de facteurs qui entrent en jeu.

Ornella rigole.

— Wow, je ne t'avais jamais vue aussi sérieuse. La preuve que ton cerveau cogite et que ta licence en marketing, elle, ne te fait pas rêver.

Je soupire. J'aime bien ce que j'apprends, mais je crois que j'aime encore plus maquiller.

— Tout comme je serais une avocate de talent, ma meilleure amie sera maquilleuse professionnelle, j'en suis certaine, ajoute-t-elle avec un sourire.

Je souris à mon tour en me tournant vers elle.

— Tu as peut-être raison après tout.

— Moi, je crois assez en toi. Bon, je vais descendre, voir si ma mère a besoin d'aide pour le repas ou pour dresser la table.

— Je vais venir t'aider.

J'ignore comment je m'y prends, mais je m'emmêle les pieds dans la moquette et en m'étalant de tout mon long j'entraîne mes palettes et le miroir posé sur la coiffeuse. Malgré la moquette il se brise en plusieurs morceaux.

— Merde, je lâche.

Ornella n'est pas croyante, mais très superstitieuse, alors au lieu de m'aider à me relever, elle regarde le miroir brisé avec effroi.

— Sept ans de malheur, lance Ornella.

— Pourquoi sept ans ? je demande bêtement en me redressant.

Elle sort son téléphone de la poche de son pantalon et elle pianote dessus.

— Cette durée est liée aux « cycles de vie » des Romains. Ces derniers estimaient que l'évolution d'une personne s'effectuait par cycles de sept ans. Casser un miroir revenait alors à placer une période sous le signe du malheur, dont la durée ne pouvait excéder celle du cycle, au maximum sept ans, donc…

Je ramasse d'abord le maquillage. Et puis, tout doucement, les morceaux de verre afin de ne pas me blesser.

— C'est vachement compliqué pour une malédiction.

— Sur le site Internet, il est écrit qu'il est recommandé de ne jamais jeter un miroir brisé dans une poubelle si tu veux conjurer les années de malheur. Tu peux reconstruire à partir du chaos.

— Chaos ?

— Ouais c'est ce qui est précisé sur le site. En gros, ils disent que tu peux reconstruire quelque chose à partir du chaos du miroir brisé, et du coup utiliser le verre pour faire des travaux manuels. Ça conjure le truc.

J'écoute Ornella d'une oreille, mais très honnêtement, ça ressort aussitôt par l'autre. J'ai du mal à croire en ces conneries. Tous ces trucs du genre : croiser un chat noir, passer sous une échelle, le fameux chiffre 13 et j'en passe, je n'y crois pas une seule seconde. Ce sont juste des peurs inventées pour justifier certaines choses.

— Et si tu n'es pas bricoleur, tu peux décider de réduire les éclats de verre en poudre. Certains recommandent de la jeter dans l'eau d'un lac ou d'enterrer les morceaux de verre dans un jardin, un soir de pleine lune.

J'éclate de rire devant le sérieux de ma meilleure amie. Je ne vais certainement pas faire de la poussière de miroir avant d'aller gambader devant un lac la nuit… ça ressemble à un scénario de film d'horreur. C'est un coup à se faire kidnapper par un barjot, cette histoire.

— Ces superstitions datent d'il y a tellement longtemps. Je suis certaine que c'est un gourou ou un dictateur qui a inventé ça pour contrôler les gens… et comme ils sont crédules, ils y ont cru.

Ornella me regarde avec le sourire.

— Faut toujours faire gaffe avec les malédictions. Tu n'y crois pas un tout petit peu quand même ?

Je secoue la tête.

— Et du coup, j'en ai jusqu'à quand ?

— Jusqu'en 2024, dit Ornella.

— Mon Dieu, j'aurai vingt-six ans. Ça me semble si loin et puis, il va m'arriver quoi au pire ?

— Tu vas avoir la poisse.

Mouais, je n'y crois pas vraiment et puis, surtout, j'ai la flemme, je pense, en fixant le verre dans mes mains. Je suis certaine que tout cela est une pure connerie.

Chapitre 1

April
1er décembre 2024, 14 jours avant le mariage.

— Tu te fiches de moi ? s'écrie Ornella à l'autre bout du combiné. C'est une catastrophe !

Je lève les yeux au ciel. Je suis persuadée que si le prénom de ma meilleure amie commence par un O c'est parce qu'elle peut être « Ô » combien casse-couille quand elle s'y met.

— N'exagère pas, je…

— Tu oses me dire de ne pas exagérer ? me coupe-t-elle d'une voix théâtrale. Tu vas manquer ce qui est censé être l'un des moments les plus mémorables de toute ma vie.

Et « Ô » combien *drama queen* aussi.

Je devais la rejoindre en Alaska, mais mon boulot en a décidé autrement.

— Il y a, je pense, une nuance entre manquer ton mariage et avoir quelques jours de retard. Je te signale que…

Elle m'interrompt encore :

— C'est ce qu'on dit au début et puis le karma se charge de nous.

— Ornella…

— Mais on devait se retrouver, passer du temps ensemble, décompresser… et toi tu m'abandonnes à deux semaines de mon mariage. Suis-je si peu importante à tes yeux ?

Je l'imagine avec son regard de chien battu et une petite moue. Heureusement pour moi, nous sommes au téléphone et elle ne peut pas me faire culpabiliser ainsi. J'appelle un taxi de la main. Je n'ai pas envie de prendre le métro ce matin.

— Attends, ne quitte pas, je monte dans un taxi, ça te laisse matière à réflexion pour m'en vouloir…

Je m'engouffre dans le premier qui s'arrête devant moi.

— Au Studio 99, s'il vous plaît.

Puis, je reprends Ornella :

— Donc, où on en est ?

— À l'annonce de ton abandon.

— Tu sais que je t'aime de tout mon cœur, même quand tu joues les *drama queen*. Je suis désolée, je n'ai pas le choix.

— Mais, on avait prévu ce voyage et la préparation du mariage depuis des mois.

Ornella va se marier… j'ai toujours du mal à intégrer cette information même si elle est avec James – son futur époux – depuis presque six ans maintenant et qu'il est indéniable qu'ils sont heureux ensemble.

— Je sais et encore une fois j'en suis désolée. Je serai juste un peu en retard, le réalisateur du film sur lequel je bossais m'a rappelée pour faire des scènes supplémentaires. Je ne peux pas lui dire non.

— Je sais, souffle-t-elle. Seulement, je me faisais une joie de t'avoir à moi.

— Moi aussi, même si tu me traînes en Alaska. Tu sais que je déteste le froid, la neige… les mariages se passent au soleil, sur des plages de sable fin dans les Caraïbes où au passage j'aurais pu rencontrer mon Jack Sparrow, pas dans les montagnes alaskiennes où il fait moins trente.

— Je sais, mon petit Scrooge d'amour, mais tu feras bien l'effort pour moi. Moi, j'adore l'hiver.

— J'arriverai seulement avec trois ou quatre jours de retard. Je serai là largement avant ton mariage, et on en fera un jour mémorable, on profitera même l'une de l'autre avant.

— Pas plus tu me le jures ?

— Tu sais bien que je ne manquerais jamais le jour de ton mariage. Qui va sécher tes larmes ? Qui va cacher une fiole de schnaps dans sa pochette pour les coups durs ? Qui doit te maquiller comme la princesse, que dis-je, la reine que tu es ?

Ornella ricane.

Malgré mon manque d'enthousiasme pour la destination choisie par mon amie pour son mariage, j'ai hâte d'y être. Ça va faire du bien de prendre quelques jours de repos et de passer du temps avec elle.

— On se tient au courant alors.

— Oui, et si jamais je peux partir plus tôt, je le ferai.

Je raccroche et soupire.

L'Alaska… où la température moyenne se situe autour de moins trente degré de décembre à février. Je ne vais pas survivre, c'est impossible. Mais pour elle, je peux bien essayer. Nous avons grandi ensemble. Littéralement. De nos naissances à maintenant, nous ne nous sommes jamais quittées. Nos mamans étaient meilleures amies et nous ont donné naissance à quelques semaines d'intervalles. Alors nous avons pris des bains ensemble, partagé nos bonbons, nos tétines… puis nos premiers chagrins, nos disputes… plus qu'une amie Ornella est comme une sœur. Je me souviens lorsqu'on a été séparées pour notre première année de lycée, ç'a été un drame d'état. On était inconsolables… on pensait qu'on n'allait jamais y survivre.

Si Ornella aime l'hiver, j'aime l'été.

Si Ornella aime Noël, j'aime Halloween.

Si Ornella aime les films d'amour, j'aime les films d'horreur.

Si Ornella est prête à s'engager pour la vie avec l'homme qu'elle aime, je batifole de *date* en *date*…

Pourtant, on se complète à merveille, elle et moi. Nous vieillissons ensemble, et notre amitié se bonifie d'année en année, comme le bon vin.

Je dis toujours qu'être tombée amoureuse de Troy Bolton de *High School Musical*, avoir fait deux ans de danse classique, histoire de vivre une romance comme dans *Step Up*, scelle une amitié à tout jamais. Regarder un nombre incalculable de films d'épouvante également. Massacrer à tue-tête les chansons de One Direction, aller les voir en concert et puis des années plus tard assister à celui de Harry Styles aussi.

Le taxi s'arrête devant le Studio 99, mon spot de travail pour les prochains jours. Je sors du véhicule avec un peu trop de confiance. Mon talon glisse sur une plaque de verglas, et je m'étale sur le trottoir comme une merde en poussant un couinement des plus pathétique. Je n'ai jamais cru à ces histoires de malchance. Jusqu'à ce fameux réveillon. Depuis que j'ai brisé ce putain de miroir il y a six ans, j'ai la poisse à Noël. Dès que le premier jour de décembre pointe son nez, je deviens un aimant à malchance. Me casser la gueule sur le macadam n'est qu'une partie immergée de l'iceberg. Je me suis déjà fait agresser par un mec déguisé en Père Noël, je me suis cassé la jambe et j'en passe… Je suis persuadée que cette année me réserve de belles surprises. Étant donné que le soir du réveillon, j'aurai atteint les sept années de malheur, je ne serai normalement plus poursuivie par cette poisse merdique. Mais je compte sur mon karma pour m'offrir un final exceptionnel pour ce dernier hiver de malchance.

Ouais, vraiment, je déteste l'hiver. Rendez-moi, le printemps et l'été s'il vous plaît.

— Rien de cassé ? me demande une voix masculine.

Je relève la tête et croise des yeux encore plus bleus que le ciel. Pourquoi faut-il toujours que je me casse la gueule devant les hommes sexy ?

— Mon ego, je crois. Est-ce que ça compte ?

L'homme me sourit et me tend sa main gantée que j'accepte. Il m'aide à me relever. J'ai mal aux fesses, mais je m'abstiens de lui dire.

— Merci.

Il reprend sa route, son café dans une main, sans me calculer davantage. Je passe mes paumes sur mon manteau trempé en espérant que ma tenue n'a pas trop souffert de ma chute.

J'adore New York, sauf quand l'hiver s'installe et qu'il neige ou qu'il gèle. Bien que j'aie toujours vécu ici, je suis une fille du soleil. J'aime quand il fait chaud. Depuis toujours, je déteste l'hiver et quand arrive le temps des manteaux, écharpes et gants, j'ai toujours un peu le *blues*. Je suis de ces personnes qui se sentent déprimées lorsqu'il pleut un peu trop souvent ou que le ciel est gris. Ce miroir brisé n'est pas spécialement la cause de mon manque d'intérêt pour les fêtes de fin d'années. Je n'aime pas particulièrement Noël, car toute la pression liée à cette fête s'aggrave chaque année. Il faut voir en plus grand, il faut être parfait, trouver le cadeau idéal. Noël devient plus un calvaire qu'une fête familiale. Maintenant c'est la compétition du plus beau sapin, des plus belles vitrines dans les magasins, des meilleurs cadeaux, des tenues les plus incroyables et j'en passe… C'est à celui qui aura le plus de vues sur sa vidéo TikTok dès qu'arrive le 1er décembre. Tout est tellement téléphoné avec les réseaux sociaux, qu'on ne sait jamais si les vidéos sont authentiques ou non. Je regrette même les calendriers de l'avent, ceux dans lesquelles on trouvait des petits chocolats, maintenant, il y en a pour tout. Maquillage, bières, figurines…

Ornella a raison, je suis un véritable petit Scrooge.

Je mène ma vie à cent à l'heure et avec mon métier, je voyage beaucoup. Après avoir intégré une école, je suis devenue maquilleuse professionnelle spécialisée dans les effets spéciaux, le métier qui me faisait rêver quand j'étais jeune est celui qui me fait vivre aujourd'hui. Je vogue de plateau en plateau, de studio en studio et de pays en pays pour travailler là où me porte les tournages de films ou de séries auxquels je participe. Pour rien au monde je ne changerais mon boulot, j'aime tellement ce que je fais. Que je travaille sur un petit ou un gros projet, je m'investis toujours à cent pour cent pour satisfaire la vision du réalisateur. Jusqu'à présent, je n'ai jamais eu à me plaindre des collaborations que j'ai développées.

Je travaille essentiellement sur des films et séries fantastiques, d'horreur ou encore postapocalyptique. De science-fiction parfois. Certaines personnes regardent les films pour la photographie, d'autres pour les décors, moi c'est d'abord pour le maquillage. Celui des Orques dans *Le Seigneur des anneaux*, celui de Pale Man dans *Le Labyrinthe de Pan*, ceux des marcheurs dans *Walking Dead*, c'est ce qui me captive.

J'ai toujours été passionnée par l'épouvante, d'abord à travers les livres et puis à travers l'écran de télévision. La fête d'Halloween m'a toujours plus fascinée que celle de Noël. Sans doute pour son ambiance terrifiante et angoissante et aussi parce qu'on peut devenir qui on veut grâce aux costumes et au maquillage.

Aujourd'hui, je vis de cette passion, et ça me rend tellement heureuse. C'est du boulot, c'est souvent fastidieux, mais quand après six heures de travail, la personne que l'on a devant nous est métamorphosée grâce à nous, c'est gratifiant.

Le réalisateur qui m'a rappelée travaille pour une minisérie bien *trash* en termes de sang et de *gore*, ça paye moins que les grosses productions, mais je ne crache jamais sur le boulot. Ça met ma créativité à l'épreuve.

— Il faut un badge pour entrer ! lance le vigile à l'entrée d'une voix blasée.

Je le trouve et je l'agite devant lui. Il hoche la tête et me fait signe de passer. J'avance jusqu'aux loges réservées au maquillage. Je range mes affaires à mon poste de travail avant de me diriger vers la machine à café. Le bas de mon dos est légèrement douloureux et mes fesses aussi.

— Tout va bien ? me demande Nathan.

Grand, blond, des yeux bleu céruléen, il est si beau que c'est presque injuste pour les gens en face de lui. Il ressemble à ces acteurs des années 1990, look compris.

— Me suis-je vautrée en sortant du taxi ? Absolument. Je hais l'hiver.

Je pousse un long soupir qui le fait rire.

— Voyons, voyons, autant de négativité de si bon matin ce n'est pas bon pour tes chakras.

— Je les emmerde, mes chakras.

— Dis-moi, qui a le plus mal ton cul ou ton ego ? demande-t-il.

Je ricane.

Nathan est adorable. On s'entend super bien, on s'est connu à l'école et, quand on a des *tips* pour des jobs, on s'envoie les infos, c'est pour ça qu'on se retrouve souvent à bosser ensemble. C'est dur parfois de trouver du boulot, donc je trouve important de s'entraider.

— En vrai, j'ai mal au cul.

On rit comme des idiots.

— J'ai ramené des donuts si tu veux.

— Ce n'est pas de refus.

— Alors, elle l'a pris comment ? demande Nathan avec plus de sérieux soudain.

— C'est-à-dire ?

— Ornella… Le fait qu'on a été rappelés !

— Ah ! je m'exclame. Comme la *drama queen* qu'elle est. Un peu déçue, mais elle comprend. Je pars seulement avec trois jours de retard. Je ne peux pas dire non à trois jours de prestation.

Nathan hoche la tête. Je bois une gorgée de café avant de mordre dans mon donut.

— Tu sais que j'étais en *date* hier soir et… écoute bien parce que celle-là, on ne me l'avait jamais faite. La nana m'a demandé si j'étais sûr de ne pas être gay quand je lui ai dit que j'étais artiste *make-up*.

Je manque de m'étouffer en avalant de travers. Mort de rire, Nathan me frappe dans le dos.

— Je ne sais pas quoi dire, je lâche d'une voix cassée.

— Parce qu'il n'y a rien à dire, tout simplement.

— Les gens sont épuisants. Tu sais si Ross veut faire une nouvelle scène ou si c'est pour en retourner une ? J'étais pressée au téléphone…

— Une nouvelle, pour faire une fin alternative d'après ce que j'ai compris.

Ce qui signifie qu'à l'arrivée des acteurs, on aura du pain sur la planche.

Chapitre 2

April

Je me penche pour ramasser mon rouge à lèvres quand un bruit sec, suivi d'un autre me fait sursauter. Soudain mon miroir se pare de stries et puis il explose en plusieurs morceaux.

— Putain de merde ! je lâche en protégeant mon visage des éclats qui volent.

Je suis tellement surprise que j'en tombe même sur les fesses. Je ne comprends pas trop ce qui vient de se passer. Et la première pensée qui m'assaille, c'est que je viens encore de briser un miroir mais cette fois, sans rien faire. Et puis en baissant les yeux, je remarque un objet brillant et ressemblant à une balle.

Une balle ?

Noël veut me tuer. C'est officiel.

Je me redresse. Il y a un petit trou dans le mur. Je fixe, dubitative, le trou laissé par ce qui me semble être une balle. Serait-ce à cause de mon voisin ? Comment est-ce possible ? Mon esprit s'embrouille tandis que ça tambourine contre ma porte d'entrée. Je m'avance jusqu'au salon pour ouvrir. La silhouette de mon voisin se dessine devant moi. Il vit avec sa fille une semaine sur deux depuis qu'il a divorcé. Il me regarde en panique.

— Je suis tellement désolé. Vous n'avez rien ?

— Ça va, je réponds machinalement. C'est vous ?

Mon cœur bat à tout rompre dans ma poitrine. Je ne suis toujours pas certaine de ce qui vient de se passer. Je me demande simplement si la balle m'aurait touchée si je ne m'étais pas baissée.

— Vous êtes sûre ?

Je hoche la tête.

— Je n'ai rien. Je vais bien. Juste un peu de peur.

— Je suis terriblement désolé, je… c'est ma faute.

Il se frotte le visage et soupire.

— Qu'est-ce qui s'est passé ?

— J'ai fait tomber mon arme, et le coup est parti brutalement. Il a transpercé mon armoire et mon mur et…

— Mon mur de salle de bains et a brisé mon miroir.

— Je suis terriblement désolé, April.

Je secoue la tête en me disant que peut-être le maquillage m'a sauvé la vie en tombant par terre. Ça ne fait que renforcer mon dégoût des armes à feu.

— Vous avez l'air choquée, je…

— Tout va bien, Bobby. Plus de peur que de mal, mais bordel vous pourriez faire gaffe à ne pas avoir une arme chargée chez vous.

Il hoche la tête. Je ne sais même pas comment ça va se passer, d'autant que je pars dans quelques jours et qu'il est hors de question qu'on vienne reboucher le mur si je ne suis pas là. Je pourrai éventuellement demander à ma mère de venir.

— Est-ce que je peux voir votre salle de bains ? Je vais prendre des photos pour les envoyer à mon assurance afin de réparer les dégâts.

Je le fais entrer et lui montre la pièce en question Je le laisse prendre ses photos. Ce n'est pas Noël à proprement parlé qui a essayé d'en finir avec moi mais mon voisin, inconsciemment. Mais ce genre de galères complètement surréalistes ne m'arrivent qu'à Noël.

Mon voisin finit par partir. Ces conneries m'ont fait perdre du temps. Je préviens Nathan que j'aurai du retard et, comme mon voisin, je prends des photos au cas où. Je photographie la balle avant de la mettre dans un verre. Et je ramasse tant bien que mal les débris dans le lavabo en priant désespérément pour que je ne me tape pas un rabe de sept ans de malheur. J'espère que le karma a compris que je n'y suis pour rien. Je termine mon maquillage dans ma chambre en me mettant face à mon miroir en pied.

— Tu aurais pu amener un cavalier au mariage d'Ornella.

— Mais j'ai un cavalier, je réponds.

Mon ton doit être un peu trop enjoué car les yeux de ma mère s'illuminent, et je regrette aussitôt d'avoir voulu faire de l'humour.

— Mon esprit, je rajoute avec un sourire. J'y vais, accompagnée de mon brillant esprit.

Elle soupire, elle secoue même la tête ce qui me fait glousser. Je crois que ma mère commence à en avoir marre de mon célibat bien que cela ne la regarde pas. Elle aimerait sans aucun doute que je suive le même chemin que ma meilleure amie et que je me case plutôt que je virevolte d'un cœur à l'autre. Mais je n'ai jusqu'à présent jamais rencontré de mec qui me donne envie d'approfondir une relation au point de tomber amoureuse et ainsi de suite.

— Tu sais, ce n'est pas avec ma poisse à Noël que je vais rencontrer quelqu'un. J'ai plus de chance de provoquer un désastre qu'autre chose.

Ma mère hausse ses épaules avec un profond désespoir. Elle me fait sourire.

— Tu ne fais pas d'efforts.

— Maman, je suis déjà hyper sélective pour une paire de chaussures, alors imagine pour trouver un mec.

Elle rit cette fois.

— Je ne veux pas d'un mec banal juste pour me caser. Quand la vie te montre qu'il existe Satoru Gojo ou Suguru Geto… ou bien même Megumi Fushiguro, comment tu veux que je me contente d'un homme lambda ?

Je veux rire et soupirer. Je veux trouver quelqu'un avec qui parler pendant des heures. Je veux d'un mec qui m'aime pour ce que je suis et pas comme mon dernier rencard qui m'a demandé si je comptais laisser pousser mes cheveux car il n'était pas hyper fan de ma coupe mulet. Alors que je trouve qu'elle me correspond à mille pour cent et qu'elle fait ressortir mes yeux et mes pommettes. J'ai longtemps hésité à me couper les cheveux ainsi, mais je me sens vraiment jolie et bien dans ma peau. Ce n'est pas la lune que d'espérer un homme capable…

Je jette un coup d'œil à ma mère. Elle me regarde comme si j'étais en train de convulser sur le sol de sa cuisine et qu'elle était incapable de m'aider. Je crois que je l'ai perdue.

— Saguro Jojo… je ne comprends rien à ce que tu dis. De quoi tu parles ?

Je glousse.

— Ce sont des personnages d'un manga qui s'appelle *Jujutsu Kaisen*. Ces personnages sont incroyables et ils placent la barre très haut quant à ma recherche d'un homme.

— Des personnages de dessin animé placent la barre haut dans ta recherche d'un homme ? Désolée, chérie, je ne comprends rien à ce que tu dis.

— Tu te souviens quand tu étais amoureuse de Tom Cruise quand tu étais adolescente ? C'est pareil pour moi, mais version manga.

— Mais, Tom Cruise, il existe, chérie… les mangas ne sont pas réels.

Je souris, consciente de la perturber. Ma mère n'est pas du tout branché manga. Sa culture des films d'animations s'arrête aux Disney. Je ne crois pas qu'elle ait un jour feuilleté les mangas qui ornaient les étagères dans ma chambre.

— Je profite tranquillement de mon célibat et je t'assure que ça me va très bien.

— Tu vas t'ennuyer au mariage sans personne pour t'accompagner.

— Pas du tout voyons. Maman, tout le monde n'a pas envie d'être en couple. Tu as trouvé papa, Ornella a trouvé James, et c'est bien. Moi je prends simplement mon temps.

Ma mère est anxieuse, et c'est une grande romantique. Elle pense que si je ne rencontre personne avant trente ans, alors je resterai vieille fille. Je ne me sens pas perturbée d'être seule. Et puis je trouve qu'on néglige bien trop souvent les bienfaits du célibat. Il faut le normaliser ainsi que le fait que les femmes ne veulent pas forcément être en couple. Le mariage, les enfants, ce n'est pas du goût de tout le monde. Ma mère me voit au bras de tous les hommes célibataires qu'elle connaît. Elle m'a même organisé un rencard sans que je ne le sache. On devait se retrouver au restaurant, mais lorsque je suis arrivée sur place, elle m'a présentée à un type qui s'appelait Bennett et elle s'est enfuie. C'était un nouveau venu dans son équipe de décoration, et elle lui est tombée dessus en se disant que c'était une bonne idée de lui présenter sa fille. La soirée a été longue parce que, clairement, on n'avait pas d'atomes crochus.

— Tu veux un café ?

— Non, j'en ai bu trop aujourd'hui.

— J'ai fait de la limonade, si tu préfères.

Je l'observe s'affairer dans la cuisine. Nous sommes début décembre, et elle a déjà décoré l'intérieur et l'extérieur de la maison. Ma mère est une amoureuse de Noël. Dès que le premier jour de décembre pointe son nez, elle décore la maison avec ferveur. Mon grand-père était décorateur de vitrine pour des grands magasins. Chaque année, il laissait sa trace dans les grandes enseignes de

New York et, tous les ans, ma mère tombait un peu plus amoureuse de cette fête. C'est ainsi qu'elle a suivi les traces de son père. D'ailleurs, tous les ans, elle participe au concours de décoration des maisons du quartier. Sur onze participations, elle l'a déjà remporté cinq fois.

— C'est parfait.

Elle me sert un verre.

— Il m'est arrivé quelque chose ce matin. Du coup, j'aurai besoin de toi pendant que je pars rejoindre Ornella en Alaska.

— C'est-à-dire ?

Je lui explique ce qui s'est produit avec mon voisin et que j'ai besoin qu'elle supervise les réparations, même si c'est un simple rebouchage du trou dans notre mur mitoyen. Je ne veux pas qu'un étranger entre chez moi s'il n'y a personne. Quand j'y repense ce qui s'est passé est quand même lunaire.

— Mais il est complètement inconscient ce connard ! s'égosille ma mère.

La façon dont elle me regarde est adorable. J'ai beau approcher des vingt-sept ans, elle me couve toujours d'un regard bienveillant. Une vraie maman louve. La vérité c'est que si je l'avais appelée ce matin elle aurait accouru.

— Est-ce que tu vas bien ?

— Très bien, maman. Plus de peur que de mal, c'était tellement surprenant sur le coup.

— Je veux bien te croire. Il ne vaut mieux pas pour lui qu'il se pointe lorsqu'ils reboucheront les trous, car je vais lui mettre une rouste.

Je souris en buvant une gorgée de la citronnade.

Chapitre 3

April
3 décembre, 12 jours avant le mariage.

— Tu n'as pas trop chaud ?

— Si, soupire Stan, l'acteur que Nathan et moi sommes en train de maquiller.

Et pour cause, comme il incarne un démon décharné dans le film, il porte des prothèses sur le visage, et sur son torse nu afin de le déshumaniser le plus possible et le rendre monstrueux aussi.

— Tu veux boire quelque chose ? lui propose Nathan.

Il hoche la tête.

— Un *bubble tea*, c'est possible ?

— Je vais commander ça auprès des assistants, dit Nathan.

Il quitte la loge pour s'occuper de la boisson. L'attente est longue pour Stan, son maquillage nécessite du temps. Ça fait déjà plus de quatre heures que nous le préparons. Il replonge dans la lecture de son scénario, moi je continue à m'affairer autour de lui pour qu'il soit parfait pour sa scène. Je fais attention à tout. Le travail est d'autant plus méticuleux qu'il faut éviter les faux raccords. On bosse avec des photos, des mensurations, tout est travaillé au millimètre près, mais c'est justement ça que j'aime. Quand tout est minutieux et que j'arrive au résultat que j'avais espéré, c'est d'autant plus gratifiant. Grâce à mon boulot, je rencontre des gens incroyables, des cons aussi, mais souvent des gens formidables qui, comme moi, sont animés par une passion pour l'art, même si ce n'est pas dans le même domaine. Je n'ai pas à me plaindre, je n'ai jamais rencontré de réalisateur odieux. J'arrive toujours à saisir l'essence qu'ils veulent transmettre à l'image. Bon j'avoue que, j'attends toujours qu'on m'appelle sur un des tournages de Michael B Jordan ou encore ceux de Park Seo-Joon ou même Henry Cavill. J'ai encore plus hâte d'être en janvier pour mon travail, car je vais bosser sur une nouvelle série à très gros budget financée par la plate-forme Netflix. Si elle prend de l'ampleur, je pourrai peut-être me faire repérer pour bosser sur de plus gros projets. Je n'en ai encore parlé à personne. J'attends de rejoindre mon amie pour lui annoncer. Elle sera heureuse pour moi, je le sais, et on fêtera ça en buvant du champagne.

— La scène est longue ? je demande en fixant des lambeaux de peau sur son torse.

J'aime la minutie du maquillage, qui va du grandiose aux détails les plus minuscules. Rien n'est jamais laissé au hasard, pas même les ongles.

— Il y a une trentaine de pages à apprendre. Et ça change complètement la fin que nous avons déjà tournée.

— Tu préfères laquelle ? je demande.

— Je ne sais pas encore… la nouvelle fin est ouverte et frustrante ; j'adore ça.

— Moi aussi. J'aime beaucoup être frustrée, devoir trouver ce qu'on nous laisse imaginer. Tu as d'autres rôles à venir ?

— Deux trucs, je dois jouer dans deux épisodes de série pour des productions HBO et Disney+.

— C'est cool, je dis avec entrain.

— Ouais, mon agent se bouge pas mal pour me trouver des castings. J'arrive à faire assez de tournages par-ci par-là pour pouvoir vivre de ce métier, et c'est cool. J'ai des potes qui n'y parviennent pas, ils ont un boulot alimentaire à côté. Honnêtement, j'espère un jour tourner dans un film ou une série à gros budget sans être le second rôle.

On a tous des ambitions, c'est normal.

— Tu joues le rôle principal, là. C'est la première fois ?

— Oui, et je suis très reconnaissant. En plus Viktor a déjà eu trois de ses films primés dans des festivals, alors, peut-être que ce sera le cas de celui-ci aussi.

Je hoche la tête en continuant à le transformer.

— Il y a des choses que tu refuses ? je demande.

— Ouais, j'évite de me ridiculiser dans les pubs par exemple, répond-il. Mon agent m'avait trouvé un casting pour des films de Noël sur Netflix, mais je n'avais pas envie de jouer dans une comédie romantique chiante à mourir alors je n'ai pas participé au casting. J'ai envie de trucs plus sérieux.

Je glousse nerveusement. J'ai l'impression de m'entendre quand je discute avec Ornella.

— Les comédies de Noël sont de plus en plus prisées et appréciées des gens, j'ai l'impression. Netflix sort des films inédits tous les ans depuis quelques années. Mais je comprends ton point de vue.

Nathan finit par nous rejoindre.

— Le *bubble tea* arrive.

— Merci, parce que je commence à avoir bien chaud.

Il m'aide à terminer la transformation de Stan après s'être lavé les mains, et la journée passe à une vitesse folle.

❄❄❄

Mon téléphone sonne à la seconde où je monte dans le taxi pour rentrer chez moi, je décroche en me disant qu'il ne me reste plus qu'une journée et que je pourrai enfin profiter de vacances bien méritées.

— Alors ce tournage ? demande Ornella.

Elle me semble rayonnante même par écran interposé. Son mariage approche, mais Ornella a l'air sereine. Pas comme ces femmes qui paraissent toujours stressées à l'approche de la date fatidique. Sans doute parce que c'est ce qu'elle veut et que James et elle s'aiment. Son mariage va être mémorable.

— C'est super, je dis. Ça me fait plus d'argent et plus d'expériences encore. Plus que demain, et je serai en vacances. Mon avion décolle le matin pour que je puisse être là avant la fin d'après-midi. J'ai hâte. Et ce chalet en Alaska, alors il est aussi féerique que tu le voulais ?

Ornella jubile.

— Oui, il est incroyable. J'ai hâte que tu débarques. Je te jure, c'est magnifique. Le plafond en verre offre une telle luminosité, mais surtout la vue. La forêt enneigée, le ciel bleu… Quand il tombe des flocons, on a l'impression d'être dans une boule à neige. Même toi, mon petit Scrooge, tu vas trouver ça beau.

Je fais une grimace, ce qui l'a fait rire.

— Si le ciel est bleu, je ne devrais pas dépérir normalement.

— Il le sera, je dégagerai les nuages pour toi.

— Je te reconnais bien là.

❄❄❄

4 décembre, 11 jours avant le mariage.

Maintenant, direction les Bahamas.

Hahaha, si seulement.

Je fixe mes trois énormes valises en me demandant comment je vais m'en sortir à l'aéroport pour transporter ça sans galérer… mais j'ai beau les avoir refaites plusieurs fois, je ne peux me séparer de rien. Des vêtements pour trois semaines, ma tenue pour le mariage, les cadeaux de Noël, mon matériel de maquillage pour Ornella et moi… et des pulls, des chaussettes fourrées et autres vêtements chauds pour affronter le froid. C'est ça qui prend de la place dans mes valises. Je soupire en les posant dans le couloir pour éviter de les refaire une énième fois pour rien.

Je m'envole demain matin pour l'Alaska et, malgré mon dédain pour la destination, j'ai hâte d'y être. Et puis, peut-être qu'un Alaskien me fera aimer la neige. Espoir, bonsoir. Il faudrait qu'il soit très convaincant pour me persuader que les températures extrêmes négatives sont meilleures que le soleil. Je ne doute pas de la beauté des paysages, de l'immensité des cols de montagnes à perte de vue, ni de la variété de la faune et la flore qui dans ce genre de pays plus rudes sont probablement magnifiques, je suis simplement plus attirée par le soleil. Je n'ai jamais caché une certaine inclination à vivre, un jour, dans une autre ville que New York. Comme Los Angeles, où le soleil prédomine. J'ai hâte de retrouver Ornella. Je sais que pour elle se marier dans cette ambiance hivernale est un souhait depuis longtemps. En plus, James l'a demandée en mariage l'année dernière, devant un lac gelé en plein hiver alors, je comprends qu'elle veuille perpétuer la magie.

Revenant au salon, j'attrape mon téléphone qui s'allume à cause d'une notification :

> En raison du blizzard qui s'est abattu sur le sud-ouest du Canada, tous nos vols sont annulés. Votre vol numéro 83663 en partance de New York pour Anchorage (Alaska) est annulé. Pour toutes démarches de remboursement, veuillez cliquer sur le lien…

Je fixe l'écran, interdite.

— C'est quoi cette merde encore ?!

Mes yeux et mon cerveau relisent inlassablement la notification de la compagnie aérienne qui vient de ruiner mon voyage et mes plans. Ma poisse légendaire est de retour et cette fois, elle me joue carrément un mauvais tour. Juste avant de mariage d'Ornella, c'est une putain de blague.

Bon. On. Ne. Panique. Pas.

J'ouvre Internet et, dans la barre de recherche, je tape : blizzard au Canada. De nombreux articles relatent un impressionnant blizzard qui aurait figé certaines villes en une seule nuit et même déjà causé la mort d'une dizaine de personnes à cause du froid mordant. Les météorologues disent qu'ils ne savent pas encore quand se terminera cet épisode pour le moment, ils prévoient d'ailleurs plus d'un mètre de neige dans les prochaines vingt-quatre heures. Je retourne sur le site de l'aéroport, mais il n'y a aucun vol pour les jours à venir, tous les voyages en partance du Canada sont suspendus. Mais pour rejoindre l'Alaska, en partant d'ici, il faut bien survoler le Canada. La bonne nouvelle, c'est que le mariage est dans deux semaines, donc ça me laisse le temps de m'organiser. Il faut que j'appelle ma meilleure amie, au moins pour lui expliquer la situation. Bon sang, elle va s'inquiéter.

— Allô ?

Étonnamment, ce n'est pas la voix d'Ornella qui me répond, mais celle de James.

— Oh ! salut. Comment tu vas ?

— Bien, me répond-il. Ornella est sous la douche, alors je me permets de répondre à sa place.

Ce n'est peut-être pas plus mal de pouvoir lui annoncer à lui.

— J'ai une mauvaise nouvelle, je balance. J'ai…

— Laisse-moi deviner, les vols sont annulés ? me coupe-t-il.

— Tu es déjà au courant visiblement, mais oui. Je viens de recevoir une notification.

— Je sais, Cam vient de m'appeler, il est coincé à New York. Son avion est annulé, il devait partir demain matin. Et il n'y a plus de vols prévus pour le moment.

J'ignorais totalement que nous devions prendre le même avion. Enfin, ce n'est pas le plus important, le plus urgent, c'est de réussir à quitter New York pour les rejoindre.

— Ah, je lâche. Cam est coincé aussi…

Il ricane dans le téléphone. Je grimace, persuadée que James, contrairement à Ornella, est au courant de ce qui s'est passé entre Cameron et moi.

— Eh oui, nos deux témoins de mariage en galère d'avion.

— J'ignorais qu'il devait partir si tôt lui aussi. Je pensais qu'il arrivait deux ou trois jours avant le mariage.

— C'était le *deal* au début, et il a réussi à dégager du temps. On avait prévu des soirées entre nous, un peu comme toi avec ma future femme. Nos invités n'arrivent en Alaska que pour notre soirée d'enterrement de nos vies de célibataires à Ornella et moi, je pense que d'ici là, le blizzard se sera calmé.

— Je pense aussi.

J'aime James parce qu'il rend Ornella heureuse. Parce qu'il la respecte et n'a jamais eu de comportement toxique. Je le sais parce que nous en avons eu des conquêtes et beaucoup était des *red flag*. Les hommes bien sont suffisamment rares pour savoir les reconnaître quand on en trouve un. Et lorsqu'il est entré dans sa vie, j'ai vu la personne la plus chère à mon cœur, rester exactement la même, mais dans une version plus épanouie, plus joyeuse et peut-être plus sûre d'elle… je crois que c'est ça l'amour : trouver quelqu'un avec qui rester soi-même.

— Bon pour en revenir à votre problème, Cam cherche une solution, il doit m'appeler dès qu'il aura trouvé un plan B, tu veux que je lui transmette ton numéro si jamais il dégote une solution. Comme ça, il te prévient directement ? Ce serait plus rapide et sans doute plus facile.

— Pourquoi pas…

J'essaye d'éviter Cam depuis qu'on a lamentablement couché ensemble – enfin essayé plutôt – lors du nouvel an, l'année dernière. Ma poisse encore et toujours. On était bourrés tous les deux, et ça a été catastrophique… bon sang, manquait plus que je me retrouve à faire le voyage avec lui. Je pensais avoir quelques jours de sursis avant de le revoir…

— Ornella sort de la douche, je vais lui expliquer la situation et j'informe Cam qu'il doit t'appeler.

— Super et… bon courage.

Il rigole une dernière fois avant de raccrocher. Je me laisse tomber sur mon canapé. Je crois que l'Alaska ne veut pas de moi et que ma malchance m'empêchera d'y aller coûte que coûte.

Chapitre 4

April

Il est presque 19 heures lorsque mon téléphone sonne. Ce n'est pas un numéro que je connais alors j'en déduis qu'il s'agit de Cameron. Bien évidemment, Ornella m'a appelée deux fois et m'a envoyé des tonnes de messages dans lesquels elle panique. Elle a peur que je ne sois pas là à temps. Je décroche :

— Bonsoir !

Sa voix est suave. Comme à chaque fois que je l'entends. Je crois que je craque pour ça. Les hommes avec une voix profonde. La première fois que je l'ai rencontré et qu'il s'est présenté, j'ai eu un bug de quelques secondes. Envoûtée par son timbre.

— Salut.

— Bon, James m'a prévenu qu'on est dans la même galère. Si ça t'intéresse, il y a un vol qui va jusqu'à Seattle, et ensuite il faudra en prendre un deuxième de Seattle jusqu'à Anchorage. C'est plus long, car il y a plusieurs heures de correspondance, mais au moins, on sait qu'on arrivera sans trop de retard.

— D'accord.

Ça va être pénible, mais au moins nous ne sommes pas sans solution.

— Comme le blizzard est centré sur le sud-ouest du Canada pour l'instant, les vols depuis Seattle qui survolent l'est du Canada ne sont pas impactés. C'est la meilleure solution que j'ai trouvée pour rejoindre Anchorage.

— Ça me va, je dis.

De toute façon, ce n'est pas comme si j'avais vraiment le choix. Pourquoi a-t-il fallu qu'Ornella décide de se marier en hiver et en Alaska ?

— On a un avion qui décolle à minuit et un autre dans deux jours, mais…

— Sans savoir si dans deux jours le blizzard aura disparu ou non, je le coupe.

— Exactement, donc mieux vaut partir ce soir, confirme Cameron d'une voix grave. Tant qu'on peut.

Heureusement que mes valises sont prêtes.

— Tu peux être prête ? demande-t-il.

— Je devais partir demain matin, donc je le suis. S'il faut y être pour minuit, alors j'y serai. Pas de problèmes.

— Bien, alors je me charge de nos billets.

— Je peux très bien m'occuper du mien…

— J'ai mon ordinateur ouvert, me coupe-t-il, il ne manque plus que tes informations. Ça ira plus vite de cette façon. Rappelle-moi ton nom de famille.

Je soupire tellement fort qu'il doit l'entendre. Je n'aime pas les imprévus, comme mon métier est méticuleux, j'aime que tout se passe comme je l'ai prévu. Je savais que ce voyage en plein hiver alors que j'ai la poisse était une mauvaise idée.

— April Banks, je dis.

— Ta date de naissance ?

— 16 juillet 1998, je réponds machinalement.

— Super ! C'est enregistré et…

Il y a un blanc de quelques secondes.

— … et validé. On décolle à minuit et demi, on doit y être pour 22 heures. On se retrouve à l'enregistrement des bagages ?

— D'accord, à tout'.

❄❄❄

Entre mon bagage à main et mes deux grosses valises, j'arrive dans le hall de l'aéroport chargé comme un mulet. Après une semaine éreintante au boulot, je suis déjà crevée du voyage. Je déteste les imprévus, alors, j'ai hâte d'arriver au chalet et de me poser une bonne fois pour toutes.

— Tu sais qu'ils sont civilisés en Alaska, ils ont des boutiques de vêtements, en tout genre même… je veux dire tu n'étais pas obligé d'apporter ta maison.

Cette voix qui interrompt mes pensées… c'est celle de Cameron Carson. Cameron Sterling Carson d'après sa page Wikipédia pour être tout à fait exacte. Acteur phare de téléfilms de Noël pour Holly Jolly Production. Surnommé *Santa Lover* par les *aficionados* de romances gnian-gnian qui les regarde… il est littéralement adulé par des milliers de nanas qui attendent tous les ans ses nouveaux films. Si ça se trouve, il est là en face de moi, et il y a je ne sais combien de personnes qui admirent sa tronche sur leur écran de télévision en même temps.

Je me tourne vers lui et comme à chaque fois que je le vois, je le trouve beau. Beaucoup trop beau. Des yeux si verts qu'on dirait une couleur inventée, un sourire parfait encadré de fossettes, des cheveux aussi noirs que du jais… un mètre quatre-vingts au compteur – toujours selon sa page Wikipédia – et un torse très appétissant, cette fois selon ce qu'on en voit à la télé quand il se met torse nu. J'avoue, j'ai déjà regardé un de ses films avec Ornella. Évidemment, lorsqu'on a su qu'il était acteur, on n'a pas pu s'empêcher d'en regarder un. Acteur phare des années 2000, si je me souviens bien, il a joué dans pas mal de *teen movies*.

— Plutôt que me juger, tu pourrais peut-être m'aider à porter mes valises ! N'est-ce pas ce que tu ferais dans tes films, monsieur *Santa Lover* ?

Un sourire se dessine sur son visage. Le même qui fait fondre les actrices avec qui il joue et les filles qui sont folles de lui par la même occasion.

— Aujourd'hui on est dans la réalité, lance-t-il avec un sourire carnassier.

— C'est bien ma veine, je raille.

Je lâche mes affaires quelques secondes pour reprendre mon souffle. Il y a beaucoup d'affluence autour de nous, je pense que la perturbation de certains vols a contraint les gens à modifier leurs plans tout comme nous. Je me motive en me disant que d'ici demain soir nous serons arrivés à destination.

— Explique-moi ce qu'il y a là-dedans ?

— Rien qui te regarde, je réponds en battant exagérément des cils.

— Si je dois t'aider à porter, tu pourrais au moins me dire si je vais trimballer un cadavre ou pas ?

Il arque un sourcil, me donnant envie de le griffer. De mémoire, il est plus charmant dans ses films. Pourquoi les filles sont-elles célibataires ? À cause des standards que leur imposent les livres et les séries qu'elles regardent. C'est un fait avéré. Et elles ont raison, on mérite mieux.

— Pour l'instant non, mais qui sait ? J'en aurai peut-être un d'ici la fin de ce périple.

Il sourit encore. *Irrésistible, vraiment.*

— Impossible que ce soit moi, je suis un compagnon idéal de voyage. Gentil, drôle, beau. La personne à prendre avec soi pour passer un moment délicieux.

— Rien que ça ?

— Ouais, tellement que la prochaine fois que tu partiras en voyage tu te diras : « Tiens, il me manque quelque chose ou plutôt quelqu'un. » M'essayer, c'est m'adopter.

— De mon point de vue, on dirait surtout que tu es très imbu de toi-même.

— Que tu penses ! lance-t-il avec un revers de main. Mais bientôt tu diras que c'était génial de faire ce voyage avec moi, je te le promets.

Il dit ça avec un tel aplomb qu'il me donne envie de le croire. Je crois que je ne serais pas autant sur la défensive avec lui si on n'avait pas essayé de coucher ensemble et si ça ne s'était pas soldé par un échec total. Sauf que c'est arrivé. C'était il y a un an et j'ai réussi à l'éviter depuis. Mais comme nous sommes les meilleurs amis des mariés, c'était obligé qu'on finisse par passer du temps ensemble, surtout à leur mariage.

— Et toi, tu le regretteras. Chaque hiver je me traîne une poisse monumentale, ce n'est que le début du mois de décembre, que le début du voyage. Je ne mens pas quand je dis que tu vas le regretter.

— Je n'ai pas peur et puis, qui sait, peut-être que je suis un porte-bonheur et que je vais contrer ta malchance.

— Tu es trop sûr de toi.

— Alors il y a quoi dans ces valises ?

Je soupire.

— Puisqu'on part se les peler en Alaska, il y a de quoi me tenir chaud. Il y a aussi ma tenue pour le mariage qui a sa propre valise pour ne pas l'abîmer, mon maquillage et j'en passe. Pas trop déçu ?

Je remarque alors qu'il n'a qu'une seule grosse valise et un bagage à main qu'il porte à l'épaule. J'ai peut-être légèrement abusé de prendre une valise uniquement pour mon maquillage et ma robe de demoiselle d'honneur, mais je m'en fiche.

— Toi, tu n'as que ça ?

— Ne prends pas cet air si inquiet, tout ira bien pour moi. Si j'ai besoin d'acheter quelque chose, je le ferai sur place. Quelle valise est la plus lourde ?

Je la lui donne en silence et je le suis dans l'aéroport. Certaines personnes le reconnaissent, mais ça n'a pas l'air de le déranger. Il continue de tracer sa route, sans prêter attention à personne. Après l'enregistrement de nos bagages, nous passons par les portiques de sécurité et la porte d'embarquement. C'est quand même un comble que je me retrouve avec lui. Je n'ai rien contre Cameron, mais c'est quand même un peu gênant. Quand on a essayé de coucher ensemble, on était aussi bourrés l'un que l'autre… les rares fois où on s'est vu cette année, ni lui ni moi n'avons remis cette histoire sur le tapis. Comme quoi c'était une belle connerie. En même temps qu'est-ce qui m'a pris de me prendre pour une *porn star* alors que j'avais bu un nombre indécent de cocktail ?

— Il nous reste presque deux heures à tuer, tu veux qu'on se pose quelque part ? propose Cameron.

— Je boirais bien un café.

Nous nous dirigeons vers un petit bar où il ne reste qu'une seule table disponible.

— Je vais aller commander si jamais tu veux nous garder la place. Qu'est-ce qui te ferait plaisir ?

— Un café noisette avec de la crème et du sucre.

Je m'installe tranquillement à table. Pour rassurer Ornella, je lui envoie un petit message :

> Je suis à l'aéroport. *Santa Lover* et moi attendons qu'on puisse monter à bord. J'ai hâte d'arriver. Mais je sens que ma poisse « noëlesque » va encore me jouer des tours… Je te fais des *updates*.

Cameron revient vers moi après de nombreuses minutes. Je dois avouer qu'il a une certaine prestance. Sa façon de marcher, avec un air irrésistible et sûr de lui. Il pourrait avoir une énorme tache sur son pull, il aurait cette même confiance en lui. J'imagine que travailler derrière les caméras tous les jours ça aide à avoir confiance en soi ou du moins à apprendre à gérer sa timidité. Il s'installe en face de moi, me tend mon café et il pose un sachet devant nous.

— J'ai pris deux muffins, un aux myrtilles et un fourré au chocolat, je ne savais pas ce que tu préférais. Prends ce qui te fait le plus envie.

— Merci. Est-ce qu'on est assis l'un à côté de l'autre dans l'avion ?

— Oui, j'ai réussi, je ne sais comment, à avoir deux billets côte à côte.

Je hoche la tête. J'ignore si ça me soulage ou pas.

— Tu n'es pas débarrassé de moi, désolé. On subira ce voyage ensemble.

— Qui te dit que ce n'est pas toi qui en auras marre le premier ?

Il sourit sans rien ajouter, alors pour camoufler mon trouble, je bois une gorgée de café.

Chapitre 5

Cameron
5 décembre, 10 jours avant le mariage.

Il est plus de 6 heures du matin lorsque l'avion amorce sa descente vers les pistes d'atterrissage de Seattle. Hormis le bruit assourdissant des moteurs, le vol a été très calme. Beaucoup de passagers sommeillaient autour de moi, y compris April. Elle dort depuis au moins trois heures, la tête posée sur mon épaule à me baver dessus. Et après on dit que je ne suis pas aussi gentleman que dans les films que je joue.

— On est…

Sa voix est rocailleuse.

— Arrivés ? je finis.

Elle hoche la tête en se massant légèrement la joue. On dirait qu'elle se réveille de ce genre de sieste où on ne sait plus quel jour on est. La trace de mon pull lui marque la peau, ce qui la rend plutôt adorable.

— On a amorcé la descente, j'ajoute.

April se redresse légèrement, passe une main dans ses cheveux pour les remettre correctement en place. Elle les a coupés depuis la fois manquée entre nous. Avant ses boucles brunes lui tombaient sous les épaules, maintenant, elle a une coupe mulet qui la rend, je crois, encore plus canon qu'elle ne l'était. Je ne crois pas avoir vraiment de style de fille, excepté elle. Chaque fois que je la croise chez James, mon meilleur ami, je me fais la réflexion qu'elle est vraiment canon.

— Désolée de m'être endormie sur toi.

— Je t'aurais bousculée si ça m'avait dérangé.

Je me penche vers elle et je chuchote.

— J'aurais été plutôt vexé que tu choisisses celle de ton autre voisin. En plus, j'ai toujours su que j'avais une épaule confortable.

Elle arque un sourcil avant de tourner la tête, le rouge aux joues. Je souris, amusé. Je n'imaginais pas la troubler pour si peu.

L'avion finit par poser ses roues sur la piste. Il faut maintenant récupérer nos valises et choper le deuxième avion pour enfin rejoindre l'Alaska. Il doit décoller en début d'après-midi, je n'ai pas réussi à en avoir un plus tôt, mais on rejoindra l'Alaska aujourd'hui et au vu de la météo, c'est déjà pas mal. Le seul hic, c'est que l'attente va être hyper longue et qu'il va falloir qu'on compose pour ne pas s'ennuyer. J'adore mon meilleur ami, mais je ne pense pas tenir une conversation de six heures à propos de son mariage ou de lui-même.

Nous récupérons tous nos bagages, nous avons six bonnes heures à tuer avant de décoller, mais nous balader avec autant de valises en ville très peu pour moi. J'imagine qu'on va tuer le temps ici.

— On va déjeuner ? je propose.

— Mmh, ce n'est pas de refus. Je meurs de faim.

Malgré nos valises, nous réussissons à trouver un endroit où nous poser, avec vue sur les pistes. Nous regardons la carte posée devant nous en silence. On ne s'est jamais trop parlé elle et moi. Pour nos amis, on a déjà passé des soirées intimes, à quatre, mais nous n'avons jamais poussé le vice plus loin, pour apprendre à nous connaître, sans que James et Ornella ne soient là. Excepté l'année dernière, lors du nouvel an où on a passé une sorte de cap… On s'est juste captés à un moment. Elle était belle, j'imagine qu'elle me trouvait séduisant. Elle m'a demandé quelle fille je trouvais la plus sexy ce soir-là : elle sans aucun doute. Alors elle m'a pris la main, et on s'est enfermés dans les toilettes. Ensuite, je me suis retrouvé à retenir ses cheveux pendant qu'elle vomissait. Et puis, je l'ai couchée dans la chambre d'amis de l'appartement de James ; bien que bourré, j'ai veillé du coin de l'œil sur elle afin que personne ne franchisse la porte pour faire je ne sais quelle saloperie pendant qu'elle était inconsciente. C'était arrivé à une de mes amies lors d'une fête quand j'étais au lycée, je n'étais responsable de rien, mais ça m'avait perturbé. Je me sentais coupable de l'avoir laissée seule…

Je secoue la tête, pour me reconnecter avec la réalité. Je sais qu'April est esthéticienne ou maquilleuse, l'un des deux, c'est certain. J'imagine qu'on va pouvoir apprendre à se connaître un peu plus.

Une serveuse vient prendre notre commande.

— Que désirez-vous ?

D'un hochement de tête, j'incite April à commencer.

— Je vais prendre un chocolat chaud, des *pancakes* avec de la confiture de prune et aussi une coupe de fruit et également un *banana pudding* s'il vous plaît.

Je souris.

— Et vous, monsieur ?

— Un grand café noir, une part de *carrot cake* et des *pancakes* également avec du sirop d'érable. Et un verre de jus d'orange.

— Deux, s'il est pressé maison, ajoute April.

— Il l'est, confirme la serveuse. Ce sera tout ?

Nous hochons la tête.

— C'est l'air de Seattle qui te donne faim comme ça ? je demande.

Elle hausse une épaule en glissant son regard dans le mien. Je me demande si ma remarque était vexante ou pas à ses yeux… en tout cas, ce n'était pas le but.

— Je mange souvent sur le pouce avec mon boulot, parfois pas du tout par manque de temps, alors j'engloutis toujours énormément au petit déjeuner pour tenir la journée. Et puis, c'est le meilleur repas.

Je m'attendais à ce qu'elle me balance une réponse sarcastique, pas à ce qu'elle soit aussi sérieuse.

— T'as déjà été au W3 ?

— Non, il ne me semble pas, répond-elle en faisant une moue adorable. C'est quoi ?

— Un restaurant qui sert des *brunchs*. Ils sont tellement célèbres qu'ils ont une liste d'attente d'un mois.

Elle se pince les lèvres.

— Comment ça se fait que je ne connaisse pas cet endroit ? D'ailleurs, le nom, c'est un hommage au P3 de la série *Charmed* ?

— Je crois oui, c'est tenu par des sœurs qui s'appellent Windy, Willow et Withney. Leur nourriture est à tomber. Le meilleur endroit à New York pour faire des *brunchs*.

— Tu aimes bruncher ? me questionne-t-elle.

— Avec ma mère et ma sœur, depuis toujours. Maintenant, on s'y retrouve une fois par mois.

Comme je n'ai pas connu mon père, j'ai toujours été très proche des deux femmes avec lesquelles j'ai grandi.

— Il me faut l'adresse de cet endroit, maintenant, j'ai envie d'y aller.

— La nourriture est à se damner. Vraiment, ils font les meilleurs *pancakes* de la ville. Tout est bon, en fait.

April hoche joyeusement la tête.

— Je te dirai ce que j'en ai pensé alors.

Je lui souris.

— Tu bosses dans quoi déjà ? je demande, curieux. C'est en rapport avec le maquillage, il me semble, non ?

— Oui, je suis maquilleuse spécialisée dans les effets spéciaux, répond-elle.

Maintenant qu'elle le dit, je me souviens qu'elle me l'avait déjà expliqué. Elle bosse sur des tournages de film ou de série elle aussi. Si jamais on s'ennuie, on aura un point commun pour discuter.

— Tu bosses sur un projet en particulier en ce moment ? je demande.

— Je viens de finir le tournage d'un film d'horreur, c'est pour ça que je suis ici. Normalement j'aurais dû partir plus tôt, mais j'ai été rappelé sur le tournage pour des scènes additionnelles.

La serveuse revient avec un énorme plateau, et elle dépose tout ce qu'on a commandé au centre de la table. Je regarde mon téléphone, car j'ai reçu une notification tandis qu'April se jette sur son chocolat chaud.

James : Alors t'as bien atterri à Seattle ?

Cam : Oui, pourquoi, je te manque ?

James : Pas du tout, mais la femme de ma vie me casse les couilles à cause des imprévus. J'ai besoin de bonnes nouvelles.

Cam : On est bien à Seattle.

James : Ramène-moi sa BFFAE en un seul morceau.

Cam : Sa BFFAE ?

James : Sa Best Friend Forever And Ever.

Je regarde ladite BFF d'Ornella. Quand elle éloigne la tasse de ses lèvres, elle a une moustache de chocolat. Je reste bloqué quelques secondes devant une image que je n'aurais jamais cru trouver sexy mais qui, là, en l'occurrence l'est beaucoup.

— Un problème ? raille-t-elle.

Je baisse les yeux, conscient de l'avoir peut-être dévisagée un peu trop longtemps.

— Tu as une jolie moustache en chocolat.

Elle rit et se frotte les lèvres avant de plonger sa cuillère dans sa coupe de fruits frais. Je n'avais pas prévu de jouer un scénario de film de Noël pendant mes vacances, mais ça y ressemble un peu pour le moment.

Cam : Pourquoi tu veux que je ne la ramène pas en un seul morceau ?

James : Avec toi, je m'attends à tout. Tu atterris à quelle heure ? Parce que je crois que ma future femme s'habille déjà pour aller vous chercher.

Je ris ce qui éveille la curiosité d'April.

— Laisse-moi deviner, Ornella est légèrement stressée ?

Je hoche la tête, elle éclate de rire. Visiblement elle a l'habitude et ne semble pas s'en inquiéter.

Cam : Notre avion atterrit à 17 heures Maintenant, on peut revenir sur le fait que je ne te manque pas, espèce de sale égoïste.

James : Tu sais bien que tu me manques chaque seconde de chaque minute de chaque heure quand tu n'es pas près de moi Cameron Sterling Carson.

Cam : Je t'interdis de m'appeler Sterling, tu sais que je ne déteste ça James Ulysse Perceval Scott.

James : Tu vas faire quoi en attendant de décoller ?

Cam : Je n'en sais rien, je ne suis pas seul. On va probablement glander et se faire chier.

James : N'essaye pas de te la taper, je ne veux pas de drames avant mon mariage.

Cam : Va gérer la future madame James Ulysse Perceval Scott au lieu de jouer les malins. Ça ne te réussit pas.

Je pose mon téléphone sur la table pour me concentrer sur le festin posé devant moi.

— Ton pote va réussir à la gérer ? demande April.

— J'espère pour lui, parce qu'il compte passer le reste de sa vie avec elle.

— Elle ira mieux ce soir quand on atterrira à Anchorage.

❀❀❀

Que c'est long, bordel !

Il n'est que 11 heures. L'avion ne décolle pas avant trois bonnes heures. Je vais pioncer pendant deux jours en arrivant, c'est certain. Je suis pressé que ça se termine, mais j'espère que pour le retour ce ne sera pas aussi bordélique. Ce matin nous avons fini par faire le tour des boutiques de l'aéroport en discutant de la pluie et du beau temps. Mais c'est vite fait dans un aéroport.

— C'est dingue qu'on n'ait pas pensé à prendre un simple jeu de cartes, soupire April.

— Je confirme.

Elle passe une main sur son visage puis dans ses cheveux châtains. April se laisse aller sur le banc où nous avons trouvé une place. L'avantage c'est que l'ouverture de l'embarquement s'est faite et que nous n'avons plus nos valises, juste nos bagages à main. D'ici quelques heures nous arriverons enfin à destination.

— Attends, je crois que j'ai des Post-it et un crayon dans mon sac.

Je farfouille quelques secondes dans mon bagage à main avant de trouver ce que je cherche.

— C'est pour ?

— Normalement, c'est pour annoter mes scripts mais, là, on pourrait faire le jeu des personnalités. Chacun note une personnalité et la colle sur le front de l'autre et on doit deviner le nom du personnage ou de la personne inscrit en se posant des questions à tour de rôle… tu en dis quoi ?

— On pourrait imposer des thèmes, genre une personnalité ou un personnage toujours grincheux ou au contraire joyeux ?

— OK, on fait ça. On commence avec les grincheux.

Je note le prénom d'un de mes personnages de séries préféré de tous les temps sur le Post-it et je le colle sur son front, elle en fait autant. Les gens qui passent nous regardent bizarrement avec nos papiers jaunes sur le visage, mais ce n'est pas ça qui va m'empêcher de jouer et de gagner.

— Quand on trouve une réponse positive, on continue de jouer ensuite, on passe. Je te laisse commencer.

— Est-ce que c'est un homme ? demande-t-elle.

— Oui.

— Est-ce que c'est un personnage fictif.

— Oui.

— Est-ce qu'il est interprété par Jim Carrey ?

— Non.

Elle pense sans doute au Grinch, mais ce n'est pas lui. April hoche la tête en me fixant droit dans les yeux. On dirait qu'elle me défie de trouver ce qu'elle a noté sur son Post-it avant qu'elle ne trouve elle-même. Elle est adorable, j'avoue. Cette fois, c'est à moi de lui poser des questions.

— Est-ce que c'est un personnage fictif ? je la questionne à mon tour.

— Oui.

— Est-ce que c'est une femme ?

Elle fait la grimace, mais hoche la tête. Elle n'a pas envie que je gagne.

— Est-ce que c'est un personnage de série télé ?

— Oui.

Personnage féminin avec un sale caractère dans une série, il y en a beaucoup, mais j'ai une idée qui me vient aussitôt à l'esprit. J'ai envie de balancer un prénom en adéquation avec le personnage que j'ai collé sur le front d'April, mais il me faut plus de réponses. Mon intuition ne me quitte pas, et puis ce serait quand même une drôle de coïncidence que nos choix se soient orientés vers la même série.

— Est-ce qu'elle a les cheveux châtains ?

— Oui.

April me regarde, suspicieuse. Je suis sûre que c'est le personnage auquel je pense et si c'est ça, c'est quand même fort. Alors je me lance :

— Est-ce que c'est April Ludgate ? je demande.

— Ce n'est pas vrai, souffle-t-elle. Comment tu peux trouver ça aussi facilement ? Ce n'est pas logique.

J'éclate de rire, je retire le Post-it, et il y est bien marqué April Ludgate, un personnage de la série *Parks and Recreation.*

— Vas-y, essaye de deviner le tien.

— Est-ce que c'est un personnage de série ?

Je souris, alors elle écarquille les yeux, comme si la réponse devenait évidente grâce à mon amusement. Elle a compris que sur ce coup-là, nous étions raccords.

— Ce n'est quand même pas… Est-ce c'est Ron Swanson ?

— Oui.

Elle rit à son tour.

— La coïncidence est folle quand même.

— En même temps, en termes de personnages grincheux et aigris, je ricane, ils mettent la barre hyper haut. J'adore cette série.

— Moi aussi, c'est ma *sitcom* préférée.

Nous recommençons de nombreuses fois, restant à chaque fois dans le thème des personnages grincheux. Quand elle me fait découvrir le Grinch, je lui fais deviner Shrek et nous rigolons encore de la coïncidence de nos choix, car nos deux personnages sont verts. Notre synchronisme est tel que je finis par envisager qu'il existe une connexion entre nous lorsque lors du dernier jeu, je désigne le personnage du docteur Cox dans la série *Scrubs* et qu'elle choisit celui du docteur House. Les gens nous dévisagent encore lorsqu'ils nous voient, mais nous ne nous soucions pas d'eux. On peut bien tuer le temps comme on veut, peu importe qu'on ait l'air idiots avec nos Post-it sur le front.

Après des heures d'attente, nous finissons par embarquer. Encore une fois, j'ai fait en sorte de prendre des billets pour que nous soyons assis côte à côte. J'envoie un SMS à James pour le prévenir que nous allons monter dans l'avion.

— Dans trois heures, ce sera enfin la fin du périple, soupire April. J'ai hâte d'arriver, je commence à fatiguer.

— Moi aussi…

Je la laisse galamment passer à l'intérieur de l'avion, mais alors qu'elle s'arrête devant notre rangée de sièges, un sac mal rangé lui tombe carrément sur la tête, et elle bascule vers moi.

— Est-ce que tout va bien ?

L'une des hôtesses de l'air accourt vers nous pour ramasser le sac et s'excuser auprès d'April.

— Ça va, me répond-elle.

On dirait qu'elle est complètement blasée par la situation et que ça ne l'étonne même pas. Elle s'installe au milieu de la rangée, je me glisse à sa gauche.

— Pas trop mal ?

— Non, ce n'est rien… j'ai l'habitude.

— De te prendre des sacs sur la tête ?

Je hausse les épaules :

— En quelque sorte, oui…

Mais elle n'ajoute rien de plus et elle me laisse avec ma curiosité.

Quand l'avion atteint sa vitesse de croisière, je sens que la tête d'April se pose sur mon épaule une nouvelle fois. Je prends le plus discrètement possible, le script que j'ai emmené avec moi afin de commencer à l'apprendre.

Je n'ai jamais eu la volonté de devenir acteur. Je veux dire par-là que ce n'était pas une vocation comme ça l'est souvent dans ce genre de métier. J'avais dix-neuf ans quand j'ai accompagné un de mes amis sur un casting. Il s'est planté, j'ai eu le job. Le truc c'est que je connaissais le texte sur le bout des doigts, car je m'étais entraîné avec lui… le réalisateur et le directeur de casting m'ont demandé d'auditionner. Je l'ai fait pour m'amuser, mais j'ai eu le rôle. Ma première réaction a été de rire, puis de me demander si j'avais les épaules pour ça. Je n'avais absolument aucune expérience, mais j'avais besoin de thunes, alors je me suis dit qu'il fallait au moins que j'essaye. Mon premier film était un *teen movie* qui se passait sur un campus. Les deux trois années suivantes j'ai continué le même genre de tournage. Puis, j'ai enchaîné les rôles au fil du temps… si bien que je n'ai jamais arrêté.

— Qu'est-ce que tu lis ? demande April.

Elle ne relève pas la tête de mon épaule, alors je soupçonne qu'elle somnole.

— Le script de mon prochain film, je réponds.

— C'est quoi l'histoire ? Est-ce que tu sauves encore Noël ?

Je souris malgré la fatigue et le sarcasme dans sa voix. Ces dernières années, je n'ai tourné que dans des films de Noël. Ils sont toujours clichés, ils ont toujours le même format, mais… ça paye très bien, car chaque année le public est en demande. Les gens ont beau dénigrer ce genre de films, beaucoup les attendent. J'en tourne deux par ans depuis cinq ans et je gagne bien ma vie grâce à ça. J'ai cumulé une belle fortune depuis, tout en me faisant des petits plaisirs, je n'ai vraiment pas à me plaindre de ma vie. Je peux bien subir quelques critiques pour ce que je touche.

— Bien évidemment, je lance.

— Comment les personnages s'appellent ? demande April. Et, est-ce que tu as déjà tourné un film de Noël qui termine mal ?

— Mon perso s'appelle Peyton, et l'héroïne Missy. Et non, ils finissent toujours bien…

— Moi je pense que si les livres et les films se terminent bien c'est parce que ceux qui les écrivent ou les réalisent ont l'intelligence de s'arrêter à un moment de leur vie où ils sont excessivement heureux…

— Tu préfères les films qui finissent mal ? je lance d'un ton railleur.

— Non, j'ai vu le film *Last Christmas* avec Emilia Clarke et ça m'a traumatisée. Je me doutais bien de quelque chose et puis, le *plot twist* m'a littéralement achevée.

— Je ne l'ai pas vu, je ricane. Dans mon film, l'héroïne a toujours de la chance et lorsqu'elle rencontre le héros qui est toujours poisseux, ils échangent leurs caractéristiques sans le faire exprès… le film joue sur le fait qu'il la trouve immensément craquante de toujours jouer de malchance.

— Je…

Lorsque je tourne la tête vers elle, je remarque qu'elle semble réfléchir.

— Un problème ?

— Non, non, dit-elle en secouant la tête. Ton scénario me parle un peu.

Je crois qu'elle s'endort, car elle ne parle plus, je continue alors la lecture de mon script.

Chapitre 6

April

Je suis tirée de mon sommeil par une turbulence qui ébranle notre avion. Ma main agrippe instinctivement l'avant-bras de Cameron. Je n'ai pas spécialement peur d'ordinaire, mais comme cela me tire de mon sommeil, c'est assez impressionnant. Mon cœur bat la chamade dans ma poitrine.

— Tout va bien, dit Cameron en tournant la tête vers moi. Il n'y a pas de raison de paniquer pour le moment.

J'ai encore dormi sur son épaule, on dirait. Il faut que j'arrête avec ça. Il me couve d'un regard bienveillant. Malgré les heures d'avion et d'attente à l'aéroport, il reste séduisant.

— Je veux juste qu'on arrive enfin.

— On n'y est pas encore… il reste au moins une heure de vol.

L'avion est secoué une nouvelle fois. Certaines personnes poussent des cris, je continue d'agripper Cameron qui ne dit rien. *Santa Lover* est décidément plutôt serviable. Je ne peux m'empêcher de penser à ma malchance.

— Mesdames et messieurs, ici votre commandant de bord. À cause des conditions météorologiques qui perturbent actuellement le ciel canadien, nous sommes dans l'obligation de nous poser à l'aéroport du Territoire du Yukon. Les vents violents ainsi que les très fortes chutes de neige empêchent actuellement la visibilité, et la météo ne nous permet pas de poursuivre notre vol jusqu'à l'aéroport d'Anchorage pour le moment. Je vous présente mes excuses au nom de la compagnie aérienne.

— Je rêve encore ou il vient de dire qu'on ne va pas se poser en Alaska ? je lâche à la limite de l'hystérie.

— J'en ai peur…

Cameron passe une main dans ses cheveux et semble réfléchir.

— J'en ai marre, je grogne. C'est interminable. L'Alaska ne veut vraiment pas de moi.

Ma poisse a décidé de ne pas me lâcher cette année. Entre la balle de mon voisin qui passe à travers le mur, le vol annulé, celui-ci contraint de se poser, j'ai le sentiment que décembre va être long. Je ne sais pas pourquoi, mais j'ai également l'intuition que nous ne sommes pas près d'arriver. Les gens dans l'avion s'agitent et des protestations se font entendre. L'Alaska ne veut pas de moi, c'est définitif. J'ai trop juré, j'ai trop pesté contre la destination du mariage de ma meilleure amie et, maintenant, ce miroir brisé me le fait payer. Littéralement.

— C'est une catastrophe, je soupire.

— Le mot est fort. C'est chiant, mais de là à dire que c'est une catastrophe…

Je tourne la tête vers lui. Cameron me toise en arquant un sourcil, comme pour me défier de surenchérir.

— Je ne sais pas ce qu'il te faut.

— L'avion pourrait se crasher, par exemple. Tout est sous contrôle pour le moment.

Je le fusille du regard. Cameron ricane de plus belle.

Ce voyage devient interminable, et les imprévus ont décidé de s'enchaîner. Je hais cette putain de neige. Je hais cette poisse. Ornella va péter un câble, je ne crois pas que ce soit très bon juste avant le mariage.

— Tu te crois drôle ?

L'appareil est de nouveau secoué. Mon cœur fait des bonds dans ma poitrine.

— Ma poisse va nous enterrer vivants. Je le sens.

Cameron ricane. C'est fou comme il est serein.

— On va y arriver. On va d'abord sortir de cet avion et on va aviser tranquillement ensuite pour savoir comment rejoindre nos meilleurs amis respectifs. Le Territoire du Yukon n'est plus si loin de l'Alaska.

Il dit ça avec tellement de calme et d'apaisement que ça me donne envie de le secouer. C'est lui qui opte pour le bon comportement, je le sais, mais je n'y peux rien, c'est plus fort que moi.

— Comment tu peux être aussi calme ? je râle.

— Il n'y a pas de raisons de paniquer, tout simplement. On n'a pas trop le choix, alors je me résigne à mon sort pour trouver une solution.

Le pauvre n'a pas encore conscience que ma poisse est en train de nous prendre en otage. Et que son voyage avec moi va être interminable.

— Il reste du temps avant le mariage, et puis on est deux. C'est toujours mieux que d'être seul.

Il me coupe le sifflet, si bien que je ne renchéris pas. J'avoue que je préfère être avec lui malgré notre horrible fois manquée plutôt que de subir ça toute seule. Cameron me sourit avant de reposer la tête sur son siège. Me rendant compte que je le tiens encore, je le relâche brusquement. Contrairement à bon nombre de passagers qui râlent et contestent jusqu'à l'atterrissage de l'appareil nous restons calmes. Il a raison, il ne sert à rien de s'énerver. J'écoute à peine les consignes et les recommandations des hôtesses de l'air, perdue dans mes pensées. J'ai la sensation que c'est ma faute, ma poisse légendaire ne me manquera pas une fois que j'en serai débarrassée. Après de nombreuses minutes d'attente, nous finissons par récupérer nos bagages. Les vols sont annulés pour le moment. Le train et la voiture sont les seuls transports possibles si on ne veut pas attendre.

— Pour le remboursement des billets, on doit se rendre quelque part, j'imagine ?

— Non, je les ai pris sur Internet, je remplirai le formulaire de réclamation plus tard. On peut se poser dans un coin et peut-être appeler James et Ornella en visio pour leur expliquer la situation. Ensuite, on établira un nouveau planning afin de les rejoindre. Ça te va ?

— Oui.

Nous nous mettons au calme afin d'annoncer la mauvaise nouvelle. Cameron réussit à caler son téléphone debout et il appelle James. Son visage apparaît sur l'écran du téléphone.

— Euh… salut, lance-t-il en voyant nos deux têtes. Est-ce que tout va bien ?

— C'est qui ? entend-on de loin.

Le visage de ma meilleure amie apparaît, d'abord souriant, puis elle plisse les yeux. Ils ne sont pas stupides, vu l'heure, ils savent qu'on devrait encore être dans l'avion.

— Qu'est-ce qui se passe ? demande James. Tout va bien ?

— Un contretemps, répond Cameron. Nous avons dû atterrir à l'aéroport de Horsewhite sur le Territoire du Yukon à cause de la neige et des rafales de vents violents.

— Ce n'est pas vrai. C'est une catastrophe, se lamente Ornella. C'est une mauvaise blague, c'est ça ?

J'ignore le regard amusé que me lance mon compagnon de fortune et je réfléchis à comment calmer ma meilleure amie alors que je suis moi-même paniquée par ce nouvel imprévu. Si je n'avais pas autant de malchance je serais certainement plus à l'aise.

— J'aimerais bien, je soupire, malheureusement non.

— Nos deux témoins absents de notre mariage, se lamente Ornella.

James la prend dans ses bras en lui disant que ça va aller. Même si elle exagère vu le temps qu'il nous reste, je ne peux m'empêcher d'avoir mal au cœur pour elle.

Je n'ai jamais voulu qu'elle se sente stressée avant son mariage.

— Nous allons louer une voiture, explique Cameron. Yukon est à une journée de route de votre chalet, donc ce n'est plus si loin.

— Et si les routes ne sont pas praticables ?

— Les grands axes le seront forcément, ils déblayent, ils mettent du sel… même si on met vingt-quatre heures de plus, on sera là pour le mariage. Je ne crois pas que le Canada ou l'Alaska arrête de vivre à chaque tempête de neige. On va réfléchir, et on vous donnera des *updates* de notre périple.

Je ne sais pas si c'est le côté rationnel de Cameron, le fait qu'elle soit dans les bras de James, mais Ornella est calme. Nous finissons par raccrocher.

— L'aéroport doit avoir un service de location de voiture, non ?

— Je pense, approuve Cameron, mais vu le nombre de furieux qu'il y avait tout à l'heure, je ne suis pas certain qu'il y en ait encore. On peut quand même aller voir.

— Je déteste les imprévus. Je déteste la neige et l'hiver. Bordel, ce n'est pas pour rien que je m'appelle April, je suis faite pour le soleil, je m'exclame.

Les gens se retournent vers nous alors que Cameron esquisse un sourire en me regardant.

— Tu détestes l'hiver tous les ans ou c'est juste le fait d'être coincée avec moi qui te rend si grincheuse ?

— J'aime le soleil, l'été, les cocktails, les robes à fines bretelles, la mer. J'aime sentir les rayons cuisants du soleil sur ma peau. Dès que l'automne pointe le bout de son nez, je suis un Scrooge comme le dit si bien la future mariée. Désolée, mais rien à voir avec toi, monsieur *Santa Lover*. Je peux te dire un secret ?

Il plisse les yeux et me regarde du haut de son mètre quatre-vingts. Je dois avouer que de près, il est assez troublant. Je l'avais déjà constaté plusieurs fois, mais aujourd'hui ça me perturbe plus que d'habitude. Ses yeux sont vraiment aussi verts qu'à travers l'écran de télé, ses cheveux aussi noirs que du jais lui tombent effrontément sur le front et sur son nez il a de discrètes taches de rousseur.

— Je t'écoute, dis-moi ton secret.

Ses mots me font un drôle d'effet.

— J'ai pesté contre le lieu du mariage, je n'avais pas envie de venir en Alaska. J'aurais voulu qu'ils se marient au soleil… ou à New York à la rigueur. C'est ma faute tout ça. En plus, je suis maudite à cause d'un miroir brisé. Tous les ans, c'est la même chose… des merdes me tombent sur le coin de la tronche en décembre. Je nous ai porté la poisse… on n'y arrivera jamais, Cameron.

Il esquisse un nouveau sourire, et son regard se fait si doux que j'ai l'impression qu'il me trouve adorable plutôt que folle. Je sens que je rougis.

— J'aurais préféré le soleil, moi aussi.

Je glousse, comme une idiote.

— On va essayer de contrer la malédiction que tu nous as collée au cul. Ne t'en fais pas, à nous deux, on devrait être plus forts que ça. Je suis persuadé que je vais finir par agir comme un porte-bonheur.

Cette fois, je ris. Jusqu'à ce que nous arrivions devant l'espace de location, une énorme affiche nous accueille et nous indique qu'il n'y a plus de véhicules disponibles.

— La malédiction, je soupire.

— On trouvera bien en ville, assure Cameron. La question, maintenant, c'est : est-ce qu'on essaye de trouver une voiture de location ce soir ou on attend demain ?

— Comment ça, demain ?

Je le regarde avec de gros yeux. Pas question de lambiner et de perdre encore plus de temps encore.

— Il est tard. Je suis fatigué, je n'ai pas dormi depuis plus de vingt-quatre heures. Après ces heures d'attente et de vol cumulés, je n'ai pas forcément envie de faire de la voiture dans l'immédiat.

— Mais, Ornella, elle va… je ne crois pas que ce soit une bonne idée de retarder davantage ce périple… tu as écouté quand j'ai parlé de malédiction, de guigne, et tout ça ? Cameron, c'est vrai. C'est la dernière année de malchance, je sens que le bouquet final va être explosif.

— Je n'ai pas peur.

Je secoue la tête comme une hystérique.

— Il vaut mieux partir en forme demain, que finir par s'endormir je ne sais où sur la route. Ce soir, on pourrait manger un vrai repas quelque part, prendre un bain ou une douche et se reposer. Comme ça demain, on sera au taquet.

Les mots « repas » et « bain » m'envoient du rêve, je souris comme une idiote en m'imaginant me prélassant dans un bain bouillant rempli de mousse. Dit comme ça, le choix me semble plutôt évident.

— Quel mot te fait rêver ? s'esclaffe Cameron en me regardant.

— Repas et bain, je soupire. Mais on part à l'aube, c'est compris ?

— Compris, *Unlucky Girl*.

— Tu… Comment oses-tu, *Santa Lover* ? Ne m'appelle plus jamais comme ça.

Son sourire me laisse à penser qu'il ne va pas m'écouter.

Chapitre 7

Cameron

Nous avons pris la direction du centre-ville de Whitehorse, la capitale du Territoire du Yukon. Entourée d'une immense chaîne de montage et bordée par le fleuve Yukon, la ville est vraiment hors du temps. Du moins, elle contraste radicalement avec New York et ses buildings.

Tout est blanc, d'un blanc nacré et brillant.

Tout est lumineux. Les décorations recouvrent chaque maison qui défile devant nos yeux. Noël s'est définitivement installé, et il illumine les rues. Toutes ces maisons décorées me donnent la sensation d'être sur un de mes tournages. Les décors de Noël, je ne vois que ça, toute l'année, puisque je tourne généralement de septembre à avril afin que les films de Noël sortent l'hiver qui suit. Je n'ai pas d'affection particulière pour Noël, contrairement à ma mère qui voue un véritable culte à cette fête. La première fois que j'ai tourné dans une de ces romances qu'elle regarde chaque année, je l'ai emmenée avec moi. Elle était émue. Elle ne manque jamais un seul film de Noël. Elle est sans doute possible ma plus grande et plus fidèle fan. C'est en partie pour la rendre fière et heureuse que je continue de tourner.

— C'est encore loin ? demande April.

Je lui montre le trajet qui reste à effectuer par le taxi sur mon téléphone. Elle hoche la tête en soupirant. Je pensais qu'il serait plus facile de trouver un logement pour la nuit, mais visiblement les hôtels ont été pris d'assaut à cause d'un festival qui se déroule en ce moment en ville. Le festival des Pères Noël, appelé Santafest. D'après le chauffeur, il faut être déguisé en Père Noël – ou du moins porter un bonnet – pour pouvoir accéder aux festivités. April a roulé des yeux tellement fort. Résultat, nous sommes en route pour l'auberge de la Féerie de Noël. Le seul endroit où il restait une chambre. Il s'agit d'une auberge à thème, ce qui a forcément ravi le ravissant Scrooge à mon côté – comme moi-même. Le pire dans l'histoire ? Il ne leur restait plus qu'une chambre… avec lit double. Mais c'était ça ou rien.

— Vous avez des agences de location de voiture en ville ? je demande.

— Oui, il y a en a deux. Mais avec les chutes de neiges, dépêchez-vous si vous avez besoin d'un véhicule.

— Logique, bougonne April dans son coin.

Le chauffeur finit par se garer devant une grande bâtisse. Nous sortons et restons deux secondes devant le chemin pavé qui mène vers l'entrée de l'auberge après le départ du taxi. Il y a plus de guirlandes lumineuses que dans un magasin de Noël.

— C'est lumineux…

— Tu crois qu'ils veulent être vus depuis l'espace ? demande April.

Je penche la tête, chaque sapin, chaque buisson est éclairé de mille feux. Du rouge, du blanc, du vert, du jaune… Le jardin est coupé par une allée. À droite, il y a une crèche avec Jésus, Marie, les rois mages. À gauche, il y a un mini village avec des chalets, une patinoire, une vraie ville de Noël en version mini.

— Et si c'était en fait un repère d'assassins cannibales ?

— Assassins cannibales fans de Noël ? je demande.

— Noël, c'est une couverture. Ils font genre avec leurs lumières et leurs décorations, et en vrai ce sont des psychopathes. Et ils servent les gens qu'ils ont enlevés au repas du soir en les faisant passer pour du gibier.

— Eh ben, tout ce que j'ai à dire c'est que, si ça nous arrive, tu avais raison : ta malédiction t'a préparé une putain de scène finale.

J'attrape ma valise et la sienne et j'emprunte l'allée. Plus nous avançons et plus les chants de Noël me parviennent. Je constate qu'il y a des haut-parleurs sous le porche de la maison. J'appuie sur la sonnette comme indiqué et une dame avec des petites lunettes ronde et vêtue de rouge nous accueille avec un grand sourire. Elle doit avoir une cinquantaine d'années, peut-être plus.

— Bienvenue à l'auberge de la Féerie de Noël, je m'appelle Gretel.

Nous la saluons brièvement.

— Entrez, entrez, ne restez pas dans le froid.

Nous traînons nos valises dans le hall, et elle referme la porte derrière nous. J'apprécie la chaleur. À l'intérieur de la maison, c'est une putain de féerie de Noël. L'auberge porte bien son nom. Il y a des décorations partout. Des guirlandes, des lumières, une collection de Casse-Noisettes, du houx… Tandis que Gretel rejoint le comptoir de l'accueil, April se penche vers moi et chuchote :

— T'as l'impression d'être dans un de tes films, hein ?

Je l'ignore en souriant à notre hôte. Oh que oui, ce voyage pour l'instant est une parodie de film de Noël.

— C'est moi qui ai réservé votre dernière chambre de disponible.

— Je le savais, dit-elle. Et vous avez de la chance, c'est la plus spacieuse. C'est la suite féerique, il y a eu une annulation de dernière minute. Parfait pour un jeune couple dans votre genre.

J'ouvre la bouche, mais April est plus rapide que moi :

— Nous ne sommes pas un couple, d'ailleurs vous avez forcément des lits en plus ? Un lit pliant qui traîne quelque part et qu'on pourrait caser dans la suite féerique ?

Gretel l'observe comme si elle parlait dans une autre langue. Je ne peux m'empêcher de ricaner devant l'expression paumée de la dame qui tente de déchiffrer les mots d'April.

— Je suis désolée, nous n'avons rien de ce genre. Je suis embêtée, je… il faut que… je pourrais demander, mais je suis persuadée que…

Ce n'est pas vrai, April va nous la faire court-circuiter.

— Tout va bien, on prend la chambre, on va se débrouiller sans lit pliant, je dis.

— J'étais persuadée que vous étiez en couple et que…

— Je me répète, tout va très bien, je la coupe. Nous allons partager la chambre. Il n'y a pas de problème.

Gretel retrouve le sourire, April à côté de moi semble mortifiée, j'ai envie de rire, mais je me retiens.

— Vous restez combien de temps ?

— Une nuit, je réponds.

Elle regarde alors les valises d'April, puis elle hausse les épaules. Gretel nous explique le fonctionnement de son auberge, les heures du petit déjeuner et, enfin, elle nous libère.

— Je porterais bien cette valise, mais je vais me faire mal au dos, il est fragile, vous savez…

— Ne vous en faites pas, Gretel, je vais descendre la chercher.

Nous montons finalement les trois étages pour atteindre notre chambre. Je descends sur-le-champ chercher la dernière valise et remonte aussitôt. Je retrouve April debout au milieu de la chambre en train de regarder un point avec insistance.

— C'est…

— Rouge ? je propose.

La tapisserie est rouge avec des motifs blancs et, si c'est joli sur du papier cadeau, c'est définitivement trop sur un mur complet

— Flippant, grimace-t-elle.

Je la rejoins au centre de la pièce, je remarque alors ce qu'elle fixe avec autant d'insistance. Elle se tient face à une énorme bibliothèque remplie de peluches de Noël en tout genre. Ourson, renne, bonhomme en pain d'épice, hérisson, bonhomme de neige. Des centaines de peluches, toutes vêtues d'écharpes, de bonnets, d'après-ski…

— J'ai l'impression qu'ils me regardent tous et qu'ils vont s'animer pour nous dévorer.

— Donc on ne part plus sur des assassins cannibales ? je demande. On s'oriente plutôt vers des peluches tueuses ?

Elle tourne la tête vers moi et hausse une épaule.

— J'ajuste mon scénario au fur et à mesure de la découverte de cette auberge. Cameron, regarde un peu celui-ci, dit-elle en s'avançant vers un hippopotame avec des chaussettes sur les pattes. Tu ne vas pas me dire qu'il n'est pas bizarre lui.

— Il a un œil qui part en couilles, c'est vrai, mais est-ce vraiment de sa faute ?

— Si ça se trouve, parmi toutes ces monstruosités, il y a une caméra espion, pour nous reluquer.

J'éclate de rire en avançant dans la chambre.

— Je ne crois pas que ce soit le genre de Gretel.

— Il faut toujours se méfier des gens, les tueurs ne sont jamais ce qu'ils paraissent.

— Nous verrons bien.

J'ai vraiment l'impression d'être dans un des décors dans lesquels je joue toute l'année. Je m'attends à entendre : « action » à tout moment. À côté de la fenêtre qui donne sur la rue, il y a un grand sapin décoré. La tête du lit en bois est ornée de houx. Je m'avance vers la salle de bains ; il y a une douche et une petite baignoire.

— Tu veux aller te promener ou alors tu veux rester ici ? je demande.

— On peut aller manger quelque part ? propose April. J'ai faim.

— On peut. Tu veux aller te doucher la première ?

— Non, j'irai après toi.

Je prends des vêtements propres dans ma valise et je m'enferme dans la salle de bains. Elle est assez vieillotte avec ses carrelages roses à fleurs, mais pour une nuit, je m'en fiche. La situation n'est pas idyllique, mais nous n'avons pas le choix. Je ne me sentais pas de faire la route de nuit alors que je n'ai pas dormi depuis plus de vingt-quatre heures. Je règle la douche et je me glisse dessous. L'eau chaude est agréable, je l'avoue. Bon sang quelle galère que ce voyage. Je me déplace souvent, je n'avais jamais connu une telle série de problèmes de transport. La BFFAE de la mariée qui est également doublée d'une âme de Grinch est peut-être réellement maudite en fin de compte. Si c'est ça, on va bientôt devoir passer une deuxième nuit ici. Je sors de la salle de bains plusieurs minutes plus tard en apportant un nuage de vapeur avec moi.

— Les peluches ne t'ont pas attaquée ? je demande.

April est assise sur le lit que nous allons partager. Je crois que je n'ai pas fait de co-dodo depuis que j'étais gosse et que je dormais chez mes copains. Et avec une fille, encore moins…

— Pas encore, elles savent que je me méfie d'elles et que je suis sur mes gardes.

Elle dit ça avec tellement de naturel et d'aplomb qu'elle m'arrache un sourire. Depuis que James fréquente Ornella, nous nous sommes vus de nombreuses fois lors des anniversaires ou de soirées organisées par nos meilleurs amis respectifs. Je me suis même dit la première fois que je l'ai vue : *« Ne l'approche pas, ne fais pas de connerie qui pourrait ruiner le couple de ton meilleur pote. »* Non pas que je sois un connard avec les femmes, du moins, je n'ai jamais eu la sensation d'être problématique, mais comme je n'ai jamais cherché à me caser, je ne voulais pas créer le malaise sans la connaître.

— Je t'attends en bas, je vais demander s'il y a un bon resto dans le coin. Prends ton temps.

— Internet est ton ami, me répond April. Gretel va nous envoyer manger des sucres d'orge, moi je veux une pizza bourrée de fromage.

— Laisse-moi donc être sociable, ça nous évitera d'être tués par Gretel ou ses nounours dans la nuit.

April plisse les yeux en me regardant et se retourne gracieusement pour aller dans la salle de bains. Elle pouffe comme une gamine en refermant la porte derrière elle.

— T'as rigolé, j'ai entendu, je lance à travers la chambre.

— Ce n'était pas moi, c'étaient les peluches, si j'étais toi, je ferais attention.

Je la laisse tranquille et quitte la pièce, afin qu'elle se sente plus à l'aise avec l'idée de se laver et de s'habiller tranquillement. Je descends. Il y a beaucoup d'affluence. Des couples, des gens déguisés pour le festival sans doute… Dans le hall, je me dirige vers le petit kiosque rempli de brochures.

— Vous avez besoin d'un renseignement ?

Je ne l'ai pas entendu arriver. Gretel me sourit joyeusement.

— Je me demandais si vous aviez un bon restaurant italien pas loin d'ici ?

— Oui, chez Dario, c'est à cinq cents mètres de l'auberge. Vous sortez, vous prenez à droite et vous allez tout droit jusqu'au centre. Il y a de jolies gondoles sur la devanture, vous ne pouvez pas le rater. Je vous conseille toute la carte, les plats sont vraiment délicieux.

Je souris et la remercie.

— D'ailleurs, attendez…

Je la suis du regard quand elle se dirige vers le comptoir d'accueil.

— Tenez !

Elle me tend alors deux bonnets de Père Noël.

— Si vous voulez profiter du festival, il vous faut au moins ça pour entrer.

— C'est quoi ce festival, au juste ?

— Les festivités ont une vocation sociale. Le but est de redistribuer des jouets aux enfants défavorisés de la ville. C'est pour ça que l'entrée est payante. Chaque année, des groupes viennent donner des concerts. Sur place vous pouvez consommer de la nourriture, de l'alcool… l'argent collecté est pour les enfants.

— C'est chouette, on y fera peut-être un tour.

— Rien que pour voir des Pères Noël jouer et chanter du rock, ou les voir faire des concours de bras de fer, ça vaut le détour. Et puis ça permet de passer du temps tout en permettant à des enfants dans le besoin de croire encore à la magie de noël.

Je hoche la tête.

— Depuis que vous êtes arrivés, j'ai l'impression de vous avoir déjà vu quelque part. C'est étrange, mais, mais j'ai le sentiment de vous connaître.

— Sans doute parce que j'ai un physique assez banal.

Je ne balance jamais que je suis acteur sans que l'on me reconnaisse vraiment. Je suis loin d'être célèbre même si j'ai fait quelques succès commerciaux en tournant mes premiers *teen movies*. Et ça me va, ça me permet de garder une forme d'anonymat. Je n'ai jamais cherché à obtenir plus que ce j'avais, parce que je me sens bien dans ce que je fais.

— Banal ? Voyons, vous êtes beau comme un cœur.

Je passe une main dans mes cheveux, un peu gêné et je lui souris. Je ne m'attendais pas à ce qu'elle me réponde ça.

— Merci, Gretel.

— Pourquoi restez-vous si peu de temps, si ce n'est pas indiscret ?

— Nous avions un vol pour Anchorage, mais nous avons malheureusement atterri ici. Nous allons essayer de prendre la route demain pour terminer le reste du trajet en voiture.

— L'Alaska, c'est très joli en cette période de l'année. Vous y allez pour Noël ?

— Non, pour célébrer un mariage.

— Oh ! quelle bénédiction ! Un mariage à Noël, c'est absolument féerique.

Je hoche la tête au moment où April nous rejoint enfin. Elle est emmitouflée dans une grosse écharpe noire et un manteau en fausse fourrure. Elle porte également une grosse paire de Ugg noire.

— Bonne soirée, et régalez-vous bien.

Nous sortons de l'auberge. Je suis immédiatement saisi par le froid hivernal. Ça caille pas mal, et je regrette d'avoir enfilé un pull fin sous mon manteau.

— On mange où ? demande April.

— Chez Dario, il paraît que c'est délicieux. Enfin d'après Gretel.

Je jette un regard vers elle, April tente de dissimuler un sourire derrière son écharpe, mais je l'ai vu.

— C'est italien.

Ses yeux s'écarquillent de joie cette fois.

— Vraiment ?

— J'ai cru entendre le mot pizza, mais c'était peut-être sushi.

Elle sourit :

— Mon Dieu, non. Surtout pas. Je n'ai rien contre les sushis, mais, je pourrais manger italien tous les jours… les pâtes, les pizzas et moi c'est une histoire d'amour qui dure depuis plus de vingt-six ans.

— J'en déduis que tu as vingt-six ans ?

Elle m'a pourtant donné sa date de naissance pour les billets, mais je n'ai même pas cherché à faire le calcul.

— Oui et toi ?

— J'aurai trente et un ans en février.

Elle ouvre la bouche pour répliquer quelque chose, mais son pied glisse, et elle part soudain à la renverse.

Je la rattrape de justesse en lui agrippant le bras avant qu'elle ne s'étale sur le trottoir.

— Seigneur, l'hiver c'est surfait, grommèle-t-elle. Rien ne vaut le soleil.

— Tu veux t'accrocher à mon bras ? je propose.

— Comme dans tes films ?

— Dis-moi, tu en as regardé combien ? je demande. Tu sembles bien au courant de ma filmographie pour une aigrie de Noël.

— Pas besoin d'être experte. Les films de Noël, tu en regardes un, tu les as tous vus. Dis-moi le contraire.

— C'est vrai mais, putain, ça me permet d'avoir la belle vie.

Elle laisse échapper un petit sourire.

— Je veux dire c'est toujours un truc du genre : Kaylynn Riley McAlistair publiciste new-yorkaise retourne en Arkansas pour s'occuper de l'héritage de sa grand-mère et va tomber amoureuse de Dylan le vétérinaire option bénévole à la collecte des jouets de la ville pour les orphelins. Il sait cuisiner, fabriquer des bibelots en bois et décorer une maison comme s'il était décorateur d'intérieur. Elle va démissionner et se débarrasser sans sourciller de son salaire à cinq chiffres pour vivre avec Dylan et ses trois chiens.

J'éclate de rire.

— T'es même pas un peu vexé que je me moque de ton boulot ?

— Pas du tout. C'est parfaitement vrai. Mais c'est ce qui fait que ces films-là fonctionnent, parce qu'ils ont toujours le même schéma et qu'ils rendent les gens heureux.

— T'es pas drôle.

— Alors, tu as vu combien de mes films ? je demande à nouveau.

— Un ou deux, avoue-t-elle. Quand tu nous as avoué que tu étais acteur et que tu avais principalement tourné dans des films de Noël, il a fallu qu'on regarde avec Ornella.

Elle manque tomber à nouveau alors, cette fois, elle accepte le bras que je lui tends, et ses mains agrippent mon biceps.

— Attention la magie de Noël t'écoute. Elle cherche à attirer ton attention.

— Seigneur, non. L'année prochaine je serai débarrassée de ma poisse.

— Parce que tu crois que c'est la poisse qui te fait trébucher ? Pas la neige ni le verglas.

Elle répond en faisant une grimace.

Nous finissons par arriver au centre-ville ou une vingtaine de chalets s'entassent les uns à côté des autres. Il y a même des manèges, une grande roue et un immense sapin au centre du marché. Des haut-parleurs diffusent des chants de Noël.

— J'imagine que tu préfères le restaurant ?

— Tu commences à bien me connaître *Santa Lover*.

— Je n'ai pas envie que tu me dévores, *Unlucky Girl*.

Elle ne s'offusque même pas.

Je lui tiens la porte lorsque nous arrivons au restaurant. On nous installe dans la salle. Je m'assieds en face d'April. Ses yeux sont aussi bleus qu'un ciel d'été, je n'en avais jamais vu de pareils.

— Alors si tu n'aimes pas Noël, tu aimes quoi ?

— Les trucs d'horreur, d'épouvante, la *fantasy* aussi. Je ne dis pas que je ne regarde pas de film d'amour, j'en regarde et j'adore ça quand je le fais. Mais, vraiment, je vibre quand j'ai peur. Il me faut un soupçon de magie, un monstre qui sort du placard. Je ne sais pas comment l'expliquer.

— Est-ce cliché que la fille qui n'aime pas la neige ni l'hiver ni Noël aime Halloween et l'horreur ?

Elle attrape un gressin dans le panier posé sur la table et le pointe dans ma direction.

— Totalement. Halloween, c'est ma fête préférée. Je l'aime parce qu'elle transforme tout le monde. Les gens se déguisent en ce qu'ils veulent sans se soucier des autres.

— Il n'y a pas de soleil à Halloween pourtant.

April hoche la tête avec une moue.

— Non, mais je suis plus sensible aux décors d'horreur, aux déguisements, aux ambiances lugubres qu'au petit papa Noël et puis… ce n'est pas ma faute s'il n'y a pas de fêtes à proprement parler en été.

— Alors, du coup, donne-moi tes deux derniers déguisements d'Halloween.

— Cette année j'étais déguisé en Faith dans *Buffy contre les vampires* et l'année d'avant c'était en Dolores Abernathy de la série *Westword.*

— Sympa.

— Oui, j'aime bien les femmes fortes.

Je hoche la tête.

— Tu pars d'emblée sur une pizza, je demande en désignant la carte, ou tu veux quand même consulter le menu ?

— Je peux regarder, même si je sais déjà.

Personnellement, je meurs de faim. Et il y a trop de choses sur la carte. Les pizzas me font envie, les pâtes aussi. Je suis indécis. Nous sommes toujours plongés dans la carte quand le serveur arrive.

— Vous avez choisi ?

— Je vais prendre les lasagnes maison, avec… du vin ça te va ?

April écarquille les yeux et puis hoche la tête. J'imagine que l'alcool lui fait penser à notre pitoyable partie de jambes en l'air. Mais on ne sera pas bourrés avec un verre de vin. Et puis, je me dis que peut-être ça pourrait nous pousser à en parler et à en rire. Mais comme elle n'a pas l'air de vouloir lancer le sujet, je préfère ne pas en parler.

— Avec une bouteille de chianti.

— Et vous, madame ? demande-t-il en tapotant sur sa tablette.

— La pizza quatre fromages.

Le serveur se retire. J'attrape un gressin à mon tour.

— Dis-moi, tu peux m'expliquer pourquoi il y a un bonnet de Père Noël qui sort de ta poche ?

— En fait, il y en a deux. C'est un cadeau de Gretel pour qu'on puisse entrer au Santafest.

Elle me regarde, les yeux plissés, comme si elle me défiait de la forcer à y aller. De toute façon on ira, pour se changer les idées.

— Alors, à ton avis, on va réussir à arriver en Alaska ? je lance pour changer de sujet.

— T'as conscience qu'elle va nous tuer si on rate la cérémonie ?

Je ris.

Chapitre 8

April

— C'était trop bon, je soupire.

Il faisait chaud dans le restaurant alors pour une fois, j'apprécie l'air froid dehors, même s'il fait, je pense, un bon moins dix degrés. Pour ça, ça ne change pas trop de New York. Quand je pense que je suis au Canada devant un resto avec le témoin du futur époux de ma meilleure amie, alors que ça fait presque cinq jours – ou du moins quelques heures si je retire le boulot que j'ai eu en plus – que je devrais être en Alaska. Ce voyage, c'est vraiment n'importe quoi.

— Tu veux un chocolat chaud ? propose Cameron.

S'il me prend par les sentiments…

— Je ne refuse jamais ce genre de proposition, je réponds.

Il est presque 22 heures, le plus sage serait de rentrer pour se coucher. Le hic, c'est qu'on va devoir partager un lit et je ne suis pas pressée. Même si on est deux adultes, ça me gêne. J'ai éprouvé du désir pour lui à un moment, je le trouve même très beau… et puis il va me voir au matin avec mes cheveux en bataille. Et si je ronfle ? *Bordel*. En silence, nous nous dirigeons vers un stand de chocolat encore ouvert sur le petit marché. Il n'y a quasi personne. Les gens que l'on croise sont presque tous déguisés afin d'entrer dans le Santafest. On entend de la musique d'ici, et une belle ambiance semble y régner. Je prends conscience que Cameron attire beaucoup le regard des gens et je suis persuadée que certaines personnes le reconnaissent mais n'osent pas venir vers lui. En tout cas, ça n'a pas l'air de le perturber plus que ça.

— Bonsoir, je voudrais deux chocolats chauds.

— Normal ou de Noël ? demande le vendeur.

— C'est-à-dire ?

— Dans celui de Noël, on rajoute de la crème, des confettis de chocolat et un sucre d'orge. C'est un pur régal.

L'homme dans le cabanon en bois m'intrigue fortement.

— Je vais trahir mes principes, je dis, mais mettez-nous la totale.

— Je vous prépare ça.

— Le Scrooge que tu es s'autorise une petite douceur ? T'as raison, c'est peut-être ce qu'il faut faire pour contrer la poisse que tu nous portes.

— Je vais faire comme si je n'avais rien entendu. Ton venin ne m'atteint pas, je suis bien plus forte que ça.

En ricanant comme un crétin, Cameron regarde la place et le marché de Noël. Ce *date* improvisé avec lui ce soir est le meilleur depuis des mois pour moi, c'est quand même un comble. Je lève la tête vers le ciel quand un flocon tombe sur mon nez. Le ciel est drôlement blanc. Des flocons commencent à tomber.

— Il neige encore, je dis.

— On en annonce encore cette nuit, lance le vendeur de chocolat derrière nous.

Il pose deux gobelets sur le petit comptoir de son chalet.

— Vraiment ? lance Cam. Toute la nuit ?

— Aux dernières nouvelles non, mais par ici, rien n'est jamais certain.

Alors que Cameron s'apprête à payer, je le devance. Il se contente de ricaner. Pour le restaurant, nous avons fait un chifoumi, j'ai perdu, alors il a réglé. Donc cette fois, c'est mon tour. Nous prenons nos boissons. Le gobelet me réchauffe les mains, c'est agréable.

— Moi, je pense que pour éviter qu'il neige toute la nuit il faut que tu fasses une bonne action en rapport avec Noël.

Il est fier de ses âneries en plus… puisqu'il ricane comme un imbécile.

— Je ne sais pas si ça marche comme ça, je raille d'un air désabusé.

— T'as pas essayé, tu ne sais pas. Je te rappelle que dans l'un des seuls vrais films de Noël qui ne se passe même pas à Noël, mais en février alors qu'on fête le jour de la marmotte et pas la naissance de Jésus, Bill Murray change pour inverser sa poisse.

Je m'esclaffe avant de boire une gorgée de chocolat. Je crois que je n'ai pas vu ce film depuis des années.

— D'accord, alors admettons : je devrais faire quoi selon vous, *Santa Lover* ?

— Il faut inverser cette négativité. En faisant un ange dans la neige par exemple. En chantant à tue-tête une chanson de Michael Bublé. Tu pourrais aussi demander à Gretel pourquoi elle aime tant Noël, ou lui dire que sa collection de peluches est très belle. Ou même en acheter une pour elle, afin qu'elle garnisse l'étagère.

Je manque de m'étouffer en entendant ses dernières phrases ; ma gorgée passe de travers.

— Les peluches, c'est trop pour toi ?

— Définitivement trop.

Il me fait un clin d'œil, et je sens que je rougis légèrement. Sous la neige et avec nos chocolats, nous avançons vers l'auberge. Cette soirée est vraiment très plaisante. Est-ce que je suis en train de jouer dans une putain de parodie de film de Noël ? Ça y ressemble un peu trop.

— Tu veux qu'on aille au festival ? Les entrées servent à acheter des cadeaux pour les enfants défavorisés.

Je paraîtrais inhumaine si je lui disais non après ce détail. Et puis peut-être qu'y participer fera diminuer ma malchance.

— Allons-y.

— D'après Gretel, il y a des concours de bras de fer.

— Tu viens de me convaincre, je ricane. J'adore ce genre de défi ridicule.

Alors que nous nous dirigeons vers la vieille ville, je me fais la réflexion qu'il est impossible de perdre son chemin et qu'un GPS serait inutile, il suffit de suivre les gens déguisés et habillés en rouge. Cameron me tend un des bonnets. Il enfile le sien, j'en fais de même. Quelle allure doit me donner ce truc !

La musique est de plus en plus forte. Je crois que je préfère cette ambiance rock à l'éternel et insupportable *All I Want for Christmas is You* de Mariah Carrey.

— Bonsoir, hurle le mec qui se présente à l'entrée du festival.

Il nous fouille rapidement.

— Deux tickets, demande Cameron.

— Vingt dollars, mon brave.

Il ne semble pas relever la façon dont on vient de l'appeler, moi, ça m'amuse un peu. Nous accédons alors au fameux Santafest. Et il y a un monde de dingue. Des habits rouge et blanc à perte de vue et des bonnets ridicules sur tout le monde. Au moins, nous nous nous fondons dans la masse, sans avoir l'air ridicule. Cameron comme moi semble regarder un peu partout. Il y a des tonnelles avec des grandes tables, où les gens mangent et boivent, des stands de nourritures, de maquillage. Il y a une scène sur laquelle un groupe de rock est en train de reprendre les chansons de Metallica. Nous nous rapprochons d'eux. Ils mettent vraiment l'ambiance. Le public s'entasse devant eux, ils hurlent, ils chantent, ils applaudissent. Je crois que j'aime bien le Santafest. On dirait un festival de musique à la différence que tout le monde est déguisé en Père Noël.

— Il y a vraiment des concours de bras de fer, je dis en pointant du doigt la grande tonnelle ou une banderole rouge décorée de houx dit : « Concours de bras de fer ». Je trouve ça génial.

— Tu veux aller voir ?

— Carrément, je réponds.

Je n'en ai jamais vu, c'est sans doute ringard au possible, mais dans l'euphorie du moment, ça peut être drôle. Lorsqu'on arrive, on est comme fascinés. Un type est assis seul à une table et face à lui, il y en a quatre qui font la queue. Sans doute pour le défier.

— J'imagine que c'est le champion, lance Cam.

— C'est fascinant. On dirait le Père Noël.

— Tu crois que c'est Gérard le plombier ou alors c'est Santa Claus qui est ici incognito ?

Pour le coup, le type a vraiment la panoplie complète. Le costume, les bottes, le gros bidon, les cheveux blancs et une longue barbe blanche. Les gars se saluent, le *challenger* s'installe face au champion. Soudain, les gens se mettent à scander un prénom : « Klaus ! Klaus ! Klaus ! »

Le combat commence. La scène est tellement cliché et pourtant, je n'arrive pas à dévier mon regard, je suis complètement happé par le face-à-face des deux hommes qui s'intimident. Ils se jettent des regards assassins tout en essayant de prendre l'ascendant l'un sur l'autre. Leurs bras bandés tremblent et tanguent d'un côté et de l'autre. Leurs visages sont tellement concentrés qu'on dirait qu'ils sont crispés ou constipés.

— Le *challenger* flanche, lance Cameron.

Il a raison, la seconde qui suit, Klaus gagne. L'euphorie du public est à couper le souffle. Je me prends au jeu et accompagne leurs applaudissements.

— Tu t'amuses on dirait.

— J'avoue que j'aime beaucoup l'ambiance du Santafest.

— En plus, le bonnet te va à merveille.

Je lui tire la langue, un peu surprise par sa remarque.

Nous continuons d'avancer. On découvre un concours de bûches de Noël. Comme son nom l'indique, il faut manger le plus de bûches de Noël possible. Il y a quatre concurrents attablés avec devant eux des compteurs qui augmentent dès qu'ils finissent leur gâteau.

— Je trouve ça moins mignon, je dis en voyant le concurrent à droite qui a la bouche pleine de chocolat.

— Je note que tu préfères voir des démonstrations de virilité, s'esclaffe Cameron.

— Haha, très drôle. Le mec tout à droite, il a du chocolat qui coule partout, c'est dégoûtant.

Le temps s'écoule, nous nous installons à une table pour boire une bière. Le groupe de musique a changé de registre, ils chantent maintenant des chants de Noël version hard rock et je dois avouer que c'est plutôt pas mal. J'avais un peu peur que la soirée ne soit horrible, mais je me trompais, je m'amuse bien.

— Alors, dis-moi, tu as envie de me parler de ta poisse ? Comment c'est arrivé d'abord.

Les tentes sont chauffées par des cheminées de table, et c'est hyper agréable étant donné que les températures baissent au fur et à mesure que la nuit tombe. D'ailleurs, les flocons tombent encore. Je dois avouer que ça donne un côté encore plus festif et magique au festival. Surtout quand les gosses pas très loin de nous lèvent leurs visages vers le ciel et tirent la langue afin de gouter les flocons. Malgré la nuit noire, la Lune qui semble pleine ce soir, se reflète sur la neige qu'il y a tout en haut des sommets des montagnes. La vie ici me semble douce, par rapport à celle qu'on mène plus ou moins à cent à l'heure à New York. Je reporte mon attention vers Cameron. Son regard est rivé au mien.

— C'est arrivé il y a six ans, un 24 décembre. Je discutais avec Ornella dans ma chambre, j'étais en train de nous maquiller. Je me suis cassé la gueule et j'ai brisé un miroir. Je me souviens qu'on avait lu sur Internet qu'il ne fallait pas jeter les débris, mais qu'il fallait les broyer et les enterrer un soir de pleine lune.

— Tu l'as fait ?

Je secoue la tête :

— Non, parce que je ne croyais pas du tout en ces conneries de malchance et je me demande si je n'aurais pas dû, car l'hiver suivant, ma poisse a commencé. Tous les ans, il m'arrive des catastrophes !

— Tu cumules six ans de poisse donc ? Alors, raconte-moi.

— Il faut savoir que ma poisse commence dès le premier décembre et dure jusqu'au trente et un. L'année qui a suivi le miroir brisé, je me suis cassé la jambe en me faisant percuter par un chauffeur en scooter, ce connard était habillé en Père Noël.

— Outch.

— Comme tu dis. L'année d'après, je me suis retrouvée coincée avec mes parents dans un train de Noël en Laponie. Problème mécanique, nous étions au milieu de nulle part sans le moindre réseau. Ça a duré plus de douze heures. Les gosses pleuraient, les gens n'en pouvaient plus, on a dû, alors il faisait noir, marcher sur trois kilomètres pour rejoindre la gare et le bus…

— Autre chose ?

Je continue de lui raconter mes mésaventures de Noël.

— Et donc c'est la dernière année-là, lance Cameron.

— Exactement, j'ai hâte d'être à l'année prochaine.

Il me sourit.

— Je suis certain que ça va te manquer.

— Même pas.

— En plus regarde, le karma n'est pas si vilain, il m'a mis sur ta route cette année.

Je lui tire la langue. Lui aussi, ce qui me surprend et me fait rire. Il est vraiment craquant quand il s'y met. Un peu trop peut-être.

— Avoue que c'est mieux avec moi, me taquine-t-il.

— Ce n'est pas totalement faux. Disons que sans toi, je n'aurais jamais fichu les pieds dans ce festival.

— Ça aurait été dommage de rater Klaus qui fiche une raclée à ses concurrents et puis, malgré tout, le bonnet te va à ravir.

— N'abuse pas, non plus.

— Croix de bois, croix de fer ! dit-il en posant une main sur son cœur.

— Tu ne te fais pas accoster tant que ça.

— Parce que je ne suis pas une star, je ne suis pas Brad Pitt.

— Ce n'est…

Je sens que je rougis horriblement.

— Je ne voulais pas te vexer.

— Je sais, je te taquine. Pourtant ma réponse est la stricte vérité, et elle ne me blesse pas. À part les gens qui ont regardé mes films d'ado ou les fans de Noël, je suis juste un mec lambda.

— T'as quand même une page Wikipédia et des millions d'abonnés sur tes réseaux sociaux.

— Je le dois à ma belle gueule, tout simplement.

Je bois une gorgée de ma bière.

— Les chevilles, Cameron, fais gaffe. Il n'y aura plus de place dans le lit ce soir.

Je rougis à mes propres mots tandis qu'il me sourit.

— Je me ferai tout petit. Promis.

Ça, j'ai du mal à le croire.

❄❄❄

Les lumières des décorations scintillent encore sur la devanture de l'auberge malgré l'heure tardive. Il doit être plus de minuit.

— Ou alors, c'est pour attirer le voyageur perdu, je souffle.

— Je pense que Gretel aime simplement Noël.

Je hausse les épaules.

— Prête à retourner dans la chambre aux peluches ? ajoute Cameron d'une voix flippante.

— Pas vraiment, je réponds. J'ai peur de finir comme Bill Murray et d'être coincée dans une faille temporelle.

En levant les yeux vers lui, je remarque qu'il sourit en me regardant.

— On va essayer d'empêcher ça.

Il dit ça avec tellement de douceur que je le trouve encore plus charmant. Bon sang, je n'avais pas prévu de développer un petit *crush* sur le témoin du marié. Nous entrons dans l'auberge. Gretel apparaît dans la seconde.

— Vous êtes un sacré cachottier ! s'écrie-t-elle.

Elle fixe Cameron avec un large sourire et le regarde comme si elle découvrait un trésor. J'imagine qu'elle s'est rendu compte qu'il est acteur. En tout cas, elle semblait guetter notre arrivée, vu comme elle lui a sauté dessus. Cameron ne semble pas mal à l'aise ni surpris, je ne saurais dire si le fait qu'elle l'ait reconnu le dérange ou pas.

— Vous étiez à l'écran ce soir. J'ai failli faire une crise cardiaque en vous voyant apparaître. Je savais que je vous avais déjà vu, et vous n'avez rien dit. Vraiment, vous êtes un coquin.

— Je suis démasqué, dit-il poliment.

J'ai l'impression qu'elle veut lui demander une photo ou autre chose, mais qu'elle n'ose pas. Elle reste là, à l'observer, comme une enfant timide qui aurait perdu toute confiance en elle. Je pourrais peut-être l'aider.

— Vous voulez que je vous prenne en photo avec *Santa Lover* ? je propose.

— Oh j'aimerais beaucoup, mais je ne veux pas vous déranger…

Cameron s'avance vers elle.

— Pas de soucis, ça ne m'ennuie pas.

Elle mc donne son téléphone, et j'en prends quelques-unes. Gretel semble aux anges.

— Oh ! je suis vraiment émue. Merci pour la photo, je la ferai imprimer et je décorerai le salon avec. J'adore vos films, ils sont toujours si doux. Vous jouez si bien.

— Merci, Gretel. C'est très gentil.

— Un acteur de films de Noël dans ma petite auberge, c'est vraiment un comble.

On dirait qu'elle a vingt ans à nouveau, et c'est plutôt touchant de voir qu'on peut être troublé à n'importe quel âge. Cameron est adorable lorsqu'il lui dit que son auberge est digne des décors dans lesquels il joue. Gretel devient encore plus rouge. Il dégage quelque chose de bienveillant. En tout cas, si ça l'agace, il ne le montre pas, par courtoisie. Je l'observe se passer une main dans les cheveux.

— Je ne vous dérange pas plus longtemps. Merci encore.

Nous montons les étages jusqu'à notre chambre commune. Alors que je cherche la clé de la porte, Cameron ricane :

— C'était une bonne action de Noël ça.

— Pardon ?

J'enfonce la clé dans la porte.

— Lui proposer de prendre une photo alors qu'elle n'osait pas demander.

Ah.

— J'aimerais quand même arriver en Alaska, je réponds en haussant une épaule. Alors je me dis que faire une bonne action pourrait peut-être contrer ma malchance.

Il ferme la porte derrière nous, et j'ignore pourquoi, mais ça accélère la cadence des battements de mon cœur. Surtout lorsqu'il la verrouille à clé. C'est tout de même un peu troublant de partager une chambre avec lui alors qu'à un moment – même si nous n'étions pas forcément tout à fait lucides – nous avons ressenti une profonde attirance l'un pour l'autre.

— Ton côté Scrooge est-il en train de s'adoucir ?

Je lui balance un oreiller parmi la dizaine posée sur le lit. Je n'ai jamais compris ça : dans les films ou les séries quand les personnages vont se coucher et qu'ils défont le lit, il y a toujours plus d'oreillers que dans une solderie. Cameron me renvoie mon projectile.

— Nan.

Je défais mon côté du lit et retire les coins aux carrés, puis je m'assieds sur le matelas pour retirer mes chaussures. Un étrange calme vient de s'abattre dans la chambre. Ni Cameron ni moi ne parlons. La situation est un peu gênante... mais on est assez grands pour gérer un dodo dans le même lit, non ? Je nous estime – au vu de notre poisse – chanceux de dormir dans une chambre certes trop décorée, mais dans laquelle il fait bon.

— Est-ce que ça t'ennuie si je dors en boxer ?

Je sursaute comme une idiote. Lentement je tourne la tête vers lui. Il a une main enfouie dans ses cheveux et une toute petite part de moi, aimerait que ça soit la mienne.

— Je dors toujours comme ça, mais si ça te met mal à l'aise, je peux enfiler un pantalon de jogging et un T-shirt. Dis-moi.

Je ne sais pas ce qui me trouble le plus, sa demande plutôt respectueuse ou alors le fait qu'il va se retrouver quasiment nu devant moi si j'accepte ?

— Ça ne m'ennuie pas, je réponds.

— Je peux dormir sur le sol, si...

— Non, tu vas avoir mal au dos. Je n'ai pas envie de bousiller le témoin avant le mariage. Ce n'est pas un *king-size*, mais on devrait pouvoir dormir sans se bagarrer, non ?

— J'espère.

Je glousse nerveusement.

— Je vais me changer, je reviens.

Je me redresse et attrape un pyjama dans ma valise. Dans la salle de bains, je m'asperge le visage d'eau fraîche avant de me changer. Je me brosse les dents et puis je le rejoins. Cameron porte un boxer et il a finalement un T-shirt noir. Je me glisse dans le lit en fixant les peluches en face de nous. Tandis qu'il part dans la salle de bains, j'envoie un message à Ornella.

April : Combien je t'aime sur 10 ? Je vais dormir dans une piaule qui est plus décorée que la totalité de mon appartement et je vais partager un lit avec le témoin de ton futur époux parce que tous les hôtels ont été pris d'assaut.

Ornella : Tu dors avec Cam ?

April : On n'a pas eu le choix.

Ornella : C'est ce qu'on dit…

Ornella : Mais sérieusement, vous êtes vraiment dans la même chambre ?

April : Même chambre, même lit, même salle de bains… *no joke*. Ce voyage, c'est quand même un sacré délire.

Cameron finit par sortir et se glisse dans le lit en silence. Mon cœur loupe un stupide battement lorsque le matelas s'affaisse sous son poids. Il faut que je garde mon calme, c'est parfaitement débile de se sentir aussi troublée.

— Ça t'ennuie si je lis un peu ? demande-t-il.

— Non. Je vais scroller sur mon téléphone avant de dormir.

Ornella : Vous faites quoi là ? Vous êtes au lit ?

April : Ouais. Littéralement.

Ornella : T'es pas sérieuse ? Je veux une preuve !!!

April : Ma parole devrait suffire.

Ornella : Pitié. Pitié…

Ornella : Mais vous faites quoi en plus là ? Vous discutez ou alors vous ????

April : Oui, je t'envoie des SMS pendant qu'il est en train de me sauter. Nan, mais t'es pas bien !

Ornella : Je veux toujours ma preuve.

Je verrouille l'écran de mon téléphone en me demandant comment je pourrais réussir un tel prodige sans que Cameron ne me voie. Je me tortille dans le lit. Oh et puis après tout, je n'ai pas à lui envoyer de preuves… elle peut aussi se faire cuire un œuf.

— Un problème ? demande Cam. Tu veux que j'éteigne ?

— Non, non. Tout va bien.

J'ai la voix haut perchée soudain.

Plus naturelle, tu meurs.

— April ?

Cette fois mon regard croise le sien. L'expression de Cameron est à la fois douce et sérieuse.

— C'est ma présence qui te gêne ? Je peux toujours dormir par terre. Vraiment, pour une nuit, ça ne va pas me tuer.

Je crois que cette prévenance me fait craquer.

— Non, ce n'est pas ça, c'est juste Ornella… elle ne voulait pas me croire quand je lui ai dit qu'on dormait ensemble.

Son rire est immédiat.

— Tu lui as dit qu'on dormait ensemble ?

Je balaye sa remarque d'un revers de la main.

— Bah, tu sais… je lui dis tout généralement.

— Tu veux qu'on lui envoie un selfie ? lance Cam.

— On ne ferait que nourrir son voyeurisme, je soupire.

— Mais ça pourrait peut-être la déstresser.

Ses mots me font abdiquer. Je mets la caméra en frontal. Sur la première photo, Cameron tire la langue et fait un V avec ses doigts. Sur la deuxième nous affichons des moues blasées.

— Tu veux une peluche pour une dernière photo ou c'est bon ?

— Et risquer de les sortir de leur sommeil pour qu'elles nous attaquent ? Hors de question. Merci pour ta participation. Ornella va être ravie.

— Si je peux aider, je suis ton homme.

Alors qu'il replonge dans la lecture de son script, j'envoie deux clichés à Ornella.

April : Voilà. La future mariée est satisfaite ?

Ornella : Ouiii. Mais bordel, vous êtes vraiment dans le même lit.

April : Tout ça pour toi.

Ornella : Oh ! pauvre petite chose, enfermée avec un beau mec.

April : Je vais dormir. Bonne nuit. Vivement qu'on arrive.

Je ferme les applications ouvertes en fond sur mon téléphone et, comme je n'ai plus que dix pour cent de batterie, je le mets en charge. Mes yeux se ferment d'eux-mêmes lorsque je pose la tête sur l'oreiller.

Chapitre 9

Cameron
6 décembre, 9 jours avant le mariage.

Je fixe l'heure sur mon téléphone, parfaitement dubitatif. Il est pratiquement 10 heures. Il fait encore sombre dans la pièce car le soleil n'est toujours pas levé. La lumière rouge qui filtre à travers le rideau m'intrigue. De son côté, April dort encore profondément. On va partir plus tard que prévu, mais il faut croire qu'on avait besoin de repos tous les deux. Je me lève rarement à cette heure-ci, je suis plutôt matinal. Mais cette nuit j'ai vraiment dormi comme un loir.

Je m'extirpe du lit pour regarder à travers la fenêtre, l'aube est rougeoyante et magnifique. Le paysage est totalement différent d'hier. Quand je baisse les yeux, c'est un blanc immaculé. La rue est recouverte d'un épais manteau blanc et brillant. Il a neigé toute la nuit visiblement, car il semble y avoir une sacrée couche. J'attrape mon téléphone posé sur la table de chevet, la première notification est une alerte météo de la ville qui nous informe que les routes sont impraticables aujourd'hui et que la municipalité nous conseille vivement de rester chez nous le temps que le déneigement soit terminé.

Bordel.

Le mariage est dans neuf jours. Je commence à croire que ça va être mission impossible… si on est réellement coincés jusqu'à ce soir, voire demain matin, il va falloir qu'on fasse vite sur la route pour rejoindre Anchorage. Il reste plus d'une semaine encore, mais si April est réellement maudite, on n'est pas près d'arriver. J'enfile un pantalon de jogging et un sweat alors qu'April bouge dans le lit. Elle se tourne vers moi et ouvre lentement les yeux.

— Bonjour, je lance.

Elle esquisse un petit sourire. Le genre à te retourner le cerveau et à te faire remarquer que ce n'est pas si mal de trouver une fille dans ton lit au petit matin. Sauf qu'il ne s'est absolument rien passé. Je suis vraiment dans un scénario de film quand je vois les imprévus qui nous tombent dessus, surtout si j'ajoute qu'une femme aussi belle a dormi dans le même lit que moi sans qu'il ne se passe rien.

— Il fait drôlement sombre. Il est quelle heure ?

— Dix heures.

Ses yeux s'écarquillent, et elle se redresse à l'arrache en paniquant.

— Pourquoi tu ne m'as pas réveillée ? Pourquoi tu…

— Je viens de me réveiller moi aussi et…

Elle s'approche de moi, plus mignonne que jamais avec ses cheveux en pagaille et son air bougon.

— La ville est bloquée pour la journée, il a neigé toute la nuit. On ne pourra pas partir ce matin.

— C'est une blague ?

Elle se prend le visage dans les mains.

— Malheureusement non.

April s'avance jusqu'à la fenêtre et découvre le paysage. Il faut avouer que c'est beau cette poudreuse qui recouvre tout. Des toits aux arbres en passant par les trottoirs, c'est comme si l'hiver avait décidé de nous figer dans un décor immaculé.

— Bon sang, mais comment on va faire ?

— Je vais aller à l'agence de location de voitures en louer une en avance, comme ça dès que les routes sont praticables, on se met en route.

— C'est une bonne idée.

— Je m'en occupe, tu n'as qu'à rester au chaud.

❀❀❀

— Alors t'as pas envie de me rejoindre ? grommelle James.

— Franchement, tu y crois toi ? Les imprévus s'enchaînent, c'est flippant…

James ricane au téléphone alors que je galère à marcher dans la rue tant il y a de la neige. Les gosses dehors ont sorti les luges ou font des batailles de boules de neige. Les couples se promènent, on dirait un paysage de carte postale. Les gens semblent heureux. En tout cas, ils sont moins stressés qu'April que la ville soit figée.

— Il reste neuf jours, tout va bien. On rattrapera le temps perdu quand tu seras là.

Au moins, il reste optimiste.

— J'ai réussi à réserver une voiture ce matin. Dès que les routes sont dégagées, on se met en route pour vous rejoindre. Ton mariage me coûte un bras en transport tu en a conscience ?

Je le taquine bien sûr. L'argent est une formalité qui ne m'inquiète plus depuis pas mal d'années maintenant, mais faire chier James, c'est mon *hobby* préféré.

— L'amour que tu me portes ne les vaut-il pas ?

— Non, je réponds *cash*.

— Voilà pourquoi je ne t'ai jamais demandé en mariage, s'esclaffe James. Parce que tu finis toujours par me briser le cœur.

Je ricane comme un idiot. Entre nous, c'est l'amour vache depuis qu'on se connaît.

— J'aurais dit oui, tu sais.

— Je sais.

L'amour tendre aussi parfois visiblement. J'ai pas mal de potes, des amis, mais James est particulier, c'est réellement mon meilleur ami.

— Plus sérieusement, tu sais que l'argent n'est pas un problème.

— Tout se passe bien avec April ?

Je me demande quelle est la nature de cette question, car il a un ton légèrement ironique.

— Oui, elle est… amusante, je réponds.

— Amusante, c'est tout ?

— Quoi ? Elle est drôle. Tu veux que je te fasse des compliments pour chaque lettre de son prénom.

— C'est toi qui as commencé avec le « A ». T'en as un en « P » ?

— Poisseuse ?

Il éclate de rire.

— C'est un peu ce que Ornella n'arrête pas de dire. La lettre « R » maintenant ?

Je fais exprès de souffler exagérément.

— Au moins, vous vous entendez bien.

— On est des êtres civilisés. On ne se tape pas dessus.

— C'est ça, lance-t-il d'un ton railleur. Et vous avez reparlé de tu sais quoi ?

— Non parce qu'il n'y a rien à dire. Si elle ne met pas le sujet sur la table, je ne vais pas faire mon gros lourd en mode : « Au fait tu te souviens quand on a essayé de baiser, que tu as vomi et que je t'ai bordée ? »

— Je sais, je sais… mais parfois on se fait des confidences sur l'oreiller, donc…

— Franchement t'es pire que ma mère qui me demande à chaque fois que je suis sur un tournage si je suis en couple avec l'actrice avec qui je partage l'affiche.

— Tu commences à te faire vieux, tu sais. Il est temps que tu te cases.

Je ricane très fort.

— Ou alors tu es en train de flipper de te marier et tu aimerais que je me trouve une nana pour que je suive la même voie que toi.

James éclate de rire cette fois. Je tourne au croisement de la rue pour rejoindre l'auberge, mais j'ai la sensation qu'il y a un attroupement anormal. Je plisse les yeux.

— Bon, je vais te laisser, j'ai l'impression qu'il y a du monde à l'auberge, je te rappelle.

Je raccroche et je remarque que j'ai reçu plusieurs messages pendant que j'étais au téléphone avec James. Des messages d'April. Je fronce les sourcils en scrutant l'écran.

April : Ne reviens pas.

April : Fuis !

April : Elles sont folles. Elles savent que tu es là.

Je lève les yeux de l'écran. Alors cet attroupement serait pour moi ?

Cam : Tu m'expliques ?

April : Je ne sais pas... Elles sont arrivées en masse d'un seul coup. Elles ne font que parler de toi. Elles ont des carnets et des stylos.

Cam : Mais tu es où ?

April : Au milieu de la masse, dans le salon de l'auberge. J'étais en train de bosser sur mon ordi quand deux femmes ont frappé à la porte de la chambre.

Cam : Pardon ?

April : Sauve-toi tant que tu peux. Elles auront ta peau sinon.

Cam : J'arrive.

April : J'ai été heureuse de te connaître *Santa Lover*.

Je range mon téléphone dans la veste de mon manteau et je m'avance dans la rue. Je n'ai même pas encore pris le chemin pavé qui mène à l'entrée de l'auberge qu'une voix stridente se met à hurler que je suis là. Elles se tournent toutes vers moi. Elles sont vraiment au moins une vingtaine dehors avec des carnets à la main. Elles m'appellent par mon prénom, me crie dessus. Je suis assez perturbé ; pas parce que je n'ai jamais connu de bain de foule comme ça, mais parce que je ne m'attendais pas à ça aujourd'hui. Je passe très souvent inaperçu.

— Oh Cameron, je suis votre plus grande fan.

— Non c'est moi ! hurle sa voisine.

— Menteuse, c'est moi ! J'ai vu tous tes films, Cameron !

J'essaye d'atteindre l'auberge, mais elles forment un cercle autour de moi. Je les salue, leur souris en cherchant comment sortir de cet attroupement un peu malsain et oppressant quand le bruit d'un klaxon calme soudain l'assemblée.

— Laissez-le, bande de harpies ! s'écrie ensuite la voix de Gretel. Laissez-le rentrer et, s'il le désire, il dédicacera vos carnets…

Je m'avance jusqu'à Gretel qui repousse le monde avec un balai. Je remarque qu'à l'intérieur de la maison il y a de l'affluence aussi. Bon sang, c'est quoi ce délire ?

— Venez ! Rentrez !

— Qu'est-ce qu'il se passe ici ? je demande.

— Cameron, je suis terriblement désolée, j'ai montré la photo que nous avons faite hier dans mon groupe WhatsApp et… elles ont débarqué en masse.

— Un groupe WhatsApp ?

— Eh bien voyez-vous, nous avons un club de lecture et de vidéos qui compte plus de soixante-trois membres. Nous sommes des amoureuses de Noël, nous lisons et regardons des comédies romantiques et forcément… en montrant votre photo, j'ai ameuté tout le monde. On regarde vos films tous les ans et… Je suis terriblement désolée. Si vous voulez que je mette les gens dehors, je m'exécute aussitôt.

— Non, ça ira. Mais je vais aller voir April avant.

Je n'attends pas qu'elle me réponde, je perçois juste qu'un sourire éclaire son visage. Je m'avance jusqu'au salon. Dans un coin, prise en otage par deux femmes, je repère April. Je m'avance vers elle alors que mon entrée dans la pièce suscite des messes basses.

— Bonjour ! Vous permettez ?

Je n'attends pas de réponse non plus, j'entraîne April plus loin en la prenant par le poignet. Je me penche vers elle, qui me regarde avec de grands yeux.

— Tout va bien ?

Ses joues se colorent de rouge.

— J'aime les films angoissants alors tout va bien, me répond-elle avec un sourire.

— Je suis désolé de ne pas avoir été là.

— Ce n'est pas ta faute.

— Qui est venu frapper à notre chambre ? je demande.

— Les dames qui étaient en train de me parler quand tu es arrivé.

— Merci. Je vais leur donner ce qu'elles veulent, et on sera tranquilles après.

— Tu sais que ce que désirent vraiment certaines ce n'est pas juste un autographe.

— Voyons, April. Elles sont aussi prudes que les héroïnes des films dans lesquels je joue.

Elle me sourit.

— Dans la réalité, elles veulent *Santa Lover* version X vu le regard lubrique qu'elles te lancent. Pour certaines en tout cas.

Sur ces mots, je me dirige vers Gretel qui semble encore très gênée. Je ne lui en veux pas, c'est juste un peu oppressant d'être acculé de la sorte.

— Je vais signer leur carnet.

Gretel réussit, je ne sais comment, par mettre tout le monde en rang. J'attrape le carnet de la première personne qui s'approche de moi, j'ai oublié qui m'a désigné April tout à l'heure.

— Bonjour, quel est votre nom ?
— Betty, je vous adore tellement Cameron.
— Merci.
— Je suis allé frapper à votre porte pour vous voir, j'en rêvais, ajoute-t-elle.
— Merci pour votre engouement Betty, mais ne refaites plus jamais ça. Pour moi ou n'importe quel acteur ou actrice. Vous avez importuné mon amie, et c'était intrusif. Je sais que vous ne pensiez pas à mal, mais songez à notre intimité. Ce n'est pas quelque chose qui se fait…
Tant pis si je suis assez sec ou désagréable, j'estime que ce qu'elle a fait était incorrect. Surtout que ça a contribué à gêner April.
— Je suis désolée, j'ai…
— Ce n'est pas grave, simplement la prochaine fois attendez patiemment que je rentre.
Elle hoche la tête, je lui rends son carnet.
— Est-ce qu'on peut prendre une photo ?
Je n'en ai pas spécialement envie parce que je n'aime pas ça, mais c'est le jeu alors j'accepte. Après Betty, l'exercice se répète jusqu'à la dernière personne. Une fois tout le monde parti, l'auberge retrouve son calme.
— Cameron, encore une fois merci d'avoir fait ça et pardonnez-moi le dérangement, je ne pensais pas déclencher une émeute.
— Vous êtes une star, vous aussi, lance April. Vous leur avez fait rencontrer Cameron Carson.
Gretel sourit avant de s'excuser à nouveau et de partir s'occuper de ses clients.
— Toujours en vie à ce que je vois.
— Je suis un roc.
— C'était vraiment gentil de faire une dédicace et une photo avec tout le monde. Encore plus d'avoir fait remarquer à la dame que ce n'était pas correct d'être venu frapper à la porte de notre chambre.
— Désolé pour tout ça. Elles t'ont fait sortir de la chambre ?

— Littéralement, répond-elle. Betty et sa copine ont crocheté leur bras au mien et m'ont fait descendre, elles m'ont parlé de toi. C'est là que j'ai vu l'attroupement et que je t'ai envoyé des messages discrètement.

Je secoue la tête, abasourdi par leur comportement. Je n'ai pas voulu être trop brusque avec cette femme, mais j'aurais peut-être dû. Après tout, c'était toxique de venir toquer comme ça à ma porte. Malgré tout, April reste souriante et joviale, alors j'imagine que tout va bien.

— Elles m'ont toutes parlé de leur film de Noël préféré. Je n'en connaissais aucun. Elles n'ont même pas cité *Maman j'ai raté l'avion* alors que c'est quand même l'un film culte en cette période.

— Tu leur a dit que le tien c'est *Gremlins* ?

— Comment tu le sais ? demande-t-elle faussement choquée.

Je ris.

— Une intuition comme ça. Il est midi, tu veux qu'on sorte manger un truc ?

— Tu apprendras que je ne dis jamais non à la bouffe. Il faut juste que j'aille chercher mon manteau. Tu crois que les restaurants sont ouverts ?

— On peut toujours aller voir.

Elle s'éclipse quelques secondes puis revient, emmitouflée comme pas possible.

— J'ai réussi à louer une voiture, au fait. Dès que les routes seront praticables, on pourra continuer notre périple.

Son visage s'éclaire encore plus.

— J'ai hâte de reprendre la route.

Ouais, moi aussi.

Chapitre 10

April

Il fait nuit, mais nous sommes en route. Nous avons entassé nos valises dans le coffre de la voiture de location et, pour le moment, ça roule plutôt bien. Gretel n'était pas rassurée de nous laisser partir, mais avec la poisse que je me traîne comme un boulet, nous nous sommes dit qu'il était sans doute plus judicieux de partir dès que les routes étaient praticables. Elle nous a offert un panier avec de la nourriture pour un encas sur la route. Depuis le temps que nous avons commencé ce voyage pour rejoindre Ornella et James, j'ai hâte d'enfin arriver sur place. Incroyable mais vrai, j'ai envie d'arriver en Alaska. Il reste encore pas mal de kilomètres à faire cela dit. Il n'y a quasi personne sur la route, nous donnant la drôle d'impression d'être vraiment seuls au monde, perdus au milieu des paysages enneigés canadiens. Bien qu'il fasse nuit, le ciel est clair. Les montagnes se dessinent autour et derrière nous, elles sont couvertes de neiges. Je dois bien avouer qu'en y réfléchissant, c'est assez beau, et ça doit l'être encore plus de jour. Quoique, au moment où cette pensée me traverse l'esprit, le ciel se pare de couleurs que je ne lui avais jamais vues. Je me penche sur le pare-brise pour en voir davantage. Cameron ralentit et finit même par arrêter la voiture.

— Tu veux descendre ? demande-t-il.
— Je crois bien…

J'avais oublié le froid mordant du Canada. La nuit est encore plus glaciale. Mon pull en laine me semble aussi fin que de la soie face aux températures négatives, mais qu'importe, mes yeux ne peuvent quitter le spectacle incroyable que nous offre le ciel. Violet et vert se confondent et dansent dans les cieux. C'est comme s'ils se détachaient de la blancheur du paysage gelé.

— C'est incroyable… je n'avais jamais rien vu d'aussi beau, je souffle.

Je sens quelque chose sur mes épaules et me rend compte que Cameron vient de poser mon manteau sur moi. Je le remercie. Il me sourit silencieusement sans se rendre compte qu'il est à chaque fois plutôt prévenant et que c'est agréable. Certains hommes sont de vrais mufles par comparaison.

Je reporte mon attention sur le ciel. Je n'avais jamais vu d'aurores boréales avant aujourd'hui. C'est aussi irréel que sur les images qu'on peut voir sur Internet ou à la télé. Je suis scotchée et je dois avouer que ça, c'est vraiment un spectacle magnifique. Ça me rend insignifiante, et ça me donne l'étrange sensation qu'il reste tant de choses à découvrir sur terre. Je veux dire qui sommes-nous alors que le ciel peut faire ce genre de choses ? La nature est vraiment incroyable.

— J'en ai vu beaucoup en allant rendre visite à la famille de James, explique Cam. Mais la première fois, c'est impressionnant, et je dois même dire que c'est toujours un spectacle à couper le souffle.

J'oublie toujours que James est alaskien et que les aurores boréales sont fréquentes là-bas. Je dois avouer que ça apporte encore plus de cachet au Grand Nord.

— Je confirme que celle-ci est vraiment belle.

Profitant que l'endroit est désert, je prends plusieurs photos pour garder un souvenir, même si je sais déjà que c'est gravé dans mon esprit à jamais. Nous restons là, un moment, sur le bas-côté de la route. Des voitures passent de temps en temps, et une famille finit par faire comme nous et s'arrête pour admirer le paysage. Nous restons silencieux, captivés par ce spectacle de lumière.

— Est-ce que tu veux que je prenne le relais ?

— Non je peux tenir encore un peu, répond Cam. Je ne suis pas fatigué.

Lorsque je me tourne vers lui, je remarque qu'il me vise avec son téléphone.

— Tu m'as prise en photo ?

Je suis surprise et un peu gênée aussi.

— Oui, regarde. Ça rend bien.

Les clichés sont beaux. Sur le premier je suis de dos, sur le second, de profil. Sur les deux, le ciel magnifique est à l'honneur en fond. Ce voyage imprévu n'est pas si mal après tout. Il a quand même quelques bons côtés lorsqu'on voit des aurores boréales en pleine nuit.

— On pourrait prendre un selfie et l'envoyer à Ornella, propose-t-il. En mode : « notre *road trip* progresse. »

Je hoche la tête, touchée qu'il pense à elle. Avant que nous partions de chez Gretel, il a suggéré l'idée qu'on fasse un selfie à chaque fois qu'on s'arrêterait quelque part ou que l'on tomberait sur un imprévu. J'ai trouvé l'idée géniale. Il déverrouille son portable et se rapproche de moi. Cameron incline son téléphone de sorte à ce qu'on puisse voir le ciel derrière nous et au-dessus de nos têtes puis, il prend plusieurs clichés. J'ignore pourquoi, mais c'est assez facile de jouer le jeu avec lui. Je ne m'attendais vraiment pas à ce que le temps passé en sa compagnie soit si doux en fin de compte.

— On peut rouler encore un peu et s'arrêter quand on aura faim, propose-t-il.

— Ça me va, je réponds.

— Tu sais ce que nous a préparé Gretel ?

— Non, je n'ai même pas regardé, je dis en me dirigeant vers la voiture.

J'ouvre la portière arrière sur laquelle il y a un panier rempli de nourriture.

— Alors on a des cookies maison et des brownies aussi. Il y a deux sandwichs au rosbif et deux sandwichs au poulet. Tout à l'air délicieux.

❀❀❀

Il est pratiquement 6 heures du matin lorsque j'ouvre un œil. Putain, j'ai dormi au moins quatre heures d'affilée. Cameron n'est pas dans la voiture, je plisse les yeux et remarque que nous sommes arrêtés dans une station-service. Il revient au moment où je veux ouvrir la portière.

— Salut ! lance-t-il joyeusement.

Il est toujours aussi séduisant et ça même s'il n'a pas fermé l'œil de la nuit à cause de moi. Je suis une piètre copilote, j'ai dormi comme un bébé.

— Bonjour.

— Tu veux te dégourdir un peu ?

Je hoche la tête. Il se gare plus loin, je sors de la voiture. M'étirer me fait un bien fou, mes fesses sont engourdies et mon dos me fait un peu mal. Ça commence à être long, mais on ne devrait plus être loin. Il fait froid dehors alors je m'emmitoufle dans mon manteau en fausse fourrure. Je n'ai pas hésité deux secondes en le voyant dans la vitrine d'un magasin. Je passais devant pour rejoindre Ornella dans un bar, j'ai eu un *eye contact* avec lui à travers la vitre et waouh… Je suis rentré dans la boutique, il y avait ma taille, je l'ai essayé, je suis ressorti avec. Coup de foudre. À défaut de tomber amoureuse des mecs, je fonds pour des fringues ou des palettes de fards à paupières. Je ne suis pas malheureuse pour autant. Loin de là. Je revendiquerai toujours les bienfaits du célibat. Seul un type génial mérite qu'on rompe notre célibat pour lui.

— Je suis désolée d'avoir dormi si longtemps. La route n'était pas trop longue ?

— Pas de soucis, j'ai chanté sur Imagine Dragons, Djo, après j'ai rappé avec Eminem. Je ne voulais pas te réveiller, mais il fallait remplir le réservoir.

Il neige toujours sur le Canada quand je regarde mon téléphone, ici ça s'est visiblement arrêté pour le moment donc nous pouvons continuer à rouler. Cameron s'appuie contre la voiture, ça va faire trois jours que nous sommes ensemble, dans ce *road trip* vers l'Alaska. La dernière fois que j'ai passé autant de temps avec un gars, c'était il y a un ou deux ans, je crois. J'étais terrifiée après son premier appel, après ce qui s'était passé entre nous je ne savais pas trop comment me comporter ni réagir, mais je me suis angoissée pour rien. Après trois jours de galère, il est toujours aussi séduisant, je dois dire. Quand on a failli coucher ensemble, je le trouvais vraiment canon et je constate que mon opinion n'a pas changé. Je ressens toujours cette drôle d'attirance physique pour lui. Il est vraiment le style d'homme pour qui je craque. Cheveux bruns en bataille, beau sourire et yeux clairs, c'est mon péché mignon. Bon sang, il faut que je pense à autre chose. Dans quoi je m'embarque avec des pensées aussi grotesques ?

— Est-ce que tu es accompagné au mariage au fait ? je demande en passant une main dans mes cheveux.

Je pouvais lui poser des tonnes de questions, mais j'ai choisi celle-ci. Je ne sais pas pourquoi j'ai demandé ça ni pourquoi j'aurai la sensation d'être déçue s'il me répond par l'affirmative.

— Non, me répond-il. Et toi ?

Je masque mon sourire en regardant le ciel quelques secondes.

— Non plus. Je n'ai trouvé personne parce que mon boulot accapare tout mon temps. Je veux dire, je bouge souvent et parfois les tournages durent plusieurs jours, alors je n'ai pas le temps de rencontrer qui que ce soit.

— J'aurais pu répondre la même chose.

— En plus, la dernière fois que j'ai amené un mec à un mariage, le type était aussi rasoir qu'un lampadaire.

Il me sourit. Je n'avais jamais prêté attention, jusqu'à maintenant du moins, au fait qu'il est très concentré sur moi. Dès que je dis quelque chose, il m'accorde toute son attention. Il n'a jamais l'air blasé par ce que je dis. C'est plutôt agréable, cette sensation.

— T'as conscience qu'il faut m'en dire plus maintenant ?

— On ne se connaissait pas vraiment, j'explique alors. Disons qu'on avait plutôt bien matché sur un tournage, et le gars m'invite à sortir le samedi d'après. J'avais un mariage, alors je décline et puis j'ai l'idée folle de lui dire un truc du genre : « Je suis invitée à une cérémonie, tu n'as qu'à venir avec moi. » Il me dit oui, alors on se retrouve le week-end d'après. Il était séduisant, bien habillé, à première vue c'était un sans-faute. Et puis, passé la cérémonie, il se met à me parler comme mon père. En mode « tiens-toi droite », « ne ris pas trop fort ce n'est pas féminin », « ne bois pas trop ce n'est pas joli pour une femme »...

— Oh ! le con.

Je ricane. Sa réponse est si spontanée.

— Il ne faisait que des remarques de ce genre. Lorsqu'on revient du buffet avec nos assiettes, il me dit : « Tu ne devrais pas t'enfiler tout ça, c'est bourré de sucre, tu vas grossir. »

— Tu l'as giflé, j'espère ?

— Non, et c'est mon plus grand regret. J'ai ouvert la bouche pour lui dire d'aller se faire voir, mais Ornella qui était juste à côté de moi m'a suppliée de ne pas faire de scène au mariage, alors j'ai pris sur moi. J'ai donc espéré qu'il se mêle aux invités, qu'il tombe sous le charme d'une demoiselle d'honneur célibataire qui ne mange que des graines et des légumes, ou alors qu'il trouve des gens aussi chiants que lui et qu'il reste avec eux pour le reste de la soirée. Il y en a toujours lors des mariages. Mais, non. Il est resté accroché à moi jusqu'au bout du bout. Quand il m'a demandé si je voulais qu'on se revoie, je lui ai sorti un monologue de cinq minutes pour lui expliquer pourquoi cela n'arriverait jamais.

— Ils cachent bien leur jeu ces acteurs quand même. Ils ont l'air sympathiques et, en fait, pas du tout.

Il dit ça avec tellement d'aplomb que je me pince les lèvres pour ne pas sourire.

— Carrément, je raille. Pour ça, j'attends de voir à quel moment tu vas me sortir ton *red flag*.

— Tu verras que je suis l'exception qui confirme la règle. Je suis beau, gentil, drôle. Ce que je t'ai dit à l'aéroport vaut toujours. Je suis le compagnon de voyage idéal.

— Pour l'instant, t'es plutôt pas mal.

— Plutôt pas mal… tu sais quoi, je vais me contenter de ça pour l'instant, car je sais qu'un jour tu me diras que je suis génial.

Je pourrais lui dire maintenant que je l'apprécie, mais pas question de nourrir son ego.

— On verra bien.

Nous rigolons puis un silence apaisant s'installe entre nous. Je n'aurais jamais supporté ce voyage sans lui, c'est certain. Une toute petite part de moi se dit que ma poisse m'a envoyé un allié pour ce voyage. Elle a dû se dire que toute seule, je me ferais probablement bouffer par un ours.

— Tu as mangé ? je demande.

— Non, je t'attendais. Je me suis dit que tant qu'il n'y avait pas d'imprévus, il fallait que je continue de rouler.

— Ce n'est pas totalement stupide.

— Je fais ce que je peux.

Je pince les lèvres pour dissimuler mon amusement.

— Je peux prendre le relais pour que tu te reposes…

Cameron secoue la tête, et nous reprenons la route.

Chapitre 11

Cameron
7 décembre, 8 jours avant le mariage.

— T'es allé voir Imagine Dragons en concert ? s'écrie-t-elle.

— Oui, je confirme avec un hochement de tête. Trois fois en tout.

— Sérieux ? C'est mon groupe préféré, je les adore, mais je n'ai jamais réussi à avoir des places à temps.

Elle me regarde avec un air assassin qui me fait sourire, puis elle se concentre à nouveau sur la route.

— Si je chope des places pour le prochain, il y en aura une pour toi. Je te préviens, je danse, je chante, je bouge, je profite à mille pour cent lorsque j'assiste à un concert.

— Je peux gérer ça, d'autant que je suis pareille. C'est vraiment gentil, mais ne te sens pas obligé, tu sais, pour les places.

— Je ne te le proposerais pas sinon. Le dernier concert, j'y suis allé seul parce que James en avait marre de m'accompagner, tout comme d'autres potes…

— Et tu es toujours ami avec eux ?

— Ouais, je suis trop bon, je ricane.

Plus le temps passe et plus j'ai la sensation qu'il est facile de lui parler. Les sujets viennent naturellement et quand il y a des blancs, ce n'est pas désagréable ni même gênant. Je pensais vraiment, lorsqu'on s'est retrouvé à devoir finir le voyage en voiture, que ça serait laborieux de se retrouver dans un schéma de proximité forcé avec elle. Ce n'est jamais évident de passer du temps avec une personne que tu ne connais pas. Les affinités, ce n'est pas quelque chose qu'on peut contrôler. Parfois, on ne supporte pas les gens… mais en fin de compte, c'est agréable. Je pense qu'on commence à s'apprécier, peut-être même à devenir ami. On se découvre des passions communes, et je me rends compte qu'elle n'est pas seulement jolie, elle est également pleine de vie, d'envie. On se découvre des points communs, et je commence à me dire que si on avait fait l'effort plus tôt, on s'entendrait peut-être déjà mieux.

— Qui d'autres tu as pu voir sur scène ? demande-t-elle en fixant la route.

— Beyoncé, Twenty One pilot, Harry Stiles, je réponds. 5 Seconds of Summer aussi et Dua Lipa. J'essaye d'assister à des concerts au minimum deux fois par an.

J'adore aller voir des artistes en *live*, je pense que je pourrais facilement vivre sans télé, mais pas sans musique. J'en écoute énormément, de tout. Je n'ai pas de genre particulier, même si j'écoute moins de classique. Ma sœur, qui adore la K-pop, avait peur de me faire écouter ses groupes préférés en pensant que j'allais me moquer de ses goûts musicaux. Maintenant j'écoute le groupe Stray Kids très régulièrement. Je ne sais pas vivre sans musique dans ma vie. Je n'en ai pas écouté beaucoup depuis que nous avons commencé notre *road trip*, et ça commence à me travailler un peu. C'était la raison pour laquelle j'étais heureux d'en écouter en voiture.

— J'adore la musique, je ne sais pas passer une journée sans.

— Je comprends, moi aussi, j'en écoute énormément. Spotify est mon meilleur ami. Ton prochain concert ?

— Ed Sheeran.

— Je vais le voir aussi, s'écrie April, ravie.

— À Boston ? je demande.
— Oui, répond-elle avec un sourire. Toi aussi ?
— Oui.
Jetant un coup d'œil dans sa direction, je constate qu'elle sourit. D'ici là, peut-être qu'on décidera de s'y rendre ensemble. On s'entend plutôt bien en fin de compte. En toute honnêteté, je pensais que ce voyage serait un calvaire, mais, je dois avouer, maintenant que nous sommes embarqués dans cette galère où nous n'avons pas le choix que d'apprendre à nous connaître, que je suis ravi d'être là. Et j'ai l'impression que c'est réciproque. Si elle semblait un peu sur la défensive au début, elle ne l'est plus.
— Bon, à mon tour, lance-t-elle. Si tu pouvais revenir à un moment de ta vie, non pas pour changer quelque chose, mais pour apprécier ce moment, ce serait quand et quoi ?
On a décidé de s'interroger à tour de rôle sur des points plus ou moins existentiels auxquels on doit fournir des explications les plus sincères possible.
— Alors ça… c'est une bonne question.
Je réfléchis ; j'ai vécu beaucoup de bons moments, je n'ai jamais eu à me plaindre de vivre des choses vraiment très difficiles. Je me sens du coup privilégié, et donc, je ne sais pas quoi répondre.
— Je ne sais pas, j'avoue honnêtement. Je crois que j'ai une belle vie. J'ai l'impression que je passe souvent de bons moments. Je ne suis pas certain d'être très clair, mais… j'ai trop de bons moments pour en choisir un.
— Au contraire, tu as une belle vie, tu l'as dit. Et quelque part c'est tant mieux, non ?
Je hoche la tête, même si elle ne me regarde pas. J'ai la chance d'être heureux dans ma vie et je trouve ça plutôt cool.
— Et toi ? je demande.
— En fait, tu es plutôt fin psychologue parce que, du coup, je me dis la même chose maintenant. J'ai eu des

ruptures avec des hommes, j'ai galéré parfois à trouver du boulot, mais en réalité, ça n'a jamais été trop dur, j'ai toujours su retomber sur mes pattes. Donc, comme toi, j'ai trop de bons moments.

April passe une main dans ses cheveux et rouvre la bouche :

— Tout récemment, j'ai été contactée par la production d'une nouvelle série de fantaisie horrifique qui va sortir sur Netflix. C'est un gros projet dont le tournage doit commencer en janvier. Ils m'ont offert un poste pour participer au maquillage, et ce sera mon plus gros projet. Ça m'a rendue heureuse.

— Félicitations, je dis en applaudissant.

— Tu es la première personne à le savoir, j'aurais dû en réserver la primeur à Ornella, mais… le moment me semblait opportun.

Elle a l'air heureuse et même émue. J'espère pour elle qu'elle sera satisfaite de cette collaboration au vu des étoiles qu'elle a dans les yeux. Il faudra que je lui demande comment est née sa passion pour le maquillage à l'occasion et qu'elle me montre certaines de ses réalisations. Je suis maintenant assez curieux de voir son travail.

— Puisqu'on est dans la révélation de nos petits secrets… j'ai passé un casting pour jouer dans une comédie romantique sur Netflix. Moi non plus, je ne l'ai encore dit à personne.

April se tourne vers moi, un grand sourire aux lèvres. Et je me fais une énième fois la réflexion qu'elle est vraiment belle quand elle sourit.

— Il va falloir fêter ça alors.

Je hoche la tête tandis que le paysage continue de défiler devant nos yeux. Je me dis que chaque kilomètre effectué, c'est toujours ça de pris. On se rapproche de plus en plus de notre destination. Le calme revient dans l'habitacle de la voiture alors que l'autoradio diffuse une chanson de Coldplay.

— J'ai une question, mais surtout je ne veux pas que tu te vexes ou que tu te sentes blessé. C'est juste que…

— Vas-y, ne…

La fin de ma phrase est noyée sous le bruit d'une puissante et surprenante détonation, suivie par deux autres. La voiture fait une embardée sur la route. En poussant un cri, April parvient à l'arrêter sur le côté. Heureusement il n'y avait personne derrière nous. L'adrénaline fait battre mon cœur plus fort, mais comme toujours je tente de rester calme. Lentement on se regarde, et je sais qu'on pense à la même chose : à sa putain de poisse légendaire.

— On nous a tirés dessus, tu crois ? demande-t-elle.

J'aime beaucoup son côté psychopathe. Elle pense d'abord à des balles plutôt que de se dire qu'on a crevé à cause de débris sur la route.

— J'ai plutôt la sensation qu'on est à plat. Je vais aller voir.

Je l'entends qui vocifère des insultes pendant que je sors de la voiture. J'en fais le tour. Les deux roues de derrière sont à plat et une de celles de devant aussi. Putain, mais c'est quoi ce karma de merde ? Il veut nous faire comprendre de ne pas foutre un pied en Alaska ? Il en faut de la poisse pour crever trois putains de pneus. Alors que je remarque des clous sur la chaussée, April me rejoint.

— On a crevé, je dis. Trois fois, merde !

— Pardon ? Ça veut dire qu'on est coincés au milieu de nulle part ?

— Ouais, je soupire. Je peux changer une roue sans problème, mais il n'y en a pas trois de secours, j'imagine.

— C'est pas vrai, c'est pas vrai, c'est pas vrai… c'est une blague ?

Alors qu'elle commence à faire les cent pas devant la voiture, en marmonnant des choses que je ne comprends pas, je lui saisis le bras et la ramène vers moi. Elle me lance un regard perdu. Je la relâche quand elle rive son regard au mien.

— On va y arriver.

— Il faut abandonner l'idée d'y aller. Tu le sens que l'Alaska ne veut pas de nous… ou juste de moi.

Je souris, conscient d'être plutôt sensible à son humour.

— Cameron, tu dois partir, tu dois me laisser, toi tu as encore une chance d'y arriver. Je ne fais que te ralentir. Sans moi, tu t'en sortiras.

L'idée de l'embrasser maintenant me traverse l'esprit. Parce qu'elle est belle, drôle et que j'en ai terriblement envie, bordel. Mais ce n'est pas le moment, et j'ignore si elle est sur la même longueur d'onde que moi.

— Je ne t'abandonne pas. Il faut juste qu'on trouve un sorcier vaudou et des pneus avant de reprendre la route.

— Je te jure que je n'ai pas pesté sur Noël depuis un moment, glousse-t-elle. Même dans mes pensées, promis. Tu me détestes, pas vrai ? Je suis sûre que tu nous maudis, mon karma et moi.

— Te maudire me semble un peu excessif. Je suis plutôt amusé, parce que je me dis que ta poisse veut qu'on reste ensemble.

Elle soupire, sans vraiment faire attention à ce que je viens de dire.

— Mais n'importe qui me détesterait et me laisserait tomber.

— Je ne suis pas n'importe qui. On va y arriver ensemble.

Elle sourit, comme soulagée. Ce qui nous arrive est lunaire, mais je vois plutôt ça comme une aventure, un signe. Je me dis que tout ça n'arrive pas pour rien. Je répète :

— Je crois que ta poisse veut juste nous rapprocher.

Je passe une main dans mes cheveux et je souffle. Il faut penser méthodiquement maintenant pour éviter de perdre le plus de temps possible.

— On fait quoi ? demande April.

— J'appelle une dépanneuse et… on avise. Au pire des cas, on se trouve un endroit où se poser pour la nuit et on repart demain.

— D'accord, on peut faire ça.

Je suis étonné qu'elle soit si calme, mais tant mieux. Je crois que je l'ai rassurée tout à l'heure et que mes mots lui ont fait du bien. Je sors mon téléphone. Mais je n'ai pas de réseau. Je bouge alors un peu, j'essaye de mettre mon appareil plus en hauteur, mais aucune foutue barre n'apparaît.

— Est-ce que tu as du réseau ? je demande à April.

Avec une grimace, elle sort son téléphone de la poche arrière de son jean.

— Non…

Bordel. Ça c'est plutôt pénible.

— Cameron ?

— April ?

Mon regard croise le sien, et je sens que la zenitude qu'elle affiche est en train de se faire la malle.

— On a crevé sur une route canadienne, sans le moindre réseau ?

— J'en ai bien peur.

Elle me sourit avant d'avoir un rire hystérique. Je m'approche d'elle. Je réfléchis à la meilleure solution.

— Si on n'a pas de réseau, la meilleure chose à faire, c'est d'avancer un peu et de trouver une borne d'appel d'urgence. J'en ai vu une tout à l'heure, donc il devrait y en avoir une autre à proximité.

April hoche la tête.

— Tu peux rester au chaud dans la voiture.

Sans me laisser le temps de finir ma phrase, elle secoue vivement la tête.

— Si je reste seule, tu peux être certaine que je vais me faire tuer par un chasseur cannibale qui se nourrit de voyageurs perdus.

Je crois que j'aime bien son côté psychopathe. Même dans cette situation.

— Bien, alors, on y va.

Après avoir verrouillé la voiture, on se met en quête d'une borne d'urgence. Peu de voitures passent, et lorsqu'elles nous croisent aucune ne s'arrêtent pour nous filer un coup de main. C'est comme si la poisse d'April nous coupait du reste du monde. Je baisse les yeux vers elle ; son téléphone à la main, elle cherche du réseau, mais malheureusement elle n'en trouve pas.

— Rien ne passe ici, peste-t-elle.

Elle manque de se vautrer à terre. Je la rattrape par le poignet.

— Merci.

— Tu sais ce qu'il va se passer un jour ? me demande-t-elle.

Comme les journées sont courtes en hiver et qu'il est déjà 16 heures passées, la nuit va bientôt tomber. Pour le moment il y a encore du soleil, et ses yeux clairs sont plus lumineux que jamais.

— Dis-moi.

— Un jour, je vais partir en vacances au soleil et je ne rentrerai jamais et, ça, ce sera la faute de l'hiver et de ma poisse.

— Tu irais où ?

Elle semble surprise que je ne réponde pas quelque chose de plus censé. J'imagine qu'elle s'attendait à ce que je la rassure.

— En Sicile, à Ténérife, à Bali… là où le soleil me porte.

— Il y a du soleil actuellement.

— Le soleil quand il fait moins vingt degrés ça ne compte pas.

Je souris. Elle reste accrochée à mon bras et nous continuons d'avancer, jusqu'à ce qu'enfin la silhouette d'une borne d'appels d'urgence se dessine à l'horizon. On a dû faire un bon kilomètre à pied si ce n'est deux.

— Avec mon bol, je suis certaine qu'elle ne fonctionne pas, raille April.

— Je suis là, je contre ta malchance.

Elle glousse.

— Si tu contres ma poisse, tu peux m'expliquer pourquoi on est coincés au milieu de nulle part ?

— Parce que intérieurement tu as envie que l'on passe du temps ensemble.

— Essaye encore, *Santa Lover*.

Je ricane alors que nous arrivons face à la borne. J'appuie sur le bouton, et un mec décroche après plusieurs secondes d'attente. J'explique brièvement notre situation et j'essaye de donner le plus de détails concernant notre position. Il me demande les détails concernant la voiture que je lui donne également.

— Cam ?

April semble fixer l'horizon. Je ne lui réponds pas, j'écoute les dernières consignes de l'homme au téléphone.

— Cameron ?

L'homme raccroche.

— Cameron Sterling Carson !

— Comment tu…

— Il y a un loup, lâche April en me coupant la parole.

Je ricane en m'approchant d'elle.

— T'es sûre que c'est pas un chien.

— Certaine, siffle-t-elle.

Je plisse les yeux et effectivement, à deux peut être trois cents mètres de nous, il y a un loup. Un énorme loup au pelage blanc. La bestiole doit avoisiner les cinquante voire soixante kilos. Mon cœur bat comme un malade. En moins de deux secondes, j'ai l'impression d'avoir couru un marathon. Je me penche vers April alors que la bête nous regarde en tournant sa tête de gauche à droite.

— On y va, je glisse à son oreille. Doucement, sans courir, sans s'affoler, sans crier.

— J'ai peur, souffle-t-elle en réponse.

— Moi aussi, mais tout va bien. On retourne à la voiture.

Elle hoche docilement la tête.

— Pourquoi, tu marches à l'envers ?

— Il ne faut pas lui tourner le dos.

— Faut marcher à reculons ?

— Fais-moi confiance.

Nous nous mettons en route. April glisse sa main dans la mienne et je l'attire contre moi, la déplaçant côté route, le plus loin possible du loup. S'il venait à nous attaquer je ne donne pas cher de nous mais, au moins, elle ne serait pas en première ligne. Nous continuons de marcher, je jette des coups d'œil à la bête et je me rends compte qu'il s'agit d'une femelle car elle traîne derrière elle deux petits. Elle ne prête plus attention à nous, elle est occupée à lécher l'un des louveteaux.

— Regarde, je souffle à April.

Sans s'arrêter, elle regarde derrière elle.

— Je…

Elle reste sans voix.

Je n'arrive à respirer qu'au moment où nous arrivons à la voiture. Alors je ne vois plus la louve ni les bébés, April se serre contre moi. Je caresse ses cheveux bouclés, et elle soupire.

— Je n'ai jamais eu aussi peur de toute ma vie. Même s'il n'a pas bougé, j'étais terrifiée.

— Ouais, c'était dingue.

On reste quelques secondes l'un contre l'autre. Je commence à retrouver mon calme. April relève la tête et me regarde avec ses grands yeux clairs. Difficile d'y résister, ils sont magnifiques. On se sourit, et elle pose son front contre mon torse en soupirant.

— Comment as-tu pu rester aussi calme ? demande-t-elle.

— J'avais tout simplement lu qu'il ne fallait pas courir. Je n'en sais rien, je t'avoue que…

Elle se dresse sur la pointe des pieds et elle m'embrasse la joue.

— Merci, sans toi, je serais sans doute morte, dévorée.

Elle frissonne. Alors même si j'ai bien envie de l'embrasser je réfrène mes idées.

— Allez mettons-nous au chaud dans la voiture.

Je lance le moteur afin qu'on se réchauffe un peu.

— La dépanneuse arrive dans combien de temps ? demande April.

— D'ici trois quarts d'heure, mais l'attente peut aller jusqu'à deux heures.

Elle accuse le coup.

— Tu as tes Post-it ?

— Ouais, je réponds. Tu veux manger les sandwichs de Gretel ?

— Ouais, dit-elle à son tour.

❆❆❆

Quand la dépanneuse arrive, nous sommes avachis sur nos sièges. Nous attendons depuis plus de trois heures. J'ai le ventre rempli de ce que nous avait préparé Gretel. C'était foutrement délicieux. Elle aurait pu en préparer plus, j'en aurais mangé par pure gourmandise.

— Je dois avouer que je n'avais jamais mangé de sandwich aussi bon, soupire April. Gretel assure !

— Ouais.

Nous sortons de la voiture, pour ma part à contrecœur. April est frigorifiée, et l'air glacial dehors lui donne des frissons malgré son manteau qui, je m'en rends compte, est peut-être plus beau que chaud. Pour éviter de gaspiller trop d'essence nous n'avons laissé le moteur tourner que quelques minutes en attendant les secours. Le mec qui descend de la dépanneuse a un bandeau sur son œil gauche et porte un chapeau de cow-boy. Il nous salue et tandis qu'il accroche la voiture à sa dépanneuse, April se penche vers moi :

— On est d'accord que c'est lui qui a fait exprès de mettre les clous sur la route pour avoir du boulot ?

Je ris si fort que le gars nous dévisage. Morte de rire à côté de moi, April sort son téléphone et prend un nouveau selfie de nous et de nos galères. La dépanneuse est moins jolie que l'aurore boréale, mais au moins on rigole sur les photos

❄❄❄

Dubitatif, je fixe la devanture du motel que nous a conseillé Hubert, le dépanneur. Comme je l'avais prédit, nous sommes coincés ici jusqu'à demain. Tout ça pour deux pauvres pneus manquants qu'il est obligé de commander, car il n'en a pas en stock.

— À ton avis, il y a eu combien de meurtres dans ce motel ? demande April.

— Quatre ou cinq, pas plus.

Je baisse les yeux vers ma compagne de voyage qui rigole comme une gosse. Puis elle regarde son téléphone portable. Les photos sur Internet ne sont pas vraiment à jour, mais pour la nuit, ça devrait suffire. C'est visiblement le seul hôtel du village, donc on n'a pas vraiment le choix.

— T'es pas emballée, je pensais que tu aimais les films d'horreur, non ?

— Je n'ai jamais dit que je voulais vivre un scénario d'épouvante dans la vraie vie. Ce qui est bien avec la télé, c'est que ça arrive aux autres et pas à moi.

J'avance jusqu'à l'accueil, chargé de ma valise et d'une de celles d'April, alors qu'elle traîne les deux autres. Quelle idée aussi de voyager avec autant de bagages. Le hall n'est guère plus accueillant que l'extérieur du bâtiment. La lumière est blafarde, personne n'est là pour nous accueillir, et il y a de la moisissure sur les murs. Mais il y a quand même une guirlande sur le comptoir et un sapin décoré de boules et de lumières sur le côté. J'appuie sur la sonnette. Il nous faut attendre au moins cinq bonnes minutes pour qu'un mec daigne venir.

— C'est pour quoi ?

D'accord, on est sur ce genre d'accueil, c'est sympathique.

— Deux chambre, je réponds. Pour une nuit.

— Des chambres mitoyennes, ça va ?

Je me tourne vers April qui hoche la tête. Elle fixe le mec avec de gros yeux.

— Parfait, je réponds.

Nous divisons la note et nous dirigeons ensuite vers nos chambres. Dire qu'on n'est maintenant plus très loin du chalet en Alaska.

— Bon courage ! lance April avant de disparaître derrière la porte.

Je rentre à mon tour dans ma piaule de fortune. C'est vétuste, c'est moche, mais disons que c'est toujours mieux que dormir dehors. Enfin, je crois. Je pose ma valise sur mon lit quand j'entends des coups juste à côté de moi. Je remarque alors que sur le mur mitoyen avec la chambre d'April il y a une porte, je la déverrouille, puis l'ouvre.

— Je voulais juste m'assurer que c'était bien ta chambre et non une porte bizarre qui mène je ne sais où.

Elle semble peu rassurée et fatiguée. Ce que je comprends. Le cumul de galères devient pénible. Il n'est même pas encore 18 heures, j'ai l'impression que la soirée va être longue.

— Tu veux qu'on essaye de se promener en ville et trouver un coin moins flippant pour dîner ?

Mes mots semblent lui faire du bien, car elle dit oui, tout de suite.

Chapitre 12

April

Alors que nous dévalons une pente à toute allure, chacun dans une luge, je renie l'un de mes plus vieux principes. Celui de ne pas aimer l'hiver, ni spécialement Noël, car je ris comme une folle. Je m'amuse beaucoup, même si Cam est plus doué que moi pour les glissades et que je déteste perdre. Nous avons loué deux luges au centre-ville où une immense colline a été aménagée pour glisser. Il y a beaucoup de monde qui rigole et dévale la pente. Je n'avais pas prévu de trouver ce voyage amusant ou plaisant, mais il l'est et quand je regarde Cameron et les galères qui nous tombent dessus, je ne peux m'empêcher de me dire que je suis heureuse qu'il soit avec moi.

— Une dernière descente ? demande-t-il essoufflé alors qu'on termine de grimper la pente.

Je suis au bout de ma vie.

— J'arrête là, cette colline va me tuer. J'ai l'impression de découvrir pour la première fois l'existence de mes poumons et c'est… très douloureux. Mais je t'en prie, vas-y.

Il me regarde d'un air moqueur et hoche la tête puis il s'installe sur sa luge et dévale la pente en criant comme un gosse. Halloween restera toujours ma fête préférée, ça ne changera jamais, mais… peut-être que je trouve que cet hiver – ou ces derniers jours – sont plus doux que d'habitude. Je photographie le paysage canadien enneigé, Cameron aussi et nous prenons des selfies à chaque étape de notre voyage, comme un journal de bord. Lorsque le nom d'Ornella apparaît sur mon écran, je décroche.

— T'as fâché qui pour avoir des merdes pareilles, tu m'expliques ?

— Le miroir, je glousse. N'oublie pas le miroir.

— Mais ce n'était pas terminé cette connerie d'année ? lâche-t-elle à la limite de l'hystérie. Ça ne fait pas déjà sept ans ?

— Non, c'est la dernière ! Pourquoi tu crois que j'enchaîne ces galères ?

Ma meilleure amie pousse un long soupire.

— Avec les préparatifs du mariage, j'avais complètement oublié. Oh ! April…

— Ne t'en fais pas, je ne laisserai pas la guigne gagner. Les pneus seront changés demain matin, on reprendra la route dans la foulée, il ne reste que dix heures de route, normalement, demain soir on devrait arriver sans trop de soucis.

— J'espère… tu n'es pas trop fatiguée ?

— Je suis complètement crevée, mais je n'ai pas le choix. Je dors pendant les trajets en voiture contrairement à Cameron.

— Tu as l'air… calme ? Sereine ? Non, je ne trouve pas le mot adéquat. Tu sais quand tu es bien dans ta peau, dans ton corps…

— Épanouie ? je propose.

— Voilà ! C'est ça ! hurle-t-elle. Épanouie. Explique-moi en deux secondes pourquoi j'ai l'impression que mon petit Scrooge est épanoui alors qu'il enchaîne les problèmes ?

— Je ne suis pas épanouie. Je suis coincée, je n'ai pas le choix. Ça ne sert à rien de toujours ruminer.

Ornella éclate d'un petit rire hystérique voire sadique.

— Est-ce que ça aurait un rapport avec Cameron ?

L'intéressé remonte la pente au même moment et me balance de la neige en pleine figure. Je reste interdite pendant un instant alors qu'il se pince les lèvres pour ne pas éclater de rire.

— Oh putain ! C'est gelé !

Il s'éloigne en courant l'enfoiré.

— Qu'est-ce qui est gelé ? demande Ornella.

— Cameron, je réponds.

— Quoi ?

— La boule qu'il m'a lancée est gelée. Je suis désolée Ornella, je dois te laisser, je ne peux pas laisser passer ça. Il faut que je me venge.

Je raccroche avant même qu'elle ne réponde. Je vais en entendre parler, c'est certain. Tant pis, pour le moment, je dois rattraper ce traître. Je me penche pour ramasser la neige, je forme une boule dans mes mains en courant. Il finit par s'arrêter et alors que je suis sur le point de le rattraper, je le vois faire la même chose que moi.

— Tu devrais avoir honte, je gronde.

— C'est pour conjurer le sort. C'est pour faire partir la poisse que tu te traînes. Promis c'est pour la science, si on n'essaye pas, on ne peut pas savoir.

Je jette la boule, mais elle part complètement à gauche tandis que la sienne m'arrive en pleine figure. Alors que le froid me paralyse, je me mets à rire. Si fort que ça me fait mal au ventre. Je repense à mes cours de sport et je comprends pourquoi j'étais toujours choisie en dernier quand on faisait les équipes à la balle aux prisonniers. Je suis une vraie calamité. Je n'ai aucun réflexe ni aucune capacité à viser d'ailleurs.

— Putain, merde, ça va ?

Les doigts de Cameron écartent la neige sur mon visage et avec un mouchoir, il m'essuie. J'ouvre les yeux et croise son regard, il est assez proche et plutôt doux même s'il vient de me défoncer avec sa boule. Il est adorablement séduisant cet idiot et il le sait probablement. Plus les jours passent en sa compagnie et plus je le trouve beau, c'est quand même un comble.

— Je pensais que tu allais esquiver, le commun des mortels esquive les boules de neige, il ne les arrête pas avec sa tête.

Je ris encore, c'est nerveux.

— Tout va bien ?

— Oui, j'ai enfin compris pourquoi j'étais choisi en dernier pour les cours de sport. La vérité fait mal, elle est même glacée, mais je l'accepte, et mon cœur reste ouvert.

Il sourit et, délicatement, il retire les mèches de cheveux qui me collent au visage. Nos regards sont toujours liés. J'espère qu'il ne voit pas le trouble qu'il fait naître en moi à cet instant précis.

— Moi je t'aurais choisi en premier, dit-il alors avec un regard tendre.

Dans ses films de Noël normalement, c'est le moment adéquat pour que les héros s'embrassent. C'est idiot, mais j'aimerais qu'il le fasse, qu'il m'embrasse. Je ne le repousserais pas, j'en ai très envie.

— Très drôle. Ce n'est pas bien de se moquer.

— Pour deux raisons, lance Cameron. D'abord parce qu'il faut toujours se méfier des nuls, parfois ils font des trucs dingues. Tout le monde a un talent. Et de deux, parce que tu es quand même sacrément jolie, alors j'aurais peut-être marqué des points pour espérer avoir un rencard avec toi.

Je mordille l'intérieur de ma lèvre. Mon cœur bat comme s'il voulait s'échapper de ma cage thoracique.

Embrasse-moi !

Ses yeux regardent mes lèvres, j'ai l'impression qu'il a envie de me donner un baiser. Et vu la douleur agréable qui se loge dans mes entrailles, je sais que l'envie est réciproque.

— Dommage, tu n'étais pas là, je dis en frissonnant.

Un tremblement involontaire m'échappe alors Cameron s'éloigne. Ce qui, sans que je comprenne vraiment, me chagrine un peu. Pourquoi faut-il que mon corps me trahisse à ce moment-là ? Pourquoi avait-il besoin de frissonner maintenant ?

— Tu veux boire un truc chaud au marché ? Tu as l'air d'avoir froid.

Il est prévenant, vraiment trop. Si bien que ça me frustre et me fait sourire à la fois. Je crois que ce frisson est un mélange entre le froid et l'envie qu'il m'embrasse. Je me sens un peu frustrée qu'il n'ait pas proposé de me réchauffer lui-même. En tout cas, je ne l'aurais pas repoussé s'il m'avait pris dans ses bras.

— Pourquoi pas ?

Nous marchons l'un à côté de l'autre. Je reste silencieuse, méditant sur le désir que je semble ressentir pour lui. Si c'était purement physique l'année dernière, c'est différent maintenant que j'ai appris à le connaître un peu.

— C'était quoi la question que tu voulais me poser tout à l'heure ? lance Cameron en brisant mon silence.

— C'est-à-dire ?

— Celle où je n'étais pas censé me vexer.

Je lâche un « oh » et je hoche la tête. Je l'avais oublié celle-là.

— Avant de me raconter ça, lait de poule ou chocolat chaud ?

— Lait de poule.

Il en commande deux au stand devant nous. Je laisse traîner mon regard sur le paysage enneigé et savamment décoré. Sapins, décorations lumineuses, bonhomme en pain d'épices géant, lampadaire habillé en sucre d'orge. Je crois qu'Ornella serait ravie d'être là. Elle aime ce genre d'endroits, chaque hiver elle me traîne dans les marchés de Noël. Je râle souvent pour la forme dans ce moment-là, mais j'y vais de bon cœur, car c'est quelque chose qu'elle aime. Et je pense que la base d'une vraie relation, c'est ça… être capable de faire des compromis pour les gens qu'on adore. Ornella a été la première personne à m'avoir poussée à changer de voie. La même année où le miroir s'est brisé. Sans elle, je ne vivrais peut-être pas de ma passion.

— April ?

Je secoue la tête pour sortir de mes pensées. Cameron me regarde curieusement. Lorsqu'il me tend mon gobelet, je ne peux m'empêcher de rougir.

— Alors, dis-moi.

Je réfléchis à comment formuler ma phrase, je n'ai pas envie qu'il le prenne mal ni qu'il pense que je me moque de son travail. Son regard est doux, il ne me donne pas la sensation qu'il pourrait se mettre en colère.

— Je voulais juste savoir si tu n'avais jamais eu l'ambition de faire plus… plus que des films de Noël. Je ne…

— Je sais que tu ne me dénigres pas.

Il termine ma phrase à ma place, certainement la preuve que je ne suis pas la première personne à lui demander ça.

— On t'a déjà posé cette question, j'imagine, je souffle, un peu honteuse.

— Oui et souvent c'est parce que les gens dénigrent ce que je fais. Je vais être sincère avec toi, environ deux *date* sur trois comportent les phrases « T'es un acteur de seconde zone », « T'as pas réussi à percer alors tu fais des trucs de série B » quand je dis que je suis acteur et que je fais des comédies romantiques qui passent uniquement à la télévision.

— Je n'ai jamais pensé ça, je dis, désolée. Vraiment jamais. C'est quand même horrible.

— Ne te tracasse pas, tu ressembles de très, très loin aux gens qui me disent ça. Je voulais juste te montrer que j'ai connu des formulations beaucoup moins glorieuses que ta question. D'ailleurs je la comprends.

Nous nous installons en face d'une patinoire avec nos gobelets chauds.

— Je ne te critique pas.

Je ne sais pas pourquoi j'insiste, sans doute parce que je me sens désolée pour lui qu'il rencontre des gens comme ça.

— Je sais. C'est le hasard, un simple concours de circonstances qui a fait que je suis devenu acteur.

Il me raconte alors les circonstances de sa première audition, la manière dont il avait du mal à croire que le rôle était pour lui.

— C'est fou…

Il hoche la tête et boit une gorgée de son gobelet.

— Je me suis retrouvé à jouer dans un *teen movie*. À l'époque le film a cartonné si bien que j'ai perdu mon pote et que j'ai enchaîné les rôles du même genre… et puis je suis devenu un poil trop vieux pour jouer les mecs de dix-huit ans. J'ai demandé à mon agent de me trouver quelque chose sans prise de tête. Elle m'a envoyé vers un film de Noël, il a eu un très bel accueil, les meilleures audiences de la chaîne de tous les téléfilms confondus. Le résultat a été identique pour le replay. Alors on m'en a proposé un autre et ainsi de suite. Je n'ai pas vraiment vocation à faire des films à Hollywood. Je suis bien payé pour ce que je fais, j'ai de l'argent de côté, si un jour ça ne fonctionne plus, je ferai autre chose… j'adore mon boulot, j'adore tourner, mais si ça ne marche plus, ce n'est pas grave.

— Et si on te propose un rôle dans un *blockbuster* ? Genre un film de super-héros ?

— Honnêtement, je ne sais pas. C'est peut-être de la fainéantise, mais je crois que ma routine me plaît. J'aime le fait de ne pas être connu, de pouvoir sortir sans ameuter personne et de faire un métier que je trouve cool même presque dix ans après. Je crois que je dirais non. J'ai de l'argent et je n'ai pas envie de plus.

— Je comprends.

— Tant que j'ai la chance d'être encore payé pour ce que je fais, je prends.

J'ignore pourquoi je ne le pensais pas aussi logique et terre à terre. Je crois que j'apprécie beaucoup l'homme que je commence à connaître.

❁❁❁

Seule dans ma chambre, je me sens légèrement flippée. La tapisserie qui se détache et qui a des moisissures par endroit, la poussière dans les recoins, le grésillement constant de la lampe au-dessus de moi… je ne pensais pas dire ça un jour, mais je crois que je suis en train de regretter la suite féerique de Gretel et sa centaine de peluches.

Cameron est juste à côté, dans sa chambre. Je crois que j'aurais aimé qu'on en partage une et qu'on dorme ensemble. Enfin, façon de parler. C'est juste que je ne suis pas tellement rassurée. J'ai toujours un peu de mal à dormir quand je ne suis pas chez moi, alors dans une chambre sordide et lugubre, encore moins. Je ne l'ai pas interrompu lorsqu'il a demandé, parce que je n'avais pas envie de lui imposer ma présence, mais je ne suis pas trop rassurée d'être seule ici. L'endroit est quand même un peu glauque. Pour une nana qui adore les trucs horrifiques, je fais pitié. Je n'ose pas m'allonger dans le lit de peur d'y trouver des puces ou des cafards. Et je n'ai pas encore osé aller voir la salle de bains. Mon appartement me manque un peu, je crois que je vais être heureuse de rentrer après le mariage, car je ne m'attendais pas à un voyage aussi mouvementé. La soirée était douce encore, en compagnie de Cameron. Il est la seule raison pour laquelle ce voyage n'est pas si chaotique. Je crois que j'aurai envie de le revoir après le mariage, pour sortir, pour rire. Je n'avais jamais rencontré d'homme aussi gentil que lui.

Je m'assieds en tailleur et j'attrape mon téléphone pour enfin répondre aux messages d'Ornella.

April : Je suis dans la chambre. SEULE cette fois.

Ornella : Il se passe quoi entre vous ?

April : Il se passe qu'on est coincés ensemble dans un voyage interminable alors forcément, on passe du temps ensemble.

Ornella : Vous vous entendez bien ?

April : Oui, il est sympa.

Ornella : En tout cas sur les photos qu'on reçoit avec James, vous avez l'air complices.

Je commence à taper pour lui répondre quand j'entends des grattements dans la pièce. J'ai d'abord la sensation que c'est dans les murs, mais le bruit recommence et en prêtant l'oreille, je dirais plutôt que c'est sous le lit. Je relève directement mes pieds du sol par réflexe. Tant pis pour les chaussures sur les draps. Le cœur battant, je me penche pour regarder sous le lit et dans la pénombre j'ai l'impression de voir trois paires d'yeux luisants. Je me redresse en poussant un cri. Putain, putain, putain, il y a une bête là-dessous. Dans la demi-seconde qui suit, Cameron débarque dans la pièce en ouvrant la porte entre nos deux chambres. Il est torse nu, et brandit ce qui ressemble à un livre. Son apparition est aussi cliché qu'une scène de film.

— Qu'est-ce qui se passe ? demande-t-il.

Il me regarde d'abord et puis il scrute la pièce à la recherche du danger à éliminer. S'il n'y avait pas vraiment de bestioles sous mon lit, je pourrais en profiter de le reluquer, mais chaque chose en son temps.

— Il y a un truc sous le lit, je réponds dans un chuchotement hystérique. J'ai entendu des grattements, j'ai cru voir quelque chose.

— Tu es certaine ?

— Je te dis qu'il y a une bête. Je ne suis pas folle. Je peux dormir avec toi ? je demande.

— Tu pouvais le demander sans inventer une histoire de bête.

Je le frappe dans le dos. Le grattement reprend et un cri d'animal résonne. Je saute du lit pour me cacher derrière lui.

— Ah tu vois qu'il y a quelque chose…

Cameron s'accroupit vers le lit, et la bestiole hurle encore.

— Je dors avec toi, que tu sois consentant ou pas. Je refuse de choper la rage et de crever dans un hôtel miteux.

Il me regarde par-dessus son épaule. Il y a du défi dans ses yeux, comme si mes mots l'amusait. Alors qu'on se jauge, la bête sort de sous le lit. Cameron recule.

— Oh putain. Il est énorme.

Le raton laveur peste contre nous. Je ne dors pas là-dedans, jamais de la vie.

— Sur une échelle allant jusqu'à dix, à combien tu veux récupérer tes valises ?

Je lui griffe le bras, comme si j'allais laisser mes affaires ici. Malgré la situation, il ricane.

— Quarante-huit, je réponds alors.

Il amorce un pas en avant, en brandissant son livre qui ressemble à… une Bible, prêt à la lancer.

— Tu comptes lui réciter des prières ou lui jeter dessus ?

— Je veux juste lui faire peur. Je pourrais aussi te laisser dormir avec lui.

— Pitié, non. Ô *Santa Lover*, aie l'âme charitable s'il te plaît.

Son torse se soulève, car il rit. Il y a un raton laveur et probablement même plus sous mon pieu, mais il rit.

— Donne-moi le T-shirt posé sur mon lit.

Je m'exécute.

— Pourquoi tu en as besoin ? Tu ne vas pas assommer grand monde avec ça, tu sais.

— C'est pour le porter, s'esclaffe-t-il. Pour ne pas qu'il m'attaque au torse. Cette saloperie est peut-être porteuse de maladies ou autres.

Je lâche alors le plus beau « ah », de l'histoire des « ah ». Le genre qui file la honte, le genre qu'on n'assume pas. Parce que tout ce qui me vient en tête, c'est que c'est bien dommage de ne plus profiter de la vue.

— Je l'enlève après, si tu préfères, je m'en voudrais de ne pas être charitable, ajoute-t-il avec un clin d'œil.

Je manque de m'étouffer. Il est tellement sûr de lui qu'il est encore plus sexy. Il remet son T-shirt et l'ajuste d'un coup d'épaule.

— Va dans ma chambre. Je rapporte tes affaires.

Je ne me fais pas prier. La chambre de Cameron n'est guère mieux que la mienne, mais au moins il est dedans et pour le moment il n'y a pas de bêtes sauvages. Il dépose deux de mes valises sur le côté et puis retourne dans l'autre pièce. Il revient dans la chambre et ferme la porte à clé. Ma poisse me poursuit jusqu'au bout. Enfin… sur les deux chambres, il a fallu que je choisisse celle avec la bestiole…

— Je suis vraiment confuse de m'incruster dans ta chambre, mais la colocation avec le raton laveur je ne la sentais pas. Et merci d'avoir accouru comme dans les films.

— Aucun problème, j'ai l'habitude de sauver les demoiselles en détresse.

— C'est donc ça !

Je le dévisage, bizarrement mal à l'aise de me retrouver seule avec lui… alors que je suis littéralement avec lui depuis plus de quatre jours ! C'est juste le cumul je crois qui me monte un peu à la tête.

— Je crois que si je veux être en forme demain, il vaudrait mieux que je dorme.

— Tu as raison.

Je prends la valise dont j'ai besoin et je sors mes affaires pour la nuit.

— J'allais me prendre à boire dans le distributeur en bas, tu peux te changer comme tu veux.

Je hoche la tête, mais… je ne me sens pas à l'aise à l'idée de rester seule ici. Je sais pourtant que je ne crains rien.

— *Santa Lover* ?
— *Unlucky Girl* ?
— Je ne me sens pas très à l'aise, tu peux rester pendant que je vais me doucher ?
Son sourire se fait charmeur. Il s'incline en hochant la tête et dit :
— Je peux.

Chapitre 13

April
8 décembre, 7 jours avant le mariage.

Lorsque l'immense chalet se dessine devant nous, j'ai les larmes aux yeux. Littéralement. Le souci, c'est que je ne sais pas si c'est de la joie, du soulagement ou de la frustration. Sans doute un mélange des trois, et c'est assez fort pour me faire ouvrir les vannes.

— On l'a fait ! lance Cameron.

Il se tourne vers moi, son sourire aux lèvres, un sourire qui s'estompe lorsqu'il voit mes larmes.

— Tout va bien ? me demande-t-il.

Il tend la main vers moi, alors je me blottis dans ses bras, comme un bébé et je pleure davantage. J'ignore vraiment ce qui me prend, ce n'est pas moi, je ne réagis jamais ainsi. J'ai un peu de mal à comprendre.

— April ?

Je relève la tête, nous sommes assez proches pour qu'il puisse voir la morve qui me coule du nez. Très sexy. De son pouce, il essuie quelques pleurs.

— Finalement, on est arrivé, je murmure. Désolée, je crois que c'est un mélange de soulagement et d'autres choses qui m'a fait craquer. Merci d'avoir séché mes larmes.

— À ton service. Ça va aller.

Je hoche la tête et j'inspire un grand coup pour me calmer.

— Oui.

Le lieu a l'air incroyablement paradisiaque. Le chalet est niché au cœur d'une chaîne de montagnes, entouré de sapins à perte de vue. Je suis impatiente de pouvoir enfin me poser mais, en même temps, j'ai l'impression que mon cul est vissé dans cette putain de voiture de location qui nous a finalement transportés jusqu'ici.

— Je propose un dernier selfie avant d'aller les surprendre ?

Ce matin, nous avons eu l'idée sadique et un peu tordue de dire à Ornella et James que nous avions encore un empêchement, un prétendu problème de taille de pneus. Histoire de leur faire la surprise de notre arrivée. Vu notre chance, c'était quand même un peu risqué de dire ça, mais nous sommes enfin arrivés à bon port. Nous avons effectué les derniers kilomètres sans encombre.

— C'est d'accord pour le selfie.

On se rapproche l'un de l'autre, et je me fais la réflexion que je commence à me familiariser avec son parfum. J'aime l'odeur qui se dégage de lui, à la fois boisée et ambrée. Cameron nous prend en photo. Les mariés devraient être contents, leurs témoins s'entendent bien.

— Ça te dérange si je mets certaines photos sur Instagram ? Je… j'avais envie de partager quelques photos de ce périple. Si tu ne veux pas, il n'y a aucun souci.

Je suis surprise de sa demande, mais je hoche la tête. J'aime qu'il me demande mon consentement.

— Non ça ne m'ennuie pas du tout.

On se regarde étrangement, comme si la fin de notre périple signifiait que nous n'allions plus nous voir. Ce qui est stupide, car nous allons passer la semaine ensemble avec Ornella et James dans cette immense maison. Cette sensation qui tambourine dans mon cœur est idiote.

— Tu es prête ? demande Cameron.

— Oui.

Nous sortons de la voiture que nous avons garée plus loin pour ne pas être repérés et nous frappons à la porte. Lorsque James ouvre, il est torse nu, les cheveux en bataille et… il respire plutôt difficilement. La façon dont il nous regarde nous laisse imaginer ce qu'il faisait. Il est content de nous voir et en même temps… il nous dirait bien d'aller nous faire foutre. Je réprime difficilement un gloussement alors que Cameron applaudit en s'inclinant.

— Surprise ! lâche-t-il. Je vois qu'on débarque au moment propice.

— Propice ce n'est pas vraiment le mot… je… putain, vous n'en ratez pas une. Vous avez le sens du *timing* ça fait peur. Je vais prévenir Orne…

— Chut, ne dis rien, je le coupe. Laisse-moi le plaisir de lui crier à ta place qu'elle doit se rhabiller.

Il soupire d'un air absolument désespéré, mais il hoche la tête. Nous sommes là depuis deux minutes et il en a déjà ras le bol de nous. Je jubile, je suis contente d'être enfin arrivée. Et que Cameron soit aussi idiot que moi me rend encore plus heureuse.

— James, tu rappliques ?

— J'arrive, bébé.

— Juste avant qu'April ne crie, éclaire-moi, lance Cam. Pourquoi tu as ouvert la porte alors que tu étais en plein coït ?

Je presse les lèvres. Bizarrement j'ai envie de connaître la réponse à cette très bonne question.

— On attendait une pizza.

Cam et moi éclatons de rire. Je crois que je ne me suis jamais autant bidonnée.

— James ?

De ma plus belle voix, je m'écrie alors :

— Rhabille-toi, bébé, on a de la visite.

Il lui faut deux secondes, et puis elle hurle de joie. James nous fait entrer, et Ornella vêtue d'un peignoir en soie se jette dans mes bras. Je la serre contre moi, heureuse de la voir, heureuse d'être enfin arrivée auprès d'elle après ces jours de galère. Elle me caresse les joues et les cheveux lorsqu'elle s'éloigne. Elle doit voir que j'ai pleuré, mais elle ne dit rien pour l'instant.

— Tu es enfin là. Mais vous nous aviez dit que… je suis si heureuse. Oh putain, on va boire du champagne ce soir.

Elle se jette ensuite dans les bras de Cam. James me serre contre lui.

— C'est cool que vous soyez enfin là, déclare James. Mais dix minutes plus tard, ça aurait été bien aussi.

Ornella lui frappe le ventre.

— Ne dis pas de bêtise et va t'habiller. Je vais faire de même. Entrez, faites comme chez vous, c'est magnifique ici.

Et nous nous retrouvons seuls à nouveau Cameron et moi. Nous regardons autour de nous en avançant doucement vers l'immense salon. C'est réellement troublant d'être là, après nos petites galères, j'ai bien cru qu'on n'y arriverait jamais. Le chalet est encore plus beau que sur les photos que m'a envoyées Ornella. L'immense salon au plafond cathédrale avec cheminée et salle à manger s'ouvre sur une grande terrasse. La grande baie vitrée laisse entrevoir le jardin dont la seule délimitation est une forêt plusieurs mètres plus loin. Lentement je lève les yeux vers le plafond en verre, c'est vrai que c'est plutôt magnifique. Sur la terrasse, il y a un grand jacuzzi qui me donne envie de faire trempette malgré le froid. Je caresse du bout des doigts le grand canapé d'angle et remarque la table basse en bois sculptée. Sur la droite il y a un autre canapé, plus petit et même un fauteuil à bascule. Sur les murs, quelques peintures de paysages et aussi des animaux empaillés. Je dois avouer que l'endroit est vraiment splendide. Je sais aussi qu'il y a une piscine au rez-de-chaussée. Il faudra que j'aille voir ça. D'après

Ornella, ce séjour, c'est un cadeau de Cameron, c'est lui qui paye la location.

— Soulagée d'être enfin sur place ?

Mon regard s'arrache de la cheminée dans lequel le feu crépite pour se poser sur Cameron. Malgré ses traits tirés, Cameron est toujours séduisant. Alors que nos regards restent perdus dans celui de l'autre, je me fais la remarque que ce soir, nous n'aurons pas besoin de dormir ensemble.

— Oui, mais ce périple n'était pas si horrible en fin de compte.

Il hoche la tête et sourit d'un air entendu.

— C'est vrai, il ne l'était pas.

— Tu avais raison, tu es plutôt cool comme compagnon de voyage en fin de compte.

— Je te l'avais dit.

J'imagine surtout comme j'aurais été en panique si j'avais eu cette succession de galères toute seule.

— Alors, dis-moi, après la chambre aux peluches de Gretel, le motel sordide, tu en penses quoi de ce chalet ?

Que trouver un autre endroit pourri pour passer la nuit ne m'aurait pas dérangée.

Cette pensée qui m'échappe est instinctive.

— Que je vais bien dormir ce soir, je réponds. À première vue tout semble parfait.

— Je crois aussi, même si, on n'est pas couché.

Je ricane, car il a raison, je ne crois pas qu'Ornella nous laissera aller dormir tôt. L'intérieur du chalet est cette fois – contrairement au motel miteux de la veille – comme sur les photos.

— C'est beau, n'est-ce pas ?

Je me tourne vers Ornella qui a enfilé un jean et un pull. James est derrière elle. Dire qu'ils vont se marier dans une semaine, je me souviens quand elle me racontait leurs premiers rendez-vous au début de leur relation. La façon dont ils sont ensemble est toujours la même. Ils ont toujours des gestes tendres, même les plus discrets comme une caresse sur le bras, un sourire ou un baiser sur le front.

— Très, lance Cameron.

❁❁❁

Ma chambre est grande, lumineuse. Le grand lit a l'air si confortable. Chaque fois que je le regarde, j'ai l'impression qu'il m'appelle pour que je vienne le rejoindre. J'ai même une salle de bains adjacente avec une douche à l'italienne et une baignoire. Je pense m'y prélasser très bientôt. La salle de bains est légèrement *vintage* avec sa baignoire sur pieds et sa vasque en cuivre. J'aime beaucoup ce style. Ma chambre est assez standard, excepté la vue qui donne sur le jardin et l'immense forêt qui le prolonge. Je dois avouer que lorsque je regarde par la fenêtre, j'ai l'impression d'être coupée du monde. J'aimerais me coucher, je suis crevée. Je lâche un immonde bâillement comme pour illustrer mes pensées. J'ai un peu de mal à croire que je peux enfin défaire mes valises pour plusieurs jours. Je commence par celle qui contient ma tenue pour le mariage. Ornella voulait que l'on soit habillées en bleu. Je déplie enfin cette pauvre robe et la suspends sur un cintre. Au pied de l'armoire je pose les escarpins qui iront avec.

— Je peux t'aider ?

Ornella me tire de mes pensées.

— Non, mais tu peux rester.

Avec un sourire, elle s'assied sur mon lit. Elle me semble rayonnante.

— Je suis si contente que tu sois là.

— Moi aussi, j'avoue.

Je sors mes vêtements, mes sous-vêtements, mes pyjamas de la seconde valise. J'ai peut-être abusé sur la quantité, je m'en rends compte maintenant mais, au moins, je suis parée. Je range le tout sur les étagères et m'éloigne, satisfaite que tout soit soigneusement empilé.

— Tu me sembles bien silencieuse, lance ma meilleure amie.

— Je suis un peu fatiguée.

Elle hoche la tête, mais j'ai l'impression qu'elle ne me croit pas. Je suis pourtant réellement claquée et peut-être un peu troublée par Cameron aussi, qui sait ? Je m'occupe ensuite du maquillage que je range méticuleusement sur la coiffeuse.

— April ?

Je me tourne vers Ornella.

— Oui ?

— Tu es quand même heureuse d'être ici, même si tu détestes la neige et…

Je m'avance vers elle quand je vois qu'elle semble préoccupée. Je n'ai pas la sensation d'être froide ou désagréable, mais peut-être que si… en tout cas, ce n'est pas volontaire.

— Je suis très heureuse d'être ici avec toi, même si tu m'as fait venir dans le froid glacial de l'Alaska.

Elle esquisse un sourire, mais elle a toujours une petite moue.

— J'ai l'impression que tu m'en veux.

— Non, ça fait juste quatre jours qu'on est sur les routes et… c'était vraiment épuisant. J'ai cru qu'on n'y arriverait pas avec ma putain de poisse carabinée.

— Il s'est passé quelque chose ?

Je me demande ce qui lui fait dire ça.

— Quelque chose ? je répète, perplexe.

Ornella secoue la tête.

— Je ne sais pas, avoue-t-elle.

Alors, je décide d'être sincère pour dissiper les doutes qu'elle lit en moi. De toute façon, elle me connaît sur le bout des doigts.

— Je ne sais pas c'est bizarre d'être vraiment arrivée. J'avais l'impression que c'était long et, en même temps, c'était quand même assez amusant ce petit périple.

— Tu as passé du bon temps avec lui ?

— Cette proximité vraiment très forcée nous a poussé à discuter, et je me suis rendu compte que je n'avais jamais vraiment parlé avec lui alors que c'est le meilleur ami de James.

— Je suis contente que vous vous entendiez bien.

Ornella ne sait toujours rien pour ce qu'il s'est passé entre nous il y a quelques mois. De toute façon, je ne pense pas qu'il y ait quelque chose à raconter, car ni Cameron ni moi n'avons pris le temps d'en parler. Alors j'imagine que ça ne voulait rien dire.

— Maintenant que tu es là, on va pouvoir s'amuser. On pourra faire du shopping, allez se balader, il y a des coins splendides à découvrir par ici. On va terminer de décorer la salle pour la réception, tu verras, c'est grandiose.

— Et puis, on testera différents maquillages pour le jour J.

Les yeux d'Ornella pétillent. J'ai hâte de la préparer pour le grand jour. Quand elle m'a dit qu'elle ne voulait personne d'autre que moi pour faire sa mise en beauté, j'étais sincèrement comblée. Je crois que j'aurais été vexée qu'elle ne me choisisse pas alors que c'est littéralement ma passion. Elle m'a tellement servi de cobaye, de modèle pour que je m'entraîne, que je connais son visage sur le bout des doigts.

— Ensuite, je vais me marier.

— Il me semble oui. Dans une semaine.

On jubile toutes les deux parce que c'est quelque chose, tout de même ! On finit par s'allonger sur mon lit et on se prend la main, comme depuis toujours. Vingt-six ans que cela nous suffit pour commencer une conversation silencieuse. C'est notre plus vieux rituel. Elle me connaît sur le bout des doigts et inversement. Je n'ai jamais imaginé ma vie sans elle, parce que c'est inconcevable, c'est surnaturel pour moi. Elle est là depuis toujours, et je crois qu'elle fait aussi partie de moi. J'aime mes parents, mais je crois que j'aime Ornella au-delà des nuages.

— J'ai terminé d'écrire mon discours, je murmure.

Elle presse sa paume dans la mienne. Je ne la regarde pas, mais je devine qu'elle sourit, les larmes aux yeux. Je lui envie cette force de se lancer dans cette aventure. Le mariage n'est qu'une formalité, un bout de papier officiel qui lie deux personnes entre elles et parfois un serment devant Dieu. Mais quand même… moi qui suis actuellement troublée par un homme que j'ai côtoyé pendant quatre-vingt-seize heures non-stop, je trouve qu'elle a une force que je n'ai pas. Je n'ai même pas osé lui dire que je voulais qu'il m'embrasse.

— Je vais pleurer ? demande-t-elle.

— Moi oui en tout cas, je dis.

— Je t'aime, April.

— Moi aussi.

Ornella me parle d'aller faire du patin à glace sur le lac gelé de la famille de James, d'aller admirer des aurores boréales et d'autre choses à faire avant le mariage. Je souris, enthousiasmée par tout ça… même si j'ignore pourquoi mon esprit vagabonde ailleurs. Je pense à lui.

Santa Lover.

— On va rejoindre les garçons pour la soirée ? demande Ornella.

— Allons-y.

Chapitre 14

Cameron
9 décembre, 6 jours avant le mariage.

J'ai connu James lors de notre dernière année au collège. Je suis arrivé en cours d'année, j'étais un peu impressionné de débarquer alors que tout le monde se connaissait déjà, mais j'ai su à la seconde où j'ai croisé son regard qu'on ferait des conneries ensemble, lui et moi. Moins de deux semaines après, on était convoqués chez le proviseur pour avoir déclenché une bataille de bouffe à la cantine.

Depuis ça, on ne s'est plus quittés. Je crois que s'il existe une personne au monde avec qui je peux être vrai, c'est avec James. Il fait ressortir le meilleur en moi et j'aime à croire que c'est réciproque.

Je l'ai connu sous toutes ses facettes : triste, joyeux, en colère, bourré. Je l'ai réconforté quand il avait des peines de cœur, encouragé quand il voulait baisser les bras pour ses études, félicité quand il s'est fiancé. Je l'ai vu évoluer, grandir, se transformer. Je l'ai vu tomber amoureux…

Je fixe l'écran de mon téléphone portable, plus ou moins satisfait de ce que je viens d'écrire.

J'ai des choses à ajouter, mais je ne sais pas encore lesquelles. Pour l'instant, rien ne me vient, je pique du nez, rattrapé par la fatigue de ces derniers jours. Et je n'arrive plus à réfléchir. Je ne suis pas très doué quand il s'agit de parler avec mon cœur, parce que je n'ai jamais fait ça avec personne. J'enregistre le document avant de sortir de l'application. Je n'avais jamais écrit de discours pour un mariage, alors j'espère que James sera content et que je serai à la hauteur.

— On est bientôt arrivés, déclare Ornella. On va s'éclater.

Nous sommes en voiture. Pour profiter gaiement et entre amis de notre premier jour de vacances. Honnêtement, je serais bien resté au chalet à mater un film ou alors à me reposer devant la cheminée en lisant mon script, mais j'ai appris à mes dépens il y a deux ans, lorsque ma sœur s'est mariée, qu'il ne faut jamais, jamais, froisser une future mariée. Surtout à moins d'une semaine du mariage. Même lorsqu'il s'agit de conseils qu'on pense avisés ou de soutien. Les amoureux discutent devant, sans se soucier de nous.

Je jette un coup d'œil à April. Elle est assise à l'arrière de la voiture, avec moi. Elle est calme et silencieuse. Elle semble se laisser bercer par la voiture, car ses yeux se ferment de temps en temps. Elle n'a pas totalement récupéré de sa fatigue. Je ne devrais pas l'observer comme ça, mais mon regard est attiré par elle comme un aimant. Sans doute parce que nous venons de passer plusieurs jours ensemble, rien qu'elle et moi et que mon attention était constamment braquée sur elle. April est vraiment belle. Cette pensée ne me quitte plus vraiment. Quand elle est apparue pour le petit déjeuner, j'ai regretté qu'on ne soit pas seuls. Je ne sais pas trop pourquoi… Est-ce qu'on peut prendre une habitude au bout de quatre jours seulement ? Aujourd'hui, elle est vêtue d'un pantalon noir, de chaussettes hautes qui montent sur ses mollets, d'un gilet en laine blanc, et de cache-oreilles. Son gros manteau en fourrure est posé entre nous, car il fait bon dans la voiture. J'ignore si elle sent mon regard, mais elle tourne la tête vers moi. Ses joues rouges et son joli sourire en coin la rendent vraiment très belle.

— Un problème ?

— Non, je suis jaloux, je n'ai pas de cache-oreilles moi.

Elle tire la langue. Et je me dis que cette langue, elle est jolie aussi.

Nous arrivons finalement à destination. Après avoir tourné un peu, James finit par trouver un emplacement où se garer. Il fait froid, il doit avoisiner les moins vingt degrés, mais le ciel est bleu à perte de vue et le soleil brille. Il se reflète sur la neige blanche qui scintille.

— Tu vas enfin nous dire où nous allons ? demande April.

— À Glacier Bay, vous allez voir, c'est un coin absolument paradisiaque.

Il y a du monde, nous attendons de longues minutes avant de pouvoir monter à bord du bateau de croisière censé nous emmener à travers les glaciers.

— Avec ma poisse, je risque de passer par-dessus bord, raille April.

— Je te sauverai, je dis en souriant.

— Tu finiras comme Jack Dawson, je passerai pour la méchante, je refuse.

Elle pouffe de ses propres conneries. Nous nous installons tous les quatre à l'avant du bateau pour essayer d'avoir une meilleure vue, mais il y a un monde de fou alors on décide de prendre un peu de hauteur. Le bateau commence à naviguer. On a de la chance aujourd'hui, il ne neige pas, et le ciel est d'un bleu incroyable, le soleil irradie au-dessus de nos têtes.

— Tu as déjà fait cette escapade ? demande April.

— Oui, c'est là que James m'a fait sa demande en mariage l'année dernière.

April lâche un « oh », comme si elle se sentait coupable d'avoir oublié l'endroit où sa meilleure amie a été demandé en mariage.

— J'avais envie d'y revenir et de vous y emmener. C'est un véritable trésor.

Nous écoutons le guide touristique qui nous parle de cet endroit hors du commun, il évoque les explorateurs qui l'ont découvert, ses ressources historiques, la nature sauvage qui y vit. Je n'écoute pas tout, troublé par la présence d'April qui capte un peu trop mon attention, mais je comprends l'essentiel.

J'avoue que je ne sais plus où donner de la tête pour admirer Glacier Bay. Le spectacle qui s'offre à moi est si beau, si apaisant, si incroyable qu'il me semble complètement irréel. Entre le bleu du ciel, du glacier et l'eau transparente, c'est magnifique. Le glacier Margerie, si j'ai bien retenu ce que vient de dire le guide touristique, dont l'aspect bleu métallique reflète les eaux de la crique avec en toile de fond d'impressionnantes crêtes montagneuses couvertes de glace est tout bonnement spectaculaire.

— Je n'avais pas remarqué que James et Ornella était partis.

— Ils se sont éloignés par nostalgie, je crois.

April sourit, tout comme moi, elle semble époustouflée par la vue.

— On prend un selfie ?

Son regard glisse doucement dans le mien.

— Même plusieurs.

Nous nous prenons en photos, affectant plusieurs poses différentes, on s'amuse comme depuis le début de notre *road trip*. Je fais quelques *stories* pour mon compte Instagram alors qu'April tourne des vidéos de son côté.

— Cam ! s'écrie-t-elle d'un coup.

Avec sa malchance, je pense une seconde au fait qu'elle pourrait faire tomber son téléphone par-dessus bord ou elle-même, mais elle me montre une baleine à bosse juste à côté de notre bateau. Les gens affluent sur les différents étages du navire pour regarder le mammifère nager, mais nous avons pour le coup une place privilégiée, grâce à elle.

— C'est incroyable, je dis.

Je me place à côté d'elle au moment où la baleine fait un bond dans l'eau et secoue vigoureusement notre embarcation. April lâche son téléphone mais, par je ne sais quel miracle, je réussis à l'attraper avant qu'il ne tombe dans l'eau.

— Bon sang, merci…

On se sourit et on reporte notre attention sur la bête majestueuse.

— Ça ne te fait pas aimer le froid un tout petit peu ? je demande.

— Un peu, je l'avoue. Ce spectacle est prodigieux.

— Regarde, sur le rivage.

April se tourne dans la direction que je désigne. Il y a des ours bruns. Si mes yeux ne me jouent pas de tour, je crois que l'un d'entre eux a un poisson dans la gueule.

La matinée se poursuit et nous sommes dans un émerveillement incroyable. Après la baleine et les ours, on croise des phoques posés sur les coulées de glaces. Si Ornella est folle de ce genre de paysage, je comprends pourquoi James l'a demandée en mariage ici. C'est vraiment beau. D'ailleurs, ils ne sont toujours pas revenus ces deux-là.

— C'est vraiment incroyable, New York me semble terriblement insignifiant pour la première fois de ma vie.

— J'avoue que ça valait le coup de se lever tôt.

— Ne le répète surtout pas à Ornella, elle risquerait de m'y traîner tous les ans.

— Ne pas me dire quoi ?

Comme par magie nos futurs mariés réapparaissent. Ils ont l'air plus amoureux que jamais.

— Rien, lance April.

❄❄❄

Après notre périple hors du temps, Ornella voulait prolonger notre visite en visitant un marché local. Autour de nous il y a des décorations lumineuses partout. J'ai vraiment l'impression que ce mois de décembre ressemble à s'y méprendre aux films dans lesquels je joue. Peut-être que comme dans ces scénarios, je vais finir avec la fille à la fin… je me gifle mentalement pour quitter mes pensées stupides. Une fois que tout le monde est prêt, Ornella glisse son bras sous celui d'April, et elles ouvrent la marche toutes les deux. Je n'avais jamais fait ce genre de trucs, c'est-à-dire aller se promener comme ça entre amis… avec la sensation d'être à un double rencard.

— On avait déjà fait ça avant ? je demande.

— Quoi donc ?

— Se promener en ville comme ça.

James semble réfléchir, puis il secoue la tête :

— Je n'en ai pas le souvenir, non. Mais Ornella attendait que ça, elle adore Noël, elle voulait à tout prix qu'on fasse ça tous les quatre. Le fait que vous vous entendiez bien avec April lui a fait revoir ses plans.

Depuis qu'on se connaît, nous sommes partis de nombreuses fois en vacances ensemble, James et moi. On a visité pas mal de pays comme le Portugal, l'Italie, la Jamaïque, le Japon. Quand James était encore célibataire, on s'organisait toujours un périple de trois semaines. Notre mantra à l'époque c'était bouffe, excursion et sexe. On profitait plutôt bien de nos voyages. Lorsqu'il a rencontré Ornella, nos périples se sont faits plus rares. L'année dernière il m'a proposé de partir avec eux, mais être le pote qui s'incruste, très peu pour moi.

— Elle ne va pas s'envoler, tu sais.

— Pardon ?

J'ai bien saisi le ton sarcastique de James, mais je ne le comprends pas. J'étais bien trop perdu dans mes pensées.

— April, tu n'arrêtes pas de regarder vers elle. Alors je te dis qu'elle ne va pas s'envoler, ironise-t-il en me faisant un clin d'œil.

— Tu viens de me faire un clin d'œil ?

— Ouais, je me suis senti en confiance, je me suis dit que c'était le bon moment.

— T'es flippant, tu sais ça ?

— C'était pour appuyer le côté bien lourd de ma remarque.

— C'était savamment exécuté.

Il rigole. On ne parle pas tellement de filles entre nous, enfin moi surtout. James me parle constamment d'Ornella. Ce que je comprends, c'est la femme de sa vie, mais moi je n'ai aucun intérêt à lui parler des nanas que je ne vais jamais revoir. J'ai eu une relation sérieuse il y a deux ans. Ça a duré presque un an, ça s'est terminé le jour où j'ai rencontré ses parents. Elle avait honte de mon boulot, ce que j'ignorais. Si bien qu'au moment où son père m'a demandé quelle spécialité je faisais en médecine, je me suis trouvé un peu con. Elle nous a sautés dessus en mode « mais si, papa, je t'ai dit, il est chirurgien ». Je n'aime pas les esclandres alors, j'ai joué un rôle pour le reste de la soirée, et ça a été le dîner le plus long de mon existence. Quand elle a essayé de s'expliquer, j'ai mis fin à notre relation. Je me souviens qu'elle a fondu en larmes, en me disant que j'étais vraiment un sale type alors que c'était elle qui avait menti à sa famille en prétendant que j'étais médecin, car acteur de films romantiques, ce n'était pas assez bien pour elle. Pour sûr que si j'avais eu la carrière de Brad Pitt, cela aurait été différent. Dans tous les cas, malgré ses larmes de crocodile, je ne pouvais pas rester avec quelqu'un qui avait honte de moi. Depuis j'ai eu pas mal des rencards sans que ça ne devienne une relation sérieuse.

— Il s'est passé un truc entre vous ?

— Non.

— Tu as envie qu'il se passe un truc ?

— Je ne sais pas. Je crois que je réfléchis à la question.

Entre nous, c'est toujours assez *cash* et honnête. C'est sans doute ce que je préfère le plus dans notre relation. Je ne vois pas pourquoi je lui mentirais. Et puis ça me fait du bien de verbaliser ce que j'éprouve auprès de quelqu'un.

— Elle est belle et drôle. Je crois que je la trouve plutôt craquante.

Je ne m'attendais pas à être aussi sincère, mais c'est dit. Et puis, c'est vraiment ce que je ressens. Avant de savoir qui elle était, je la trouvais belle maintenant que je la connais un peu plus, je trouve justement que son caractère la rend encore plus jolie.

— C'est cool, lâche-t-il.

— Cool, je renchéris.

Il n'ajoute rien de plus, ni moi d'ailleurs. Ce simple mot signifie juste qu'il est content et qu'il respecte mon choix. Je sais qu'il ne me posera pas plus de questions à moins que je ne lui en parle.

Je me dis que si sa poisse nous avait ralentis une journée de plus ça n'aurait pas a été vraiment dramatique. On aurait pu passer un bon moment encore, j'en suis persuadé. Quand j'y réfléchis, j'ai eu pas mal de rendez-vous avec des femmes cette année, et c'est avec elle que je me suis le plus amusé alors que ce périple a été une suite d'imprévus.

Nous arrivons au cœur du village de Noël où beaucoup de monde s'entasse. Patinoire, balade en traîneau, marché de Noël, course de luge… il y a pas mal de choses. Je comprends mieux pourquoi Ornella voulait venir ici.

— Oh ! c'est tellement beau ! s'écrie l'intéressée.

Elle presse le bras d'April qui lui sourit avec amour. Je ne peux m'empêcher de la regarder. Alors qu'elle déteste Noël, je trouve qu'elle est adorable avec son amie. Nous avançons à l'entrée du marché. Nous plongeons soudain dans un univers de parfums gourmands, de trésors d'artisanat et de lumières qui se déploient au détour des allées et des petits chalets de bois. Des gens parlent, rient, se promènent. Des enfants chahutent, crient et courent dans tous les sens. Ornella fait des photos dès qu'elle voit quelque chose de brillant ou de joli. Elle visite chaque stand. Si bien qu'on se retrouve, James et moi, à porter des sacs remplis de fromages, chocolat et charcuterie, ou encore des boules à neige ou des Casse-Noisettes.

— Tu t'amuses ? lui demande James.

— Oui.

Il l'embrasse et glisse son bras libre par-dessus son épaule. C'est mignon de les voir aussi amoureux, mais ça me donne l'impression d'être de trop. Je ne sais pas si April ressent la même chose. Nous avançons tous les quatre. April se penche vers moi.

— T'as pas l'impression d'être au boulot ? dit-elle amusé par sa blague.

— C'est qu'on est sarcastique ! Remarque on doit être dans une simulation parce que je t'ai vue sourire plusieurs fois. Pour toi, Shrek, ça relève du miracle.

— Ha, ha, ha ! Peut-être que ce périple avec toi, *Santa Lover*, m'a fait aimer Noël, qui sait ?

— On dit plutôt « ho, ho, ho ! » mais tu ne pouvais pas savoir.

Elle lève les yeux au ciel.

— Tu es doué pour faire plaisir aux gens, j'ajoute en souriant.

— Comment ça ?

— Tu détestes Noël, mais tu ne rechignes pas à être ici, tu t'émerveilles avec Ornella pour lui faire plaisir. Mais moi je t'ai presque vue vomir dans l'auberge féerique de Gretel, je trouve ça très amusant.

April hausse les épaules.

— Elle regarde des films d'horreur avec moi, on fête Halloween ensemble tous les ans, donc, c'est donnant donnant. Et puis, tous ces chants horriblement mielleux, ces couleurs trop chatoyantes, ces figurines en bois louches sont bien plus supportables quand on n'est pas seule.

— Tu sais que là, c'est carrément une réplique de film de Noël ?

— Je ne vois pas ce que tu veux dire. Je n'ai rien dit moi. Tu entends des voix, *Santa Lover* ?

— Ça doit être ça, *Unlucky Girl*.

Elle rit alors qu'on avance à travers le marché.

— Il y a des descentes de luge. Ça vous dit ? demande Ornella. James et moi on se met ensemble…

— Et nous deux ensemble, raille April en me désignant.

Comme moi, elle soupçonne sa copine de vouloir nous rapprocher. Pas le moins du monde gênée, Ornella hoche la tête.

— On n'a qu'à transformer ça en compétition. Genre ceux qui perdent font le dîner ce soir.

— Ça ne me dérange pas, je dis. On va gagner de toute façon.

— Que tu penses, me défie Ornella. Tu vas faire équipe avec mon petit Scrooge. Je compte sur sa poisse *noëlesque* pour gagner. Mon amour pour cette fête va me mener en bas des pistes avant que vous ne vous vous élanciez. En plus je suis avec le plus sexy des chirurgiens, je n'ai peur de rien.

— Tu vas la laisser te parler comme ça ? je lance, amusé.

Elle me sourit et secoue la tête.

— Ne t'inquiète pas. Les belles paroles sont vaines, je préfère les actes. On va gagner. Je te signale que je suis avec *Santa Lover*, il fait de la luge dans chacun de ses films.

— Une seule fois en fait, je dis. Je…

— Tais-toi, j'essaye d'intimider nos adversaires.

J'éclate de rire. James m'imite de bon cœur.

— Que le meilleur gagne. Le perdant aura un gage.

— Très bien ! termine April.

Nous montons vers les pistes, James paye la location des luges, et nous déposons nos affaires dans des petits casiers sous surveillance afin d'être tranquilles. Le marché de Noël vu d'en haut est plutôt beau. Il ressemble à ces miniatures que les gens collectionnent pour en faire des villages de Noël version modèles réduits. Nous nous installons sur les luges. April a pris place devant moi.

Très lentement, elle tourne la tête pour me regarder par-dessus son épaule.

— On a intérêt de gagner.

— Et la légende qui veut qu'on ne doit pas contrarier une future mariée ?

— On s'en franle.

— Franle ?

— C'est la version censurée, il y a des enfants.

Je ricane.

Ouais, je crois que je craque de plus en plus pour cette fille.

Chapitre 15

April
10 décembre, 5 jours avant le mariage

Aujourd'hui, c'est journée shopping et, à mon grand dam, jour de décoration. Cameron et James sont de corvée sapin, alors qu'Ornella et moi sommes chargées des boules et des guirlandes. Comme les futurs mariés vont passer leurs vacances ici, avec leurs familles, je savais qu'Ornella ne pourrait pas rester sans une touche de décoration en cette période de l'année. La vérité, c'est qu'à quatre ce sera plus marrant.

— Je suis étonnée que tu aies laissé le choix du sapin à James.

— Voyons, je ne suis pas folle à ce point. James est assez grand pour choisir un sapin.

Elle n'est pas crédible pour un sou, parce que je la connais par cœur.

— Ce n'est pas toi, il y a deux ans qui m'a engueulée parce que j'avais pris la mauvaise variété de houx ?

Je me souviens de son air exaspéré. Elle hausse les épaules sans me regarder dans les yeux. Au bout d'un moment comme je reste silencieuse en la fixant, elle explose :

— Bah oui… à Noël on prend le *ilex aquifolium*, c'est logique quoi.

Je me pince les lèvres pour ne pas exploser de rire. J'aime la faire tourner en bourrique, et elle me le rend bien depuis toujours.

— Et James ?

— Je lui fais confiance. Il sait qu'il doit ramener un *abies nobilis*, il n'est pas bête.

— Heureusement qu'il sait que tu es une névrosée à Noël.

Elle éclate de rire, signe qu'il y a peut-être un peu de vrai là-dedans.

— Je ne suis pas névrosée, j'aime tellement cette fête que je veux que tout soit parfait.

La taquiner c'est plus fort que moi, c'est même mon job préféré. Les routes sont dégagées alors ça ne m'ennuie pas de rouler. Ma meilleure amie avait déjà prévu notre itinéraire pour trouver des décorations dignes de son intérêt. Nous avons déjà fait deux boutiques et nous avons acheté trois pauvres ornements à suspendre pour son sapin de deux mètres. Parfois je m'étonne encore qu'elle m'ait gardé près d'elle malgré mon dégoût pour Noël.

Nous nous garons en face de notre destination. Une fois le moteur coupé, je me penche pour regarder les lieux. Tout ce que je vois, c'est la grande devanture en bois d'un magasin et l'attroupement qu'il y a devant. L'endroit semble attirer les foules. Connaissant Ornella, nous ne sommes pas là pour rien.

— Ce n'est pas là qu'on va quand même ? T'as vu le monde ?

— Et si, dit-elle en sortant de la voiture.

Il y a vraiment une foule impressionnante. Ornella glisse son bras sous le mien quand je la rejoins sur le trottoir.

— La fantasmagorie de Noël est une boutique renommée. Les décorations sont absolument splendides. Je rêvais d'y aller.

Il y a de la magie dans ses yeux, ce qui comme toujours me touche. Quand les gens commencent à s'avancer, nous accédons à l'entrée du magasin. À l'intérieur, c'est un autre monde. Comme si en passant la porte, nous avions franchi la barrière d'un nouveau royaume. Ornella tombe amoureuse des lieux en une seconde à peine, moi, je repère une chose au centre de la pièce. Je suis étonné que ma meilleure amie ne l'ai pas vu, mais c'est tant mieux pour moi. Je pourrai lui faire une surprise. Mais encore faudrait-il qu'elle soit occupée pour que je parvienne à faire ça rapidement et sans qu'elle me voie.

— Bonjour, mesdames, lance une dame aux cheveux blancs attachés en chignon. Bienvenue à la fantasmagorie de Noël.

Elle porte un tablier rouge brodé d'étoiles blanches.

— Votre magasin est tout bonnement incroyable.

— Je peux vous faire visiter et vous raconter son histoire, si vous le souhaitez

Je n'en demandais pas tant. Je pourrai éventuellement profiter de cette diversion pour me procurer ce que j'ai repéré. Ornella s'empresse de répondre :

— Bien sûr !

Je lui glisse à l'oreille que j'arrive, même si elle m'ignore totalement, trop occupée à écouter la dame qui lui raconte que le magasin appartenait à son arrière-arrière-grand-mère. Je me dirige vers l'objet qui a excité de ma convoitise. L'ange aux boucles blondes porte une robe longue avec un manteau. Ce manteau, seulement retenu à la taille par une ceinture argentée, est rehaussé d'une bordure de fourrure fantaisie. La robe semble avoir été confectionnée en satin. Il est magnifique, parfait. Je me souviens qu'Ornella avait un ange comme ça. Il appartenait à sa grand-mère et avait une grande valeur pour elle. Mon amie a hérité de son aïeule son goût pour Noël. Quand je l'ai cassé, elle ne m'en a pas voulu, mais elle était chagrinée. Ce n'est pas le même, du moins je ne crois pas, mais il lui ressemble tellement. Je suis certaine que ce cadeau la rendra heureuse. Je me présente alors au guichet.

— Excusez-moi, j'ai une requête absolument idiote à vous demander.

L'homme qui ressemble à Santa Claus, avec sa longue barbe blanche et ses demi-lunettes dorées me lance un sourire signifiant : « Ne vous inquiétez pas, les miracles, c'est mon domaine. »

— Dites-moi tout.

— J'ai besoin de cet ange. Genre viscéralement. J'ai besoin de l'acheter sans que la personne là-bas le voie, j'explique en montrant Ornella.

— Très bien…

— J'aimerais que vous le mettiez dans le coffre de ma voiture pour moi, caché si possible afin qu'elle ne le remarque pas tout de suite.

— Évidemment, il n'y a aucun souci.

Mon cœur palpite d'excitation à l'idée de faire ce cadeau.

— C'est une œuvre presque unique. Les anges de cette marque sont toujours fabriqués par deux et coloriés à la main. Le tissu est richement rehaussé de perles fantaisie et de strass.

— Pouvez-vous l'encaisser maintenant ? je demande. Tant qu'elle est occupée.

— Avec grand plaisir. Faire des miracles à Noël, c'est notre métier. Mon fils se chargera de le cacher à l'arrière de votre véhicule.

— Merci encore.

L'ange me coûte presque trois cents dollars, mais la sceptique de Noël que je suis s'en fiche, j'imagine déjà le sourire de mon amie, et ça suffit à me rendre heureuse. Après avoir donné les clés de voiture au vieux monsieur, je rejoins Ornella.

— Qu'est-ce que tu faisais ? me demande-t-elle.

— J'ai juste vu deux ou trois jolies choses par-là. La sculpture du chalet enneigé là-bas est incroyable.

Elle n'a pratiquement pas bougé de l'endroit où je l'ai quittée. La dame qui l'accompagnait n'est plus là. Son regard vagabonde d'étagère en étagère. Je suis amusé, car je me dis que lorsque je choisis du maquillage ou des décorations d'Halloween, je dois probablement avoir la même tête. Dans ce coin de la boutique, il y a des boules à suspendre, des bonshommes en pain d'épices, des figurines du Père et de la Mère Noël, des clochettes ou encore des ensembles miniatures à café ou thé. Rouge, vert, doré, blanc, argenté, il n'y a que des couleurs classiques. Ornella est très traditionnelle, elle ne pourrait pas choisir le rose pour orner un sapin. Elle commence son shopping par des boules avec des oursons, puis des chatons. Elle scrute tout méticuleusement. Que ce soient les étalages, les paniers en osier qui jonchent le sol ou encore les tables en bois.

— Oh regarde, je dis.

Je lui montre un ornement qui représente deux mariés de Noël. La femme porte une robe blanche aux reflets bleutés.

— C'est magnifique, soupire-t-elle.

Les petites figurines ont la même couleur de cheveux que James et Ornella, et je trouve ça tout à fait adéquat. En avançant, nous en découvrons d'autres comme une patineuse, un homme qui porte des cadeaux, un couple vêtu de pulls moches, une véritable mine d'or pour quelqu'un qui chercherait à faire un village de Noël. Ma meilleure amie s'extasie littéralement en voyant d'autres personnages sous une petite cloche de verre. Elle en rajoute trois dans son panier. Nous progressons dans la boutique, et dans une parfaite harmonie, nous nous arrêterons devant un petit portique sur lequel sont entreposées plusieurs répliques de la bague de fiançailles qu'offre le personnage de Wolf à Virginia dans la minisérie *Le Dixième Royaume*.

— C'est la bague qui chante ! je m'écrie.

— Oh bon sang, j'ai l'impression d'avoir dix ans.

Quelques personnes nous regardent étrangement, mais on s'en fiche. On est dans une espèce de nostalgie. Nous prenons une bague chacune pour les essayer et comme elles nous vont, sans même nous concerter, nous les mettons dans le panier. *Le Dixième Royaume* est une minisérie culte pour nous. Nous étions jeunes lorsque nous l'avons découverte et même si maintenant elle a vieilli, c'est devenu une espèce d'institution. On la regarde tous les ans en décembre, ça fait partie de ces choses que j'apprécie en cette période de l'année.

Plusieurs minutes plus tard, nous nous mettons en route. J'ai discrètement récupéré mes clés à la caisse pendant qu'Ornella payait ses trouvailles. Après avoir fait deux magasins supplémentaires, nous rentrons au chalet. La voiture de James est là. Alors qu'Ornella se dirige vers le coffre, je lui propose de laisser les garçons décharger pour nous. Je veux surtout qu'elle ne découvre pas mon carton. Nous rentrons et trouvons James et Cameron avachis sur le grand canapé du salon en train de faire une partie de Uno. Ornella inspecte d'abord le sapin qu'a choisi James et puis elle lui saute dans les bras. Cameron me sourit, et mon cœur bondit doucement.

— Il y a des sacs dans le coffre, tu viens m'aider ? je lui demande.

Il se redresse immédiatement. Lorsqu'il arrive à ma hauteur, je rougis cette fois.

— Il y a une surprise pour Ornella, c'est pour ça que je t'ai demandé ton aide, j'explique une fois dehors.

— Aucun souci. Ta journée s'est bien passée ?

— J'ai survécu, je réponds avec un sourire. Et il ne s'est rien passé d'horrible.

— La malédiction commence à s'essouffler visiblement.

— On dirait. Et toi, ce sapin ?

— Ça a été long pour un simple sapin.

— Heureusement qu'elle ne t'entend pas, je ricane. Tu pourrais te prendre une leçon sur les sapins de Noël et leurs différentes variétés.

— Je m'en suis pris une quand j'ai dit que le nordmann était beau.

J'éclate de rire. Il se pourrait qu'elle ait fini par corrompre James après tout. Dans le coffre j'attrape le carton avec l'ange, qui soudain s'ouvre par le bas. Je ne sais pas par quel miracle Cameron se penche et attrape la figurine avant qu'elle ne tombe sur le sol. Heureusement elle était enveloppée de papier bulle.

— On disait quoi déjà ? je grogne.

— Tout va bien.

Nos doigts se frôlent quand j'attrape l'ange.

— Merci.

Nous récupérons toutes les affaires et rentrons au chalet. Je cache ma trouvaille, je lui donnerai quand on aura fini de décorer le sapin. Dans le salon, James regarde sa future femme avec amour alors qu'elle lui montre les achats qu'elle a faits.

— Vous voulez un truc à boire ? propose Cameron.

— Une bière, répond James.

— Ce n'est pas très Noël, soupire Ornella. D'habitude on décore en buvant du chocolat ou du lait de poule.

— C'est de la bière de Noël, réplique Cameron en brandissant sa bouteille. Ça marche, non ?

Je pouffe comme une grosse idiote.

— Je vote pour, je dis.

— Pareil, enchérit James.

— Trois contre un, termine Cameron. Tu en veux une quand même ?

— Bah bien sûr, soupire Ornella.

James se redresse pour ajouter une buche dans le feu, Ornella met des musiques de Noël sur son enceinte Bluetooth, et Cameron apporte à boire pour tout le monde. Cette scène est très cliché, mais j'ignore pourquoi, d'où je suis, je prends une photo de mes amis. Ornella est souriante. Elle ne donne pas l'impression d'être sur le point de se marier.

— Tout va bien ?

Je remarque alors seulement que Cameron m'a rejointe. Je hoche la tête alors qu'il me donne une bière.

— Vous êtes prêts ? demande Ornella.

Elle dit ça sur un ton qu'emploierait une mère de famille qui s'apprête à orchestrer l'opération décoration de Noël. Ce qui est totalement vrai en réalité. Nous installons d'abord une grande guirlande lumineuse et puis les ornements tout autour du sapin. Le moment est chaleureux, tout le monde semble heureux. Il est largement l'heure de dîner quand on termine, mais soudain Ornella se fige.

— Oh ! mais… bon sang. Comment j'ai pu oublier d'acheter un ange à placer en haut du sapin ?

C'est le moment que j'attendais. Pendant qu'elle tourne sur elle-même, je vais chercher mon cadeau en silence dans l'entrée et puis je l'offre à Ornella.

— Qu'est-ce que c'est ? demande-t-elle, un peu perdue.

— Ouvre et tu verras bien. Désolée, l'emballage est rudimentaire, mais je n'ai pas eu le temps de faire mieux. Ouvre-le.

Elle s'empresse de dérouler le papier bulle qui protège le bibelot. Lorsqu'elle découvre ce qui s'y trouve, elle se met instantanément à pleurer. J'étais persuadée qu'elle serait émue, mais pas que ça serait à ce point.

— Chérie, est-ce que tout va bien ? demande James.

Il lui caresse le bras avec précaution.

— Oui, c'est juste que… c'est la réplique de l'ange de ma grand-mère.

Ornella lève la tête vers moi. Et les garçons aussi. Je me sens un peu gênée d'être l'objet de l'attention de tous.

— Où as-tu déniché celui-là ?

— Je l'ai vu dans la boutique où nous sommes allées. Je trouvais qu'il lui ressemblait beaucoup, je n'avais pas remarqué que c'était exactement le même. Je l'ai pris parce que je me suis dit qu'il te ferait plaisir.

— Si… c'est le même. C'est incroyable, on n'en avait jamais trouvé de pareil avec maman.

Elle se blottit dans mes bras et me serre contre elle. Je lui caresse le dos, heureuse d'avoir réussi à la toucher à ce point.

— Merci d'avoir fait ça pour moi.

— Quand je l'ai vu, je suis tout de suite allée voir le vendeur pour te faire la surprise, je me souvenais que tu étais peiné de perdre l'autre et…

— C'est incroyable. C'est magnifique. Je l'aime tellement et toi aussi.

— Heureusement qu'on se marie dans quelques jours parce que, là, j'ai du souci à me faire.

— Je serai toujours en concurrence avec toi, James. Je l'ai aimée avant toi.

Ornella s'éloigne et rougit en serrant son ange contre elle. La connaissant, elle doit être ravie qu'on se batte symboliquement pour elle. James me regarde avec une lueur de défi alors que je tire la langue.

— Je te la confie parce que tu la rends heureuse, mais méfie-toi. Je serai ton pire cauchemar.

Il finit par éclater de rire.

— Je vais préparer le repas, j'annonce, même si on a gagné à la luge.

Par pure courtoisie nous avons laissé les futurs mariés gagner une fois avant de les battre à plate couture. Ils ont donc cuisiné hier soir pendant que je me prélassais dans le jacuzzi avec Cameron. Une part de moi aurait voulu que nous ne soyons que tous les deux.

— Je te suis.

Je pars vers la cuisine. Cameron à mes trousses.

Chapitre 16

April

Il avoisine les 2 heures du matin lorsque je regarde mon téléphone dans la nuit. J'ai le sommeil agité ce soir. Je me redresse pour aller boire un verre d'eau. Mais lorsque j'arrive dans le couloir, je découvre qu'il y a de la lumière dans la cuisine. Je m'avance prudemment, de peur de peut-être déranger les futurs mariés. J'assiste alors à une scène si cliché qu'elle me fait glousser. Cameron lève aussitôt les yeux vers moi. Son sourire est immédiat comme s'il était heureux de me voir, et mon cœur s'emballe un peu. Il faut dire qu'il a un beau sourire. Aujourd'hui nous n'avons pas vraiment eu l'occasion de nous voir puisque j'étais occupée avec Ornella.

— T'as conscience que ce que je vois est très cliché ? je dis pour me moquer de lui.

— Quoi donc ? demande-t-il en haussant les épaules. Le fait de cuisiner en pleine nuit ?

Je m'avance vers lui en hochant la tête.

— Je ne vois pas pourquoi.

— Il te manque le pull aux motifs de Noël et des décorations un peu partout, et tu serais le parfait héros que tu as l'habitude d'être. Ça t'arrive souvent de cuisiner au milieu de la nuit ?

Il porte un bas de jogging et un T-shirt noir. Ses cheveux sont légèrement en bataille. Je ne peux m'empêcher de penser qu'inconsciemment on se retrouve encore… et que comme toujours, je le trouve beau. J'ai l'impression que mon *crush* pour lui est bien acté. C'est peut-être l'ambiance qui accentue cette sensation grisante. La neige tombe dehors, et il n'y a que les lumières de la cuisine qui nous éclairent. C'est plutôt calme et assez apaisant.

— De temps en temps, avoue-t-il. J'ai des fringales nocturnes. Cette nuit, elle est sucrée.

— Des insomnies ? je demande.

— Je ne sais pas, je suis parfois un oiseau de nuit. Probablement à cause de mes horaires décalés de temps en temps.

Je hoche la tête et je m'assieds sur l'un des tabourets de l'îlot central, Cameron est en face de moi, devant ses ingrédients. Il continue de préparer sa mixture. Je dois avouer que cette rencontre nocturne me fait plaisir. Si je me disais que j'avais la poisse de ne pas réussir à dormir dans un lit aussi douillet, je me dis qu'encore une fois ma malchance m'a menée à lui.

— Et tu prépares quoi ?

— Des cookies.

— Pourquoi des cookies ?

— Pourquoi pas ? me répond-il. On n'a jamais de bonnes ou de mauvaises raisons pour faire des cookies. D'ailleurs comme tu es debout, j'espère ne pas avoir fait de bruit ?

— Non, j'avais juste soif.

Il se dirige alors vers le frigo et sort de l'eau. Il m'en verse un verre et le pose devant moi. Bon sang, c'est terrible, mais dès qu'il fait un truc, mon *crush* pour lui grandit à vue d'œil. Et c'est terriblement frustrant de ne pas être en mesure de le contrôler.

— Merci. Dis-moi, quand tu cuisines dans tes films, tu le fais vraiment ?

— Quand c'est une scène de pâtisseries, genre sablés de Noël ou cookies, oui. On utilise de vrais ingrédients pour rendre le moment authentique. Mais disons que parfois il y a du gâchis quand on doit refaire un plan ou même la scène.

Je l'observe s'affairer. Il ajoute des pépites de chocolat dans sa pâte à cookies.

— Ce n'est pas difficile de tourner ? Je veux dire toutes ces caméras, le son, ces gens…

— Je ne sais pas, étonnamment même sans avoir la moindre expérience, pour mon premier film, je n'ai jamais été mal à l'aise. Maintenant, c'est une habitude. Il faut juste apprendre à occulter tout ça.

Cameron se met à malaxer la pâte, et je bois une gorgée d'eau. J'ai envie de lui poser d'autres questions.

— Est-ce que tu as déjà tourné un film avec une actrice avec qui tu ne t'entendais pas ?

— Oui bien sûr.

— C'était difficile ?

— Disons qu'il faut prendre sur soi pour les scènes d'alchimie entre les personnages. Ce n'est pas facile d'embrasser quelqu'un qu'on n'apprécie pas vraiment.

— Et ce script que tu lis, tu connais l'actrice avec qui tu joues ?

— On s'est rencontrés pour une lecture ensemble, mais je n'ai encore jamais tourné avec elle.

— Au moins tu ne la détestes pas.

Il ricane en hochant la tête et puis il forme des petites boules de pâte à cookies. Je le laisse faire en silence. Le regarder cuisiner m'apaise visiblement. J'imaginais que l'Alaska serait pire que ça, mais c'est plutôt agréable en fait. Et j'en suis la première étonnée.

— Et toi alors. Pourquoi tu as choisi le *make-up* ?

— Ça m'a toujours fascinée en vérité, je réponds. Cette capacité d'embellir, de vieillir, d'enlaidir une personne avec du maquillage ou des prothèses, j'ai toujours trouvé ça fantastique. J'étais en licence de communication, je ne savais pas du tout ce que je voulais faire, et Ornella m'a poussée à suivre ma passion. À l'époque je n'envisageais pas que le maquillage pourrait être plus qu'un *hobby* en réalité.

— C'est chouette d'avoir des gens qui te soutiennent.

— Plus que ça, je réponds d'un hochement de tête. Mes parents ont accepté que j'arrête mes études pour partir dans ce projet que je devais financer moi-même, car ce genre d'école et de formation ne sont pas gratuites. J'ai eu de la chance d'être épaulée et puis je crois que malgré le miroir que j'ai brisé cette année-là, j'ai eu de la chance.

— C'est-à-dire ?

— J'ai pu m'épanouir et plus encore dans ce domaine. Suivre ces études m'a permis de trouver un nouveau souffle. Je crois que ça a décuplé ma créativité et ma passion. Je suis devenue plus douée et plus confiante en moi. Et puis, j'ai tenu bon malgré la compétition. Cette école donnait de temps en temps la possibilité de travailler dans des studios, pour des défilés. C'était très compétitif, tout le monde voulait ces places prestigieuses parce que c'était l'occasion de se faire repérer à chaque fois et de se voir proposer du boulot. J'ai réussi à me faire une place, en travaillant dur, en essayant de toujours me dépasser pour donner le meilleur de moi. Je dois avouer que lorsque tu es choisi parmi une centaine d'élèves pour assister au *make-up* d'un film, ça te rend heureuse.

— C'est marrant alors que tu n'aies la guigne qu'à Noël.

— Moi, ça me va. Si je devais endurer toute l'année mes galères de Noël… Plus que quelques jours, et les sept ans seront passés.

— Moi, je pense que tu vas t'ennuyer sans malchance. J'en suis certain.

Cameron agite ses sourcils pour se moquer de moi. Je termine mon verre, et il met à cuire une première fournée de cookies.

— Ne crois pas que me faire chier dessus par un bouc va me manquer, je réponds d'un ton railleur.

Ses yeux s'écarquillent alors que je mets ma main devant ma bouche. Je n'avais pas tellement prévu de raconter cette belle anecdote foireuse.

— Tu comprends qu'il me faut des explications s'il te plaît ? Ma curiosité a besoin d'être rassasiée.

Je glousse. Je ne peux pas lui en vouloir, mon pitch était accrocheur après tout.

— Je te promets que c'est nul, je soupire. J'étais chez mes grands-parents. Ils ont une ferme avec des boucs, on s'y retrouve presque tous les ans pour les fêtes de Noël. J'étais allongée dans la grange avec ma cousine, on passait le temps, et soudain un bouc s'est penché vers moi et il m'a chié dessus.

Son éclat de rire est spontané, mais il ne me vexe même pas. Du moins, ça ne me vexe plus. J'ai appris à rire de cette histoire, même si sur le coup j'avais tellement honte. Les rires de ma cousine me donnaient envie de la gifler.

— J'ai besoin que tu me racontes la malchance que tu subis depuis six ans. Il faut que je sache.

— Puisque je viens de te parler de ma cousine, j'ai encore une anecdote avec elle. L'hiver suivant on a de nouveau passé les fêtes chez mes grands-parents. Il faut savoir que Graziella, ma cousine, est née le 23 décembre, sauf que j'avais oublié. Je reviens du centre-ville avec une robe que j'avais vu en vitrine depuis des semaines, mais j'attendais ma paye. Bref, je pose le sac sur la table, et elle me hurle : « Oh tu n'as pas oublié ! » Elle déballe le paquet en croyant que c'est un cadeau pour elle et me remercie pour la robe. Je n'ai pas osé protester, et j'ai rongé mon frein à Noël quand elle a paradé dans ma sublime robe bleue.

— Tu en as racheté une ?

— Non, elle coûtait deux cents dollars.

Il réprime un sourire.

— Elle l'a su ?

— Oui, il n'y a pas si longtemps que ça d'ailleurs. Je lui ai avoué. Elle m'a dit que j'étais une idiote et, pour le coup, elle n'a pas totalement tort.

— Mais au risque de paraître un peu chiant, c'est plus un quiproquo que de la malchance.

Je plisse les yeux en le fixant. Je n'avais jamais vu cette histoire sous cet angle, mais il n'a pas tort en réalité.

— Ce n'est pas tout à fait faux.

— J'ai souvent raison, tu sais.

Je ricane.

— La plus belle anecdote de poisse, c'était il y a deux ans. Il était 3 heures du matin, Ornella, deux copines et moi, étions en voiture. On a été encerclées par des policiers, puis amenées au commissariat, menottées. Motif : la voiture était déclarée volée. En effet, on me l'avait dérobée six mois plus tôt, les policiers l'avaient retrouvée, mais avaient oublié de le signaler…

— J'avoue… t'as quand même pas mal la poisse !

— Tellement, je dis en minaudant. C'est difficile d'être moi, je te jure.

L'odeur des cookies embaume déjà la pièce, mais lorsqu'il ouvre le four, les arômes deviennent irrésistibles. Je n'avais pas spécialement faim jusqu'à maintenant.

— Dis-moi, est-ce qu'il reste de la pâte à cookies dans le saladier ? J'adore la pâte crue.

— Je suis désolé, mais il n'y en a pas assez pour deux.

— Mais quel égoïste.

Après avoir enfourné d'autres cookies, il s'approche de moi avec le plat. Il le pose devant nous. Sur les bords il reste encore un peu de pâte et des bouts de chocolat.

— Tu veux la manger avec la spatule ou avec les doigts ?

Je ne peux m'empêcher de rougir quand il balance ça en plantant son regard dans le mien Je dois sérieusement être en manque pour y voir une stupide allusion sexuelle.

— La spatule, je réponds.

Il me la tend. Je ne sais pas quelle odeur est la plus enivrante, celle des cookies ou son parfum à lui. Je ne sais pas ce dont j'ai le plus envie, manger ou l'embrasser.

— Ou tes doigts ?

Je ne sais pas d'où je sors ces trois petits mots, mais je m'empourpre immédiatement. Je n'avais jamais formulé ce genre de souhait. Comme il se contente de me fixer sans rien dire, je me reprends morte de honte :

— C'était de l'humour, c'est…

Je perds mes mots quand il plonge son doigt dans le plat et l'approche de moi. Dans son regard, je comprends qu'il n'y a pas d'ambiguïté, pas de malaise entre nous. S'il répond à mes trois petits mots, c'est qu'il en a envie lui aussi. Mon ventre se contracte douloureusement. Je ne sais pas, c'est intense et… érotique. Et je crois que ça m'excite. J'entrouvre les lèvres sous son regard lourd quand la voix de James me fait sursauter :

— Vous faites quoi ?

Cameron s'éloigne en grognant. Comme Cameron était de dos, je suis certaine que James n'a rien vu. En revanche, le *timing* est terriblement frustrant. *Bonjour, karma.*

— Des cookies, répond Cameron.

— À cette heure-ci ?

— J'avais une insomnie et April aussi.

James nous regarde à tour de rôle, Cameron avale la pâte à cookies sur son doigt à mon grand regret. Et tandis qu'il me tourne le dos je saute de mon tabouret.

— Et toi, qu'est-ce que tu fiches ici ?

— J'ai soif.

Alors qu'il se dirige vers le frigo et que Cameron sort les cookies du four, je m'éclaircis la gorge.

— Je vais aller me coucher.

L'un hoche la tête, l'autre me regarde avec du désir au fond des yeux et une promesse de ne pas en rester là. Avant de m'enfermer dans la chambre, j'entends très distinctement :

— Tu fais chier, James.

Je ne peux m'empêcher de sourire.

Chapitre 17

Cameron
11 décembre, 4 jours avant le mariage.

Ma frustration me semble légendaire. Ce nouvel acte manqué avec elle me rend plutôt barjot, et je garde joyeusement la face tandis que la fête bat son plein dans le chalet. Ornella et James ont décidé d'organiser une soirée d'enterrement de vie de jeune fille et de garçon ensemble. Ce que je trouve plutôt cool en réalité. Il y a du monde et les conversations battent leur plein. Je n'arrive pas tellement à me mettre dans le bain de la soirée. Mon regard dévie sans cesse vers elle.

April porte une *slip dress* blanche avec des talons et, après être tombé sous son charme alors qu'elle portait des vêtements chauds, je dois avouer que là… je suis complètement subjugué. Elle est radieuse, et je ne lui ai même pas dit. Je n'ai pas eu le temps puisqu'elle a débarqué à la soirée quand il y avait déjà une dizaine de personnes. J'ai l'impression de ne pas être le seul à le penser. Deux mecs célibataires, amis de James la reluquent aussi. Et même si je ne peux pas y faire grand-chose, ça m'agace un peu. Quand elle m'a dit « ou tes doigts », j'ai eu l'impression que mes neurones allaient disjoncter. Je n'imaginais pas que ces trois mots mis bout à bout pouvaient être aussi érotiques. Si James n'avait pas tout fait foirer, on aurait pu passer du bon temps. Quand elle est partie, ça n'a fait que me frustrer au possible. J'ai songé deux secondes à taper à sa porte pour l'embrasser comme un foutu damné quand elle ouvrirait et puis je me suis dit que si elle était partie ce n'était pas pour rien.

— Alors tu tournes toujours dans tes films de Noël ? s'esclaffe Louis.

Il fait partie des proches de James que je n'apprécie pas particulièrement. À part pour tenter de m'humilier, qu'est-ce que ça peut bien faire à ce gros con si effectivement je fais encore des films de saison ? En plus s'il pense que j'ai honte, il se fourre le doigt dans l'œil. L'argent sur mon compte suffit à me faire supporter toute remarque désobligeante.

— Eh ouais.

— Je sors avec une nana en ce moment qui est fan de ce genre de navet. Je ne comprends pas ce qu'elle y trouve.

De la tendresse inexistante chez toi ? Je rumine et je l'insulte dans mes pensées afin de ne pas faire un esclandre alors que c'est la soirée de mes amis. Il faudra quand même que je demande à James pourquoi ce bouffon est là.

— Toi, tu sais peut-être, lance Louis.

Il fait rire les trois personnes autour de nous.

— Peut-être qu'elle aime me regarder, je réponds alors avec un sourire.

Il me toise comme si je venais d'insulter sa mère. En même temps, il le cherche.

— Et pour répondre à ta question de tout à l'heure, oui, je tourne encore ce genre de films, ce serait con de s'asseoir sur deux cent mille dollars à chaque contrat, non ?

Cette fois, il me regarde bouche bée et les gens autour de nous aussi. Je ne suis pas du tout du genre à étaler mon argent mais, lui, il me gonfle particulièrement.

— Si vous voulez bien m'excuser…

Je pars avec un petit sourire qui ne trompe pas mon meilleur ami qui vient à ma rencontre, histoire de s'assurer que je ne frappe personne sans doute.

— Tout va bien ?

— Oui, pas de soucis. Je ne peux juste pas encadrer l'autre con.

James éclate de rire.

— C'est mon cousin, je n'ai pas le choix. Mais si ça peut te rassurer, je ne peux pas le sentir non plus. Il ne sera pas là au mariage.

— Je te pardonne parce que je suis ton témoin et pas lui. Et que je suis plus beau et plus intelligent aussi.

— Merci d'être si bon avec moi.

Il me sourit. Il a l'air heureux en ce moment. C'est assez troublant. Ça donne envie de tester ce qu'il vit pour voir si ça vaut le coup. Il retourne se mêler à ses invités, je scrute le chalet du regard à sa recherche. La musique n'est pas trop forte afin que tout le monde s'entende, et Ornella et James ont engagé des serveurs afin qu'ils passent pendant la soirée pour apporter boissons et nourriture. De ce que j'ai compris, il y aura un karaoké ce soir et plus tard du poker. Je ne suis pas certain d'être prêt pour cela, le karaoké du moins. J'erre un peu bêtement dans la pièce, je ne suis pas si mal à l'aise en soirée d'ordinaire, je me fonds généralement plutôt bien dans la masse. Là, je crois que j'ai simplement envie de parler avec elle, de lui dire que ce soir elle est jolie. Je la repère finalement à côté d'Evan, un ami célibataire que nous avons en commun, James et moi. Tandis que je m'avance vers eux sans avoir la moindre idée de comment les interrompre, James attire l'attention des gens en tapant sur son verre. Ornella se dirige vers lui et se love dans ses bras. C'est amusant, car avant de la rencontrer, il était plutôt volage mais, depuis, il n'y a plus eu qu'elle. Je me souviens qu'il m'a envoyé un message, juste après leur première rencontre. En mode « je crois que j'ai rencontré la femme de ma vie ». *Tiens, je pourrais peut-être glisser ça dans mon discours.*

— Ornella et moi sommes vraiment très heureux de vous voir ici auprès de nous pour nos enterrements de vie de jeune fille et de garçon. Nous voulions quelque chose sans prétention, quelque chose à faire ensemble afin qu'on puisse tous passer une bonne soirée.

— Dis plutôt qu'elle t'a contraint à faire ça plutôt que tu ailles dans un club de *strip-tease*, balance Louis.

Des gens rient, d'autres ne réagissent pas. James lève les yeux au ciel en trucidant mentalement son abruti de cousin, Ornella est impassible, elle se contente de prendre le micro.

— Je lui ai proposé, mais il n'a pas voulu, après vous faites ce que vous voulez de cette info. Nous sommes ravis de fêter ces deux événements en même temps. On a bien conscience qu'une fête et un mariage en période de Noël c'est un peu particulier, mais nous nous sommes rencontrés le 24 décembre et James m'a demandée en mariage l'année dernière à cette même période alors, c'était logique pour nous.

James l'embrasse sur le front.

— Nous allons commencer le karaoké et après, pour ceux qui veulent ce sera poker.

La foule se disperse un peu. J'attrape une canette de soda dans un seau rempli de glaçons. Il faut plusieurs minutes pour que le karaoké soit opérationnel, et Ornella et James l'inaugurent évidemment. Quand les premières notes de musique commencent, certaines personnes hurlent. Je finis par reconnaître l'air de *Star of Something New*, du film *High School Musical*. Oh ! bon sang, ils sont irrécupérables ! Je les prends en photo avec mon téléphone, j'enregistre aussi quelques vidéos d'eux, pour donner une idée de l'ambiance de la soirée. Les gens font la queue pour chanter, je pensais qu'ils seraient plus timides, mais l'atmosphère bienveillante doit favoriser le lâcher-prise. Mariah Carrey, Adèle, Destiny's Child puis Beyoncé, Taylor Swift, Demi Lovato, les filles s'en donnent à cœur joie. Si elles ne choisissent que des chansons interprétées par des femmes, les mecs font la même chose avec les Jonas Brother, Sum41, One Direction, Bruno Mars ou Coldplay. Les actuels détenteurs du micro chantent tellement faux qu'ils font rigoler tout le monde, eux les premiers.

— Sublime cette interprétation de Sam Smith n'est-ce pas ?

Je me tourne vers la personne qui me parle. April me sourit. Je constate qu'il est difficile de dévier mon regard d'elle maintenant qu'elle est tout près de moi. Moi qui la cherchais, c'est finalement elle qui vient à moi.

— Je ne dirais pas magnifique. En revanche, toi tu l'es ce soir.

On dirait qu'elle ne s'y attendait pas, car ses joues s'empourprent.

— Merci. Je suis toujours fabuleuse en robe. C'est pour ça que l'été j'irradie comme un petit soleil.

— Est-ce que tu vas t'essayer au karaoké ?

— Absolument pas. Quoique ça pourrait faire partir les gens plus tôt.

— Tu crois que c'est mal venu que les témoins ne chantent pas ? On pourrait s'essayer à un petit duo pour leur faire plaisir ?

— Je l'ignore, mais tu m'as dit que j'étais jolie, alors j'imagine que je n'ai pas le choix que d'accepter de chanter avec toi.

— Je tiens à insister sur le « magnifique » plutôt que le « jolie ». Je ne sais pas si j'ai le droit de dire ça, mais tu es la plus envoûtante ici ce soir.

Elle replace ses cheveux derrière ses oreilles.

— Ce n'est pas moi qui vais t'interdire de le dire en tout cas.

Je lui souris et lui propose mon bras qu'elle accepte. Nous nous dirigeons en silence vers le karaoké. L'animateur de la soirée nous donne un petit livret avec les chansons. À mon grand regret, elle me lâche le bras.

— Un duo on est d'accord ?

— Évidemment.

L'alchimie reste là. De toute façon, depuis qu'on s'est rejoint à l'aéroport, elle est bien présente. Elle est grisante, c'est pour ça que je suis toujours aussi frustré que James nous ait interrompus hier soir. On n'aurait peut-être pas sauté le pas, mais on se serait peut-être embrassés. En tout cas, la prochaine fois, si nous avons l'occasion de coucher ensemble elle et moi, je ne serai pas bourré, c'est certain. Quand je pense que je ne l'ai pas appelé pour en parler…

— *You're The One I Want* de Olivia Newton-John et John Travolta, *Crazy In Love* de Beyoncé & Jay-Z, *Don't Go Breaking My Heart* de Elton John et Kiki Dee ou encore *Endless Love* de Lionel Richie et Diana Ross… toutes ces chansons parlent d'amour, non ?

— Tu as oublié le célèbre *I Got You Babe* de Sonny et Cher, je raille.

Elle glousse.

— Tu te sens plus l'âme d'un Jay-Z ou d'un John Travolta ? demande April.

— Et pourquoi ne pourrais-je pas être une Beyoncé ? je raille.

— Tu as tout à fait raison et tu peux…

Elle agite ses sourcils en me regardant. Je tire la langue. J'aime vraiment parler et m'amuser avec elle, c'est simple. Tellement simple et évident.

— Va pour *Crazy In Love*.

Je donne le nom de la chanson que nous avons choisie à l'animateur.

— Vos prénoms ?

— Les super témoins, répond April avec un grand sourire.

Il nous présente, et je vois que James et Ornella au premier rang ont des sourires d'idiots. Ils sont heureux, et je suis simplement content pour eux. J'ai l'habitude des regards sur moi, quand je tourne une scène, il y a des tonnes de personnes qui me regardent, et pas seulement le cameraman. Je tourne la tête vers April, elle ne semble pas mal à l'aise. Je ne connais pas par cœur la chanson, mais on va tout donner c'est certain.

❆❆❆

April

La soirée est vraiment chouette. Tout le monde semble s'amuser et passer une bonne soirée. Pour ne pas qu'Ornella stresse, j'essaye de veiller au grain. Je veux qu'elle s'amuse elle aussi et qu'elle profite. Après tout, cette fête est en son honneur. Lorsque mes yeux parcourent l'immense salon du chalet, il apparaît dans mon champ de vision. *Santa Lover*. Il porte un pantalon noir et une chemise bleu nuit dont il a remonté les manches sur ses avant-bras. Il est séduisant. Comme tout se passe bien, je m'octroie une petite pause. J'ai un peu mal à la tête, alors j'attrape mon manteau pour sortir prendre l'air quelques minutes. Quand je participe à une fête, j'ai toujours besoin, à un moment, de rester un peu à l'écart. Pour souffler, me retrouver avec moi-même. J'attrape mon manteau et je sors sur l'immense perron. La porte se ferme derrière moi. Il ne neige pas ce soir, mais il fait tellement froid que celle qui est déjà tombée tient bien dans les jardins et sur les arbres. Le paysage est quand même sacrément magnifique.

Je glisse mes mains dans les poches de mon manteau, mais je me rends compte que j'ai laissé mon téléphone à l'intérieur. Tant pis, je serre mon manteau contre moi car ma robe est très légère et le froid polaire. Je lève le visage vers le ciel et je constate avec émerveillement qu'il est parsemé d'étoiles. C'est magnifique. Il n'y en a jamais autant à New York. Le frisson qui me parcourt tout le corps est mon signal d'alarme, mais lorsque je veux rentrer, je constate que la porte est fermée. Je tambourine dessus, j'attends mais personne ne répond. Je tape encore, mais personne n'ouvre.

Bordel.

Alors, je descends les marches du perron en me tenant fermement à la rambarde pour ne pas me casser la figure. Je pourrais éventuellement faire le tour et tambouriner contre la baie vitrée. Là, je suis certaine qu'on me verrait. Mais j'oublie que j'ai des talons aiguille et quand j'enfonce mon pied dans la neige, le froid me saisis instantanément. Je retire mon pied, mais ma chaussure reste coincée. En rageant, je force pour la retirer mais je bascule en avant comme une grosse courge… Et je m'étale lamentablement dans la neige. Si le froid n'était pas aussi mordant, je resterais probablement allongée pour faire une rétrospective de ma vie… Je me redresse, ma robe est mouillée et j'ai froid. Désespérée par ma putain de poisse qui ne me lâche jamais, j'abandonne l'idée de faire le tour. Il y a bien quelqu'un qui se rendra compte que j'ai disparu et puis, au pire, je terminerai comme Jack Torrance dans le film *Shinning*. Une fin parfaite pour une poisseuse qui adore les films qui font peur. J'ai du mal à croire que ma poisse est censée s'arrêter à la fin du mois…

— April ?

— Cam ?

Je me redresse et je croise son regard inquiet.

— Tout va bien ? Qu'est-ce que tu fais ici ? Tu es partie il y a un moment et…

— La porte s'est verrouillée, je le coupe, j'ai frappé plusieurs fois, j'ai essayé de faire le tour pour taper à la baie vitrée mais je suis en talon et je suis tombée, alors j'ai froid et ma robe est foutue et…

Bien qu'il ricane, il me caresse les joues. Sa chaleur me fait du bien, alors je le laisse faire. Son regard est compatissant.

— T'en rates jamais une.

— Si tu crois que je le fais exprès… j'en ai marre de moi.

— Moi, je trouve ça plutôt marrant.

— Je ne sens plus mes orteils mais, toi, tu trouves ça marrant.

Il me sourit encore. Bon sang, il est toujours tellement solaire.

— Viens, lance-t-il simplement en me prenant la main.

Il me fait rentrer et sans se soucier de personne, il m'emmène en haut. Heureusement les gens semblent occupés. Même Ornella est subjuguée par James et ne s'en rend pas compte. Cameron s'arrête à la porte de ma chambre. Il me suit à l'intérieur et quand je me tourne vers lui, troublée par sa gentillesse et sa présence ici, il m'aide à retirer mon manteau et il s'agenouille pour retirer mes chaussures. Je ne savais pas que ce geste pouvait être aussi sensuel ni me faire un drôle d'effet dans le bas-ventre. Des frissons dansent sur ma peau quand ses doigts me frôlent.

— Tu as pris soin de moi aussi à la nouvelle année, quand on était bourrés, non ?

Je n'ai que très peu de souvenir de cette soirée. Je me souviens vaguement qu'on s'est embrassé avant que je ne vomisse. Après je ne me rappelle plus vraiment ce qui s'est passé.

— Un peu. Disons que j'ai veillé à ce qu'il ne t'arrive rien.

— Je ne t'ai même pas remercié.

— Pas besoin, *Unlucky Girl*.

Plus poisseuse que moi tu meurs ! Pourtant, je n'ai pas l'impression que ce soit une mauvaise chose à travers son regard et ses gestes. Je dirais même que pour une fois, je suis plutôt chanceuse.

— Je vais te laisser te changer et nous rejoindre en bas.

Il quitte ma chambre sans un regard en arrière. Je soupire, agacée. Jamais un homme ne m'a frustrée de cette manière et pourquoi est-il toujours aussi prévenant ? Cameron est tellement différent des autres. Je ne sais pas comment l'expliquer, mais je n'ai jamais rencontré un mec aussi adorable et avenant que lui. Je retire ma si jolie robe que j'ai stupidement trempée et j'en enfile une autre. Plus courte mais plus chaude puisqu'il s'agit d'une robe pull. Elle est de couleur bleu nuit. Je vérifie mon reflet dans le miroir et je sors de ma chambre. Cameron n'est plus là, cependant quand je descends l'escalier, je l'aperçois. Et je me rends compte que nous sommes raccord. Il me consacre son attention, comme toujours lorsque je suis proche de lui. Ça me flatte beaucoup, je l'avoue.

— Tout ça pour être en harmonie avec moi, *Unlucky Girl*.

— Démasquée.

— Et moi charmé. Encore une fois, tu es magnifique.

Mon cœur, les battements de mon stupide cœur battent plus vigoureusement. Cameron est dangereux pour la santé. Du genre à te rendre accro à lui. Je crois que je suis doucement en train de le devenir. Cet hiver est bien trop étrange…

❄❄❄

Cameron

Il est tard ou alors très tôt.

Tout le monde est parti. Il ne reste plus que le bordel. Comme la soirée a duré plus longtemps que prévu, James a renvoyé tous les serveurs avec un pourboire à chacun. Il reste encore à ramasser tout ce qui traîne. Ornella danse toujours sur la table basse du salon, je crois qu'elle est légèrement pompette.

— Tu ferais mieux d'aller coucher ta femme, s'esclaffe April. Il ne manquerait plus qu'elle se foule la cheville avant le jour J.

James lâche le sac poubelle qu'il tient dans ses mains.

— Tu as raison… On va se coucher, chérie.

— Je ne suis pas fatiguée.

— Il est tard, et tu dois te reposer avant qu'on se marie. Et demain soir, on dîne avec nos parents ne l'oublie pas.

— On va se marier, c'est vrai. Je t'aime, tu sais.

Elle saute dans ses bras.

— Je la mets au lit et je reviens.

— Va dormir toi aussi, il ne reste presque plus rien à faire.

— Tu es sûre ?

— Certaine ! approuve April.

Alors, on se retrouve à deux, elle et moi. Elle porte toujours sa robe, mais a retiré ses talons. Elle attrape le sac que tenait James et en se dandinant, elle se met à ramasser les déchets que les gens ont laissés derrière eux.

— Tu peux aller te reposer toi aussi.

— Tu ne vas pas tout ranger seul, raille-t-elle. En plus, je sens que je ne vais pas réussir à m'endormir tout de suite.

Je hoche la tête. Ça me va. Plus je passe du temps avec elle, plus je me sens bien. Ce n'est peut-être pas si mal d'être en plein scénario de film de Noël finalement, car à la fin les deux héros finissent ensemble. Je crois qu'il est possible que j'aimerais qu'on se revoie, pas seulement occasionnellement.

Je mets tous les verres sur le grand îlot central. Le lave-vaisselle carbure, il ne reste plus que ça à laver. Je quitte la cuisine pour vérifier qu'il n'y a plus de vaisselle qui traînent. Je trouve April devant la grande baie vitrée.

Elle scrute le jardin. Il fait tellement noir qu'on ne voit quasiment rien.

— Il faudra passer l'aspirateur et laver la maison demain, mais sinon c'est propre.

— On est quatre ça devrait aller vite.

— Oui. C'était une chouette soirée.

— Ouais.

C'est quoi cette conversation aseptisée ? Ça ne nous ressemble pas vraiment.

Embrasse-là, mec.

Je ne sais pas si c'est mon cœur, mon cerveau ou une autre partie de mon anatomie qui crie ces trois mots... April se frotte les bras comme si elle avait froid, alors je retire ma veste pour la poser sur ses épaules.

— Merci.

Nos regards se croisent dans le reflet de la baie vitrée, puis vraiment quand on se tourne l'un vers l'autre. L'alchimie fait crépiter l'air entre nous, on se parle sans un mot. L'attitude qui se dégage de nos corps est en symbiose. J'attrape les revers de ma veste et je l'attire vers moi en silence. Le fait qu'elle se hausse sur la pointe des pieds pour venir à la rencontre de mes lèvres est la seule autorisation dont j'ai besoin pour que ma bouche fonde sur la sienne. Nos lèvres se trouvent plutôt sauvagement, et c'est purement délicieux. J'ai l'impression qu'on attend ça depuis longtemps. Lentement je me baisse et je pose mes mains sur ses hanches pour l'attirer contre mon torse et ainsi l'embrasser plus lascivement encore. Elle se laisse aller, pose ses mains sur mon torse et répond à mon baiser avec une fougue dont j'ai envie de connaître les limites. Notre étreinte s'approfondit, tandis qu'elle touche mon torse, j'attrape sa nuque. Je n'ai pas ressenti le millième des sensations qui me traversent à l'heure actuelle quand nous avons misérablement tenté de coucher ensemble.

L'effet que me fait ce baiser n'est qu'un prolongement de ce qu'on a vécu ensemble pendant quelques jours. Il ne fait que confirmer cette attirance irrésistible entre nous. Du moins, la mienne. Je m'éloigne très lentement de ses lèvres, nos regards se croisent à nouveau. De mes doigts, je caresse la ligne de sa mâchoire, son menton. Sa peau est douce, comme cet instant d'ailleurs. Je n'ai pas envie de bouger d'ici, j'aime la tenir contre moi.

— Je crois que j'apprécie beaucoup la période des fêtes, cette année, souffle-t-elle.

— Si c'est grâce à moi, tu m'en vois honoré.

— Tu viens après le raton laveur et les peluches de Gretel, mais vraiment juste après. Alors on peut dire que tu fais partie du lot, oui.

La malice pétille dans son regard.

— Je peux me contenter d'une troisième place, même si je suis un peu frustré d'être derrière le raton quand même.

Elle rit contre moi, me frappe le torse, et ça suffit à ce que dans un même élan, on s'embrasse à nouveau. Très lentement. J'avoue n'être jamais aussi doux. Souvent quand j'ai des rencards avec des filles, c'est plutôt pour un coup d'un soir. Je ne crois pas que ça s'applique à elle.

— D'accord, souffle-t-elle, peut-être que tu viens de grimper d'un palier.

— Et si je recommence ?

— Essaye, et on verra.

Il ne m'en faut pas plus. Le défi dans ses mots et son regard me galvanise plus que de raison. Mon baiser cette fois est plus autoritaire, je la domine de ma taille pour l'embrasser à ma guise. Soudain, un bruit assourdissant nous éloigne l'un de l'autre. Mon cœur bondit dans ma poitrine, affolé par ce son incroyable. April pousse un cri en se blottissant contre moi quand une ombre se reflète à travers la vitre de la baie vitrée.

— Qu'est-ce c'est ? demande-t-elle.

— Une bête sans doute, je réponds.

Sans que j'aie besoin d'avancer pour confirmer mes dires, un immense renne se relève et tourne la tête vers nous. L'animal nous fixe et ni April ni moi ne bougeons. Nous restons immobiles, silencieux, à admirer cette créature majestueuse. Il ne bouge pas non plus, son regard toujours rivé vers les nôtres. La neige qui virevolte dans la nuit noire se pose sur son pelage brun. À vue d'œil, il doit bien faire cent cinquante kilos, si ce n'est plus… Voilà quelque chose qu'on ne voit pas tous les jours. Avec ses bois, l'animal est magnifique. Il ne semble pas blessé heureusement. Et puis, en deux fractions de seconde, il disparaît dans le noir de la nuit. April souffle contre moi.

— Un raton laveur, un loup, une baleine, un renne… c'est…

— La magie de noël ?

Elle hoche la tête.

— Waouh, c'était… quelque chose, murmure-t-elle.

— Ouais…

Elle ricane contre moi.

— Bon sang, mais quelle poisse ! il n'y a qu'à moi que ça arrive ce genre de conneries. Me retrouver enfermée dehors, un renne.

— Pour le renne, je vois plutôt ça comme une chance. C'était incroyable de le voir de si près.

— Je vais aller me coucher, bonne nuit *Santa Lover*. Enfin pour ce qu'il en reste.

Elle se hisse sur la pointe des pieds, et elle embrasse mon menton.

— Bonne nuit, *Unlucky Girl*.

Elle rit et alors qu'elle traverse le salon elle n'oublie pas de m'achever :

— Tu es passé numéro un, bravo.

Chapitre 18

April
12 décembre, 3 jours avant le mariage.

— Oh ! mon Dieu ! s'écrie Ornella. C'est… encore plus beau que dans mes rêves.

Elle tourne sur elle-même au milieu de la salle de gala où auront lieu les festivités de son mariage. Je dois avouer que tout est absolument splendide. La *wedding planner* semble aux anges. Ma meilleure amie aussi, Tout est comme elle en rêvait. Elle va se marier, bon sang.

— Bon, les lustres ne sont pas allumés, ni les guirlandes lumineuses ni les bougies, mais je vous promets que lorsque vous arriverez avec James, tout ne sera que lumière.

— C'est parfait, Marion. Vraiment parfait.

Ornella a les larmes aux yeux et, de ce fait, moi aussi. La voir émue me fait quelque chose. Est-ce que c'est grave si j'ai l'impression de confier à James un bout de moi en la laissant se marier ? C'est idiot, nous n'avons aucun lien de sang, mais elle est pourtant la personne que j'aime le plus au monde. Je suis heureuse pour elle.

Des dizaines de tables rondes sont placées de part et d'autre de la grande salle, assez espacées pour que les gens puissent circuler. Sur celles-ci, sont posés de longues nappes d'un blanc nacré, des bougies et des centres de table fleuri bleu et blanc brillant. Contre le mur près de l'entrée, un bar à boissons. J'imagine qu'ils ont préparé des cadeaux pour leurs invités. Je n'étais même pas au courant, bien que j'aie participé à l'élaboration de pas mal de choses, comme des faire-part, des centres de tables ou encore de l'horrible plan de table. Au plafond, il y a deux immenses lustres, des guirlandes lumineuses suspendues de part et d'autre et des branches de sapin et de houx. Par-delà les tables, une estrade pour le groupe de musique, a été montée et devant se trouve une grande piste de danse.

— Nous avons testé l'acoustique, et l'orchestre sera parfait ici. Il est savamment placé pour que vous puissiez entendre les musiques lors du dîner. Et la piste s'éclairera lorsque vous et James avancerez pour la première danse. Les lumières se tamiseront pour un effet romantique.

Ma meilleure amie hoche la tête, satisfaite, et elle salue les musiciens qui sont en train de répéter. Nous avons fait passer des auditions à quatre ou cinq groupes et ce sont eux qui nous ont plu. Ils étaient gentils, simples et doués. Au départ, Ornella et James avaient opté pour un DJ, mais ils ont pensé que c'était moins intime, moins personnel.

— Bientôt le grand jour, madame, lance l'homme au micro.

— Oui, dans trois jours.

— On va tout déchirer pour vous faire passer le plus beau moment de votre vie.

— D'ailleurs, lance Marion en s'éclaircissant la voix.

Tout le monde, y compris les musiciens, tourne la tête vers elle. Cette femme est forte, elle n'a dit qu'un seul mot, mais elle attire l'attention de tout le monde.

— Vous n'avez rien spécifié sur la tenue des musiciens ? Il serait temps, je crois.

Eh bien… je n'aimerais pas être *wedding planer*, trop de pression, trop de choses à gérer. Je crois que je ne pourrais pas m'occuper d'une mariée hystérique, je paniquerais en même temps qu'elle.

— Chemise blanche, pantalon noir. C'est bon pour vous ? Jean ou pantalon de smoking, peu importe, tant que c'est noir, lance Ornella sans sourciller.

— Pas de soucis, madame, répond le guitariste. On sera apprêté comme il le faut.

— Si jamais vous voulez vous habiller comme les hommes, pas de problème, ajoute Ornella à l'attention de la femme derrière la batterie. Si vous préférez mettre une robe, qu'elle soit noire de préférence.

La jeune femme sourit, visiblement ravie d'avoir le choix. Nous nous dirigeons vers les tables.

— Tout est vraiment magnifique, soupire ma meilleure amie.

Elle s'empare d'un petit présentoir avec un prénom.

— Et si le plan de table ne convient pas ? s'inquiète Ornella, soudain.

Marion sourit, pose une main sur la sienne avant de lui prendre le petit objet des mains pour le reposer.

— Les gens bougent beaucoup lors d'un mariage, ils vont parler à droite et à gauche, si bien qu'ils refont le plan au fur et à mesure de la soirée. Ne vous souciez pas de ça. Tout se passera très bien. Je vous laisse vérifier les tables et me dire s'il y a quelque chose qu'il faut changer ou bouger.

Ornella acquiesce alors que Marion s'éloigne. Elle scrute méticuleusement chaque objet. Couteaux, fourchettes, serviettes, disposition des bougies, elle vérifie les bouquets sur les tables et les prénoms à chaque place. Je me sens honorée d'être à sa table pour le repas en compagnie de Cameron.

— Tes parents ne sont pas avec nous ?

— Non, ma mère aurait chipoté si elle n'avait pas été avec la tienne, alors ils sont juste ici. Ne t'en fais pas, ils sont au courant et ils s'en fichent. Ils vont picoler et rire avec tes parents toute la soirée.

Je glousse, parce que c'est tellement vrai. Combien de fois on les a vus ensemble depuis toutes ces années. À rire, à boire, à vieillir ensemble sans que jamais leur amitié ne s'abîme. J'aimerais que ma relation avec Ornella dure aussi longtemps que celle qu'entretiennent nos parents.

— Tu crois que les musiciens peuvent nous jouer quelque chose, au hasard ?

— C'est-à-dire ?

— C'est-à-dire qu'on a une piste rien que pour toi et moi, alors on pourrait danser, non ? Pour tester la piste et l'acoustique.

Elle rit comme une enfant.

— *Can't Fight the Moonlight* de LeAnn Rimes ?

— Évidemment.

Ornella se dirige d'un pas décidé vers les musiciens, elle leur dit quelque chose, et la guitare commence à jouer la mélodie, suivie par le groupe. La version rock est géniale et quand ma meilleure amie m'appâte en mimant un pécheur qui a attrapé sa proie, je mords à l'hameçon sans hésiter une seconde et j'avance vers elle en gigotant comme un poisson. Elle rit aux éclats, les gens qui bossent nous regardent, mais rien ne gâchera ce moment. On danse la chorégraphie du film *Coyote Girls*, maladroitement, mais on s'en fiche, ce qui compte, c'est ce que ce moment nous fait au cœur, la façon dont il nous rend heureuses. J'aimerais lui parler des baisers que nous avons échangés Cameron et moi, lui dire combien j'ai aimé et comme je me suis sentie bien, mais elle a d'autres choses à penser. Je mets l'intervention du renne sur le compte de la malchance, car j'aurais voulu prolonger les choses. Et en même temps… je me dis que c'était bien aussi de finir sur une note étrange. Je ne sais pas bien ce dont il a envie ni ce dont j'ai envie. J'ai peur que ce soit l'effet Noël, la malédiction, le mariage. Je m'en voudrais d'espérer quelque chose qui en vrai n'est pas réel. On verra bien. Ce n'est pas le moment de parler de moi.

— T'es heureuse ? je demande.

— Plus que tout.

Chapitre 19

April

Ornella et James ne sont pas là. Ils passent la soirée avec leurs parents. Ils dînent ensemble au restaurant, ce que je trouve plutôt sympa : les deux familles se mélangent. Même si je sais qu'ils s'entendent déjà tous bien. Je me retrouve donc seule avec celui qui, je l'avoue, attise mes tourments ces derniers temps. Nous avons mangé tranquillement et puis j'ai reçu un appel de ma mère qui décolle demain soir avec mon père pour nous rejoindre. Personne n'a eu l'air de se plaindre des conditions météorologiques ou des galères de transports lors de la soirée d'hier. J'en ai donc déduit que j'avais amassé toute la poisse du mariage. Mais tant mieux, je préfère ça. Et puis, l'année prochaine la poisse aura disparu, c'est obligé.

Cameron est assis dans le fauteuil, son script a la main lorsque je le rejoins dans le salon. Le feu crépite dans l'âtre de la cheminée. S'il y a bien une chose que j'aime ici, c'est ça. Je trouve fascinant d'observer les flammes danser. J'apprécie le calme de la soirée. Avec nos amis, on fait toujours quelque chose ; ce soir, je suis contente de n'avoir rien prévu. Et en même temps, je sens que je vais avoir le *blues* à mon retour, lorsque je me retrouverai seule dans mon appartement.

— Il se passe quoi dans ton film ?

Cameron relève la tête de son manuscrit et le pose sur le l'accoudoir du fauteuil.

— Tu dormais dans l'avion quand je t'en ai parlé ?

Je le regarde, légèrement perplexe. *Bordel, j'ai un trou de mémoire.*

— Mon héros qui n'a pas de chance et…

— Et ton héroïne qui en a, et ils échangent… mais oui évidemment. Comment j'ai pu oublier ça !

Son rire est agréable, je pouffe à mon tour.

— Avoue que c'est assez flippant que ton script raconte ça alors que tu as vécu ces aventures avec moi.

— Je dirais plutôt que c'était divertissant.

— Celui-là, j'ai hâte de le voir.

— Tu pourrais éventuellement être consultante en poisse sur le tournage. Je te ferai visiter.

Je hoche la tête, même s'il se moque de moi, je crois que j'aimerais beaucoup.

— J'attends ton appel alors. Si t'as besoin d'un raccord maquillage, je suis là aussi.

Il me sourit, et je sens une drôle de pesanteur dans mon bas-ventre.

— N'empêche, ce sont toujours des histoires d'amour ?

— Les films d'amitié, sans romance entre les personnages, ça ne fonctionne pas des masses. Ils obéissent à des codes et c'est difficile de s'en éloigner.

— *Un jour sans fin* est considéré comme culte et se regarde à Noël, alors que ça se passe en février et que ça ne parle même pas des fêtes. Et dans *Maman j'ai raté l'avion*, il n'y a pas de romance.

— L'année dernière, ils ont tourné un film avec une maman qui s'installe dans l'ancienne maison de sa grand-mère, cette femme est malade. L'histoire se concentre davantage sur son amitié avec une nana qu'elle rencontre que sur une quelconque romance. Tout repose sur sa maladie et le fait qu'elle cherche à qui confier ses enfants une fois morte. Ça n'a pas très bien marché.

C'était un pari, mais à Noël, c'est difficile de faire quelque chose de différent.

— J'avoue que ça rend Noël assez triste. En vrai, ce qui fait la force de ces films, c'est la tendresse qu'on y met. Les gens ont besoin de douceur en cette période de l'année.

— Exactement.

— Et sur Netflix ? Est-ce que tu connais déjà le pitch ?

Cameron me sourit. Il n'a probablement pas le droit d'en parler. Ce qui me donne encore plus envie de savoir.

— C'est un secret qui devra rester entre nous.

Je dessine une croix sur ma poitrine au niveau du cœur et je jure que je ne dirai rien en levant la main gauche. Il me fixe comme si j'étais folle.

— Je jouerai le garde du corps d'une princesse. Ils se retrouvent tous les deux coincés en Laponie, vivent des aventures et, bien sûr, ils vont tomber amoureux.

— J'aime bien l'idée, ça change. Et puis, les romances avec des gardes du corps, ça marche toujours. Et il y aura des suites ?

— Qui sait, si le film est un succès peut-être qu'on verra leur mariage.

— En tout cas, je regarderai.

— Ne te force pas à regarder des choses que tu n'aimes pas.

— Je ne l'ai pas encore vu, alors je ne sais pas encore. En plus, si tu crois qu'on me force à quoi que ce soit…

— J'imagine.

Très lentement, je me redresse pour m'approcher de lui.

— En plus, comme j'aime un peu plus Noël cette année, je me dis pourquoi pas.

— Deux « plus » d'affilée ? s'esclaffe Cameron. C'est du sérieux.

Mon regard se rive au sien. Il sourit et lève la main pour éloigner une mèche de cheveux de mon visage.

— Qu'est-ce que tu fais ? je demande.

— J'entretiens ma première place dans ton classement. Tu apprendras que j'aime être méticuleux.

Très lentement, je me redresse pour m'approcher de lui. Son sourire confirme, sans nul doute possible, qu'il apprécie mon geste. Sa main se perd dans mes cheveux, et je tremble légèrement lorsqu'il masse mon crâne. Je le laisse faire, appréciant sa douceur. Mon dernier *date* remonte à deux ou trois mois maintenant, et il semble que je sois sensible à la douceur dont il fait preuve avec moi.

— Et tu as envie d'être méticuleux à quel point, *Santa Lover* ?

Son regard s'allume alors d'un désir qui me coupe le souffle, les flammes de la cheminée qui se reflètent dans ses pupilles à cet instant le rendent encore plus intense à mes yeux.

— Au point de ne pas faire la même erreur que la première fois.

Je me redresse davantage et je m'assieds à califourchon sur lui. Une main se pose immédiatement sur ma nuque, une autre sur ma hanche. Il ne semble pas vouloir que je m'en aille. Ça tombe bien, je n'en ai pas la moindre envie. Je me sens bien avec lui. Je me sens respectée, je me sens en sécurité et, quand on voit les hommes aujourd'hui, j'ai l'impression que ces sensations que je ressens sont rares. Autant il m'arrive d'être mal à l'aise quand je suis en rencard avec des mecs, autant avec lui, ça me semble naturel.

— C'est-à-dire ? je demande d'une voix basse.

— C'est-à-dire que je ne serai pas bourré cette fois, explique-t-il d'une voix plus rauque. Crois-moi, je serai en pleine possession de mes moyens. Je veux te vivre, te découvrir, profiter de nous à cent pour cent.

Je souris. Il est plus craquant chaque jour qui passe. S'il continue comme ça, d'ici quelques jours je ne pourrai plus me passer de lui. N'empêche que ça… ce qui se passe entre nous, j'aimerais que ce ne soit pas juste la magie de Noël. Je voudrais qu'au-delà des fêtes, il y ait encore cette alchimie, mais il est sans doute encore trop tôt pour le savoir. Je veux juste profiter de maintenant.

— Je t'ai un peu fui, tu sais. J'avais honte de nous. Je regrette quand je vois ça…

Je nous désigne de la main. Cameron se redresse, plaque sa main sur ma nuque et m'embrasse langoureusement. Ses lèvres sont douces, mais autoritaires, et c'est délicieux. Comme hier soir.

— Il ne faut pas regretter, ces derniers jours valaient largement le coup. Si ça ne l'a pas fait l'année dernière, c'est que ce n'était pas le bon moment.

Son sourire est beau, tout comme son regard.

— C'est vrai.

J'embrasse son menton et pose mes mains sur son torse.

— April, je m'efforce d'être un mec bien, je pense l'être d'ailleurs, mais quand tu es comme ça sur moi, que tu m'embrasses et me touches, ça devient plus difficile de ne pas se comporter… disons moins bien.

— Peut-être que je n'ai pas envie qu'on se comporte bien.

Il m'embrasse encore. Plus fort. Je me presse contre lui, avide et affamée. Je le désire encore plus que je ne l'aurais cru. Notre baiser s'enflamme et nous embrase sur son passage. De ses lèvres à ses mains, je sens son impatience. Quand il s'éloigne, je me sens frustrée.

— April, tu veux qu'on baise ici au coin du feu ou alors tu préfères qu'on prenne le temps ?

J'aime les mots, mais j'aime les actes aussi. Alors, je m'éloigne et me lève, quittant ses genoux. Il m'observe, curieux. S'il regrette que je m'écarte, tel un gentleman, il ne le montre pas. J'aime le faire languir, je trouve ça délicieux. Alors que nous sommes enfin seuls, au coin du feu, je ne vais pas laisser passer ce moment. Je défais le nœud de mon cache-cœur, lui dévoilant ma poitrine totalement nue en dessous. Son regard captif m'est entièrement dévoué. Si je me fie à l'intensité dans ses yeux, j'ai l'impression qu'il est heureux, cet idiot. Tout en m'admirant, il tend la main vers moi, je crochète mes doigts aux siens et, impatient, il donne une impulsion pour m'attirer contre lui. Je me rassis sur ses genoux.

— Ça répond à ta question ?

Il hoche la tête.

— Tu es magnifique.

— Plus qu'hier soir ?

— Tu es toujours magnifique April, dit-il avec un sourire.

Ses doigts effleurent ma colonne vertébrale, ses lèvres embrassent prestement les miennes, puis son visage disparaît dans mon cou. Lentement sa bouche caresse ma peau, et je frissonne de bien-être et de plaisir.

— J'ai eu le temps de le remarquer en passant ces derniers jours avec toi. Je te trouve toujours jolie, c'est un fait. Mais à la lumière du feu, alors que tu t'offres à moi comme un cadeau, je dois avouer que mon pauvre cœur le supporte difficilement.

— Tu es un beau parleur, *Santa Lover*.

Il me surprend en prenant ma main pour la poser contre son cœur qui… bat vigoureusement sous son pull. C'est idiot, mais ça me fait craquer. Bon sang, je ne sais pas si je vais me remettre de ce *crush*, ni même si j'ai envie de m'en remettre d'ailleurs.

— Tu me rends fou, c'est un fait avéré.

Je souris en glissant une main dans ses cheveux. Cette étreinte est sans nul doute la plus douce que je n'ai jamais connue. Il se pourrait que pour une fois, j'aime vraiment beaucoup Noël, il se pourrait aussi que la malchance commence à s'estomper.

— J'aime ça, je murmure contre ses lèvres. Faire battre ton cœur comme ça.

— Moi aussi.

Boum boum. Boum boum.

Voilà que le mien aussi s'active.

— Tu n'as pas envie de retirer ton pull par hasard ? je demande en tirant dessus.

Il s'exécute à l'instant avec un sourire carnassier. On s'observe, se dévore des yeux surtout. Je me languis de lui, je m'impatiente de nous. Lentement, il repart explorer mon corps. Cameron embrasse ma mâchoire, mon cou et descend lentement vers ma poitrine. Ses mains quittent mon dos et attrapent mes seins. Il les malaxe puis sa langue titille mes tétons durcis. Je laisse échapper un petit gémissement.

— Je n'ai jamais fait ça devant un feu de cheminée, contrairement à nos amis, raille-t-il.

Bien sûr, il parle d'il y a quelques jours, mais j'ai envie de l'embêter.

— T'as vraiment envie de parler d'eux, maintenant ?

J'arque un sourcil.

— Pas vraiment, c'était pour…

— *Santa Lover*, tais-toi.

— À tes ordres.

Je l'embrasse, mon corps se presse contre le sien. Bouche contre bouche, torse contre torse, il ne nous manque plus que sexe contre sexe pour être en parfaite harmonie. Peut-être qu'il lit dans mes yeux les pensées qui me traversent l'esprit, car l'une de ses mains se perd dans l'échancrure de ma robe. Ses doigts frôlent mes cuisses et remontent vers mon sexe. La position ne lui permet pas de me toucher comme il le désire visiblement puisqu'il se redresse en m'entraînant avec lui. Silencieux, il m'assied sur le canapé et s'agenouille. Sa bouche embrasse ma cheville puis remonte progressivement vers mes cuisses. Cameron retire ma culotte, et sa langue se pose sur mon sexe quand j'écarte les jambes pour l'accueillir. Son silence me rend folle, il me tord les boyaux. Je trouve ça très sexy. Sa langue glisse plusieurs fois le long de mon sexe, le désir tord mon ventre, et puis il l'enfonce en moi. Mes mains se glissent dans ses cheveux lorsqu'il remonte voluptueusement vers mon clitoris. Je baisse la tête pour le regarder, c'est érotique, et ça me prend au cœur. Le plaisir coupable de l'épier pendant qu'il me fait du bien fait enfler mon propre désir. Mon sexe se contracte, mon clitoris enfle. Cameron glisse ses doigts en moi et je crois que c'est le combo qui me manquait, car mes hanches se soulèvent frénétiquement à la recherche de la délivrance. Il me lèche encore et encore. Il me masturbe encore et encore. Et soudain, l'orgasme me fait convulser. Je jouis contre la bouche de Cameron en laissant échapper des gémissements de bonheur. Il se redresse ; moi aussi. Je retire ma jupe longue et une fois que je suis nue, il m'attire contre son torse.

— J'ai envie de toi, encore. Maintenant que je connais le goût de ton sexe, je veux voir comment il enserre le mien.

— De mémoire, tu ne dis pas ça dans tes films.

— Juste à toi.

Il m'embrasse lentement, langoureusement, comme s'il essayait de me le faire comprendre avec des gestes. L'odeur de mon sexe sur sa peau m'excite beaucoup.

— Tu veux t'asseoir sur moi ? demande-t-il, avec un sourire.

— Tu veux ?

— Plus que tout.

Je le pousse sur le canapé, il s'assied en ricanant. Après avoir mis une capote sur son sexe, je m'empale sur lui centimètre après centimètre. Lentement, je remue les hanches sous son regard. Il ne bouge pas, il me laisse mener le jeu. Ses mains douces posées sur mes reins remontent vers mes flancs, puis elles attrapent mes seins. Il tire délicieusement sur mes tétons puis remonte vers mon visage qu'il attrape en coupe avant de m'embrasser à pleine bouche. Sa langue entraîne la mienne dans un baiser suave, et j'ai l'impression que tout devient parfait. Ce moment, nous, nos corps emboîtés et en symbiose… Je continue de danser sur son sexe. Je romps notre baiser, essoufflée, Cameron lèche mon cou, mes seins, un gémissement m'échappe. Tout est si parfait, si délicieux… d'une main, je m'agrippe au dossier du fauteuil, mes gestes deviennent plus frénétiques, et Cameron vient à ma rencontre, nous entraînant vers le plaisir.

— Waouh, soupire-t-il en posant un baiser sur mon épaule.

Je frissonne de plaisir. Cameron se laisse aller contre le fauteuil, je pose ma tête contre sa poitrine.

— Le sapin qui scintille, le feu qui crépite, toi… il se pourrait que j'aime beaucoup Noël.

Ses mains qui caressent mon dos nu me font frissonner. La seule chose qui me désole c'est que James et Ornella vont bientôt rentrer et que je vais devoir bouger de ses bras.

— Sentiments partagés, murmure-t-il.

Lorsque je relève la tête, il embrasse mon front, et j'ai soudain l'impression d'être foutue.

Chapitre 20

Cameron
13 décembre, 2 jours avant le mariage

Ce matin, alors que je prends un café dans le salon, il a un autre aspect pour moi. Je la revois dans mes bras, totalement nue. Tout le monde dort encore alors je profite de ce petit moment de calme. J'aurais éventuellement pu faire une petite introspection, mais mon cerveau en a décidé autrement, il tourne en boucle. Et son sujet préféré, visiblement, c'est April.

— Salut !

James me frappe l'épaule.

— Bonjour. J'ai fait du café, je lui dis.

Il part dans la cuisine. J'essaye de chasser ce qui me trotte dans la tête en me frottant le visage.

— Alors ce dîner, c'était bien ? je demande.

— Ouais, dit-il en me rejoignant dans le salon, mais je commence à avoir envie de retourner à ma routine. Vivement que le mariage soit passé.

Je lui lance un regard en biais tandis qu'il s'installe dans le fauteuil en face de moi. Comme moi, il est en jogging.

— J'ai envie de retrouver notre appartement. Mais ce n'est pas pour tout de suite, soupire-t-il.

J'acquiesce.

— Et toi, ta soirée ? Pas trop dure sans moi ?

J'avale ma gorgée de travers et je fais tout mon possible pour ne pas lui montrer afin d'éviter de me trahir, mais mon envie de tousser est trop forte, et je ne peux pas me retenir plus longtemps.

— T'es nerveux, Camy ?

Je secoue la tête, incapable de parler. En plus, il vient de m'appeler Camy, ce qu'il fait lorsqu'il veut me provoquer.

— Tu en perds même la voix.

Bon sang, quel abruti ! Alors même si ça m'arrache la gorge, je lâche un pitoyable, mais néanmoins clair :

— Va te faire foutre.

— Reprends ton souffle, dit-il le plus calmement du monde en croisant les jambes. On parlera de ta coucherie avec April après.

Comment il…

Je me retiens de justesse de ne pas me tourner vers lui, les yeux ronds comme des soucoupes, comme il me fixe. Je me fais l'historique de la soirée à la recherche d'un indice que j'aurais laissé derrière moi, et qu'il aurait pu trouver en rentrant avec Ornella… mais je n'ai pas la moindre idée de comment il peut savoir. Cela pourrait être un coup de bluff, mais quelque chose l'a mis sur la piste.

— Tu te demandes comment je sais. Je lis dans tes pensées, tout simplement.

Quel trou du cul.

— Là tu me traites probablement de connard ou alors de trou du cul.

Je pose mon café sur la table basse en face de moi. Je reste silencieux, parce que si je lui demande comment il sait, il pourrait retourner la chose contre moi.

— Tu veux savoir comment je l'ai su ?

— Je ne vois pas de quoi tu parles, je dis en haussant les épaules.

Il ricane et agite sa main, comme s'il… caressait un animal invisible.

— Tu fais quoi ? je demande.

Je me retiens de rire tandis qu'il me lance un regard très sérieux.

— Je caresse Léonard, moitié chat moitié taupe.

— Je…

J'éclate de rire.

— J'ai besoin de savoir quelle moitié est à qui.

Il tente de garder son sérieux, mais il masque à peine son sourire.

— La tête du chat, le corps de la taupe.

Je me pince l'arête du nez en ricanant comme un abruti.

— Et donc, pour en revenir à nos moutons, je l'ai su parce que pour ne pas réveiller la femme de ma vie, j'ai utilisé ta salle de bains à l'instant et dans la poubelle… j'ai vu…

La capote.

Je laisse la tête partir en arrière quelques secondes.

— T'es un abruti, je lâche finalement.

Il m'envoie un baiser dans les airs.

— Alors c'était bien ? Je suis fier de toi, tu t'es protégé.

Je lui balance un des coussins à côté de moi.

— En tout cas, vous vous êtes plus amusés que nous.

— Il s'est passé quoi pour que tu sois si grognon ?

— Hier en plein milieu du repas, ma mère a eu la brillante idée de parler bébés. Comme quoi elle avait hâte d'avoir des petits enfants, car je commençais à me faire vieux.

— Ah.

— Ouais, comme tu dis. Ornella a balancé qu'on ne comptait en avoir avant plusieurs années. Et je ne sais pas comment, on s'est retrouvé à parler de la qualité de l'air en Alaska. La vie ici serait tellement plus saine qu'à New York. Et nos parents se sont lancés dans un débat sur l'âge des mamans maintenant.

— Comment va Ornella ?

— Disons qu'elle a entraîné son foie pour notre grande soirée, répond-il d'un air blasé.

Je retiens mon rire.

— Qu'est-ce qu'elle avait à nous emmerder avec les gosses alors qu'on se marie dans deux jours et qu'on est déjà assez stressés comme ça ? Donc, j'ai hâte que passent le mariage, les fêtes et qu'on retrouve notre tranquillité à New York.

— Du coup, ouais, je pense que j'ai passé une meilleure soirée que toi.

Il me renvoie le coussin.

— T'es un petit veinard, Camy. Mais fais gaffe, si tu fais des conneries, Ornella, elle va te démembrer.

— Pas peur…

— Fais attention, tu ne les as jamais vus lorsqu'elles sont deux. C'est plus violent qu'un cyclone. Tu penses qu'elles sont douces, car elles sont mignonnes, mais non… elles sont dangereuses. La première fois que j'ai rencontré April, c'était encore plus tendu qu'avec le père d'Ornella. Elle m'a dit à un moment, pire qu'un daron : « Je te confie Ornella, ne la rends pas malheureuse parce que je te fais l'aigle de sang. »

— L'aigle de sang ?

— C'est une torture viking, mec.

— Ah, mais oui, les fils de Ragnar, ils le font dans la série *Viking*. Ça lui ressemble plutôt bien, elle aime les trucs *gore*.

— T'as tort de prendre ça à la légère, mais je t'aurai prévenu, grimace James.

— Ne t'inquiète pas, pour le moment, on est sur la même longueur d'onde.

❁❁❁

Je suis plongé dans la lecture de mon script quand un cri strident me fait sursauter. James et April qui étaient dans le salon avec moi lèvent la tête vers Ornella.

— C'est une blague… comment on va faire, bordel de merde ?

James devance April et rejoint Ornella qui est plantée au milieu de la salle à manger. Elle est au téléphone et visiblement, il y a un problème. Je me disais bien que les choses se passaient trop bien.

— Les invités ne vont certainement pas bouffer le dessert avec des petites cuillères en plastique ! Et puis quoi encore ?! on va leur faire manger avec les doigts, tiens !

Je ne devrais pas, mais les suggestions d'Ornella me font rire. James prend alors le téléphone des mains de sa future femme.

— Allô ? Bonsoir, Marion… c'est James. Je suis désolée, elle est à cran…

Alors que je me redresse, April prend sa meilleure amie dans ses bras et lui caresse les cheveux pour la réconforter. James finit par raccrocher. Bon sang, si c'est si stressant que ça le mariage, à quoi bon s'infliger cette torture ?

— Elle s'excuse, lance-t-il. Elle ne comprend pas comment ils n'ont pas vu qu'il manquait des cuillères.

— Je m'en cogne de ses excuses. Je la paye une fortune pour du résultat. Elle devrait m'appeler en me disant : « J'ai trouvé une solution. » Pas pour me dire : « Il y a un problème on fait comment ? » C'est une catastrophe, se lamente-t-elle.

— Qu'est-ce qui se passe exactement ? demande April.

— Ils viennent de se rendre compte qu'ils n'ont pas de petites cuillères. Donc nos cent cinquante invités vont bouffer avec les doigts. Marion n'est pas là demain, car elle doit faire un voyage express à New York avant de revenir pour le mariage.

Elle reprend son souffle et ajoute :

— James et moi on est occupés demain avec ces putains de soins relaxants… et il est 19 heures alors il est trop tard pour y aller ce soir.

— Il n'y a rien d'insurmontable, je dis.

Ornella, James et April lèvent la tête vers moi et me dévisagent. J'ai l'impression d'entendre ma mère me dire de ne surtout pas provoquer une future mariée, encore moins à deux jours de son mariage.

— Il faut annuler le spa. Tant pis, le mariage est plus important. Il faut absolument qu'on trouve des petites cuillères puisque Marion est incapable de le faire.

James plisse les yeux, il essaye de trouver quoi dire pour désamorcer la petite grenade devant lui alors je me lance pour essayer de l'aider et de détendre l'atmosphère.

— Le mariage est important, les cuillères aussi, mais toi et James encore plus, je lance d'une voix forte.

Ils continuent tous de me fixer en silence. C'est légèrement flippant et peut-être même, plus intimidant encore que lorsque j'ai trois caméras et le *staff* d'un film qui me scrutent pendant une scène de baiser.

— Demain vous faites vos soins avec James, vous profitez de cette journée relaxation, et April et moi on part à la chasse aux petites cuillères. On est deux et on a toute une journée pour trouver cent cinquante ustensiles. Ça va le faire.

— Il a raison, enchaîne April. On est vos témoins, et c'est notre job de gérer ce genre d'imprévus pendant que vous, vous profitez du moment. En plus, ce serait tellement drôle de manger le gâteau avec les doigts.

— Mais, je…

La future mariée commence à se détendre un peu. Elle esquisse un sourire à April. James lui tend la main et la prend dans ses bras à son tour.

— Ornella, chérie, un mariage sans petit tracas, ce n'est pas un mariage. Je crois qu'on peut s'estimer heureux que ce ne soit que des petites cuillères. Tout va bien se passer, d'accord ?

— D'accord, souffle-t-elle finalement. Vous avez raison. Ça va le faire, mais… il ne faut pas qu'elles soient dorées, ça va jurer avec le reste sinon et…

— On va se débrouiller, ne t'en fais pas, déclare April en coupant sa copine.

— Et si quelqu'un critique ?

— Je le défonce voyons. Peu importe de qui il s'agit, répond April. Bon, que diriez-vous d'ouvrir une bouteille de vin blanc ?

— Ce n'est pas de refus, répond James.

Les deux filles se dirigent vers la cuisine en parlant du mariage.

— Merci, soupire James, en se penchant vers moi. Merci d'avoir désamorcé la crise.

— C'est mon job, mon grand.

Il ricane.

— Vivement janvier, hein ?

Je le taquine, et le regard qu'il me lance est criant de vérité. Il est heureux de se marier, c'est absolument certain, mais il a hâte de retrouver sa tranquillité.

Chapitre 21

Cameron
14 décembre, 1 jour avant le mariage

— J'aurais préféré une quête un peu plus épique que d'aller chercher des cuillères, mais c'est parti ! je m'exclame en mettant le contact.

— T'as l'air sacrément motivé, ricane April.

— J'essaye de rendre notre mission du jour exaltante.

— Si j'étais toi, je penserais à la colère d'Ornella si on échoue !

— J'ai foi en nous.

Je lève mon poing solennellement.

— *Unlucky Girl* et *Santa Lover* dans la même équipe, c'est infaillible. Quel est notre premier arrêt ?

— L'argenterie d'antan.

— Allons donc, ma fidèle acolyte, chercher des cuillères.

Elle rit alors que je me met en route.

— Des cuillères en argent au manche à la russe, s'il te plaît.

— Je ne savais même pas qu'il y avait différents manches de cuillère, je dis.

— Moi non plus… mais visiblement, c'est une tradition dans la famille d'Ornella : les mariés ont ce genre de cuillère.

— C'est une coutume ?

En vrai, je n'en sais pas beaucoup plus, Ornella m'a juste expliqué ça rapidement.

— Je crois que tous les membres de sa famille qui ont mangé le gâteau avec ce genre de cuillère se sont assuré un mariage heureux. C'est une chose qu'elle veut perpétuer.

— Je peux comprendre, je dis.

Une vingtaine de minutes plus tard, nous nous garons en ville. April et moi descendons de la voiture pour entrer dans le magasin. Et, visiblement, il n'y a pas que les choses à vendre qui sont antiques, la boutique l'est aussi. Tout est terne, vieillot et ça sent le renfermé, sans parler de la pellicule de poussière qui se soulève quand on passe. Quant à l'homme derrière le comptoir, il semble avoir au moins cent cinquante ans. Son visage est tout ridé, le pauvre homme est complètement voûté et, malgré ses lunettes rondes, il plisse les yeux pour nous scruter.

— Bonjour ! je lance.

— C'est ça, répond le vieux.

La réponse me coupe dans mon élan, il ne fait même pas semblant d'être content d'avoir des clients. April devant moi n'ose pas avancer. Je me penche vers elle.

— On n'est pas les bienvenus visiblement, chuchote-t-elle.

— La quête devient épique, on rencontre un vieux grincheux. Il y a des vieux chiant dans toutes les aventures. Gandalf, Merlin, Dumbledore… que des grognons hors d'âge.

Elle presse les lèvres pour se retenir de rire.

Je la prends par la main, et nous avançons dans les allées de la petite boutique où s'entassent des objets en tout genre. Chaises, tables, meubles divers, lustres, lampes, miroir, vaisselle… je me penche vers les couverts et manque de faire une crise cardiaque en voyant le prix d'un service en argent.

— Trois cent cinquante dollars, je dis.

April se penche, elle regarde des petites cuillères et veut en prendre une, mais la voix du vieux résonne :

— On ne touche pas. C'est écrit au-dessus de vos têtes.

April et moi relevons instinctivement la tête. Effectivement c'est écrit en grandes lettres. J'ai l'impression d'être un crétin.

— C'est pratique pour regarder le produit qu'on veut acheter.

Elle glousse en me regardant.

— Si ça ne lui plaît pas, au grand, là, il peut toujours changer d'établissement.

J'hallucine complètement. Le vieux schnock est complètement barré. Il a l'air sénile et fragile, mais il dégaine son venin comme personne et visiblement, il semble avoir une ouïe bionique.

— C'est le genre de cuillère que veut Ornella, soupire April. Mais elles sont à cent cinquante dollars pièce.

— Ah, je n'imaginais pas qu'on pouvait payer aussi cher pour de l'argenterie.

— Moi non plus… mais a-t-on le choix ? La future mariée veut un manche à la Prusse.

— Russe, je la rectifie.

Je me penche vers April qui m'interroge du regard.

— Tu l'appelles ?

— Pourquoi moi ?

— Parce qu'il ne t'a pas déjà insulté deux fois.

April fait la moue :

— Ne me dis pas que tu as peur.

— Il ne te fait pas flipper toi ? je raille.

— Si, justement…

— T'as de la chance d'avoir de beaux yeux, *Unlucky Girl*.

Je jette un œil derrière moi, le vieux a disparu. Il serait du genre à surgir derrière nous pour nous tuer. Mon regard trouve alors une vitrine en verre dans laquelle sont rangés des bagues, des bracelets, des broches. Mon regard est attiré par un flocon de neige orné de diamants. Il m'évoque les yeux d'April et… je ne sais pas pourquoi la neige me fait sans doute penser à elle.

— S'il vous plaît ! je lance.

Elle me regarde, les joues rouges, le sourire aux lèvres, et puis elle pose ses yeux sur les bijoux qui sont exposés.

— Monsieur l'antiquaire ! je braille.

— Ça va, j'ai entendu, j'arrive. Qu'est-ce que vous voulez ? bougonne-t-il en surgissant de nulle part.

— La broche en forme de flocon, je réponds. Et deux cuillères à manche russe.

Il ouvre la petite vitrine et l'attrape dans ses mains tremblantes. April reste plantée devant la vitrine alors que je m'approche vers la caisse. Le vieil homme l'enroule dans du papier avant de le déposer devant moi et fait de même avec l'argenterie.

— Trois cent cinquante dollars.

— Si je vous en donne dix de plus, j'ai le droit à un peu de respect ou pas ?

Je peux être très gentil, serviable, patient, mais au bout d'un moment quand je me fais insulter pour rien, je deviens un tantinet grognon. Il relève la tête vers moi et me trucide du regard avant d'éclater de rire.

— J'ai de l'arthrose, ma femme me casse les couilles parce que j'ai du diabète et elle m'empêche de manger ce que je veux alors que j'ai quatre-vingts balais. Fichue bonne femme, je suis assez vieux pour savoir ce que je veux manger, en plus je suis aux portes de la mort, mais elle me fait bouffer de la salade. Si je crève ce soir, j'aurai bouffé du chou-fleur, on peut rêver mieux comme dernier repas. En plus de ça, toutes ces conneries de Noël me prennent la tête.

— Je comprends, ça craint.

Il hoche la tête sans ajouter la moindre remarque condescendante. Je paye le tout, et nous sortons du magasin.

— On va où maintenant ? demande April.
— Le centre commercial ?

❁❁❁

Une bonne quarantaine de minutes plus tard, je me gare enfin sur le parking du centre commercial. La plupart des gens qui peuplent le magasin sont là pour les fêtes de fin d'année, pas nous. En même temps, un mariage à dix jours de Noël, ce n'est pas banal.

— Prête ?
— Allons-y avant que ma motivation se fasse la belle.
— Souviens-toi de ta meilleure amie et de combien elle pourrait être dangereuse.

April grimace comme si Ornella représentait un réel danger.

— Rien de tel qu'une petite blonde furieuse pour remettre les idées en place.

Nous slalomons entre les allées et les gens jusqu'à atteindre le rayon de la vaisselle. Une fois que nous y sommes, nous cherchons des couverts en argent. Quand Ornella a répondu au vocal d'April, elle lui a demandé cela spécifiquement ou du moins qu'ils soient en acier. Surtout pas de doré pour ne pas jurer avec les fourchettes ni les couteaux.

— N'empêche, Ornella doit avoir un filtre anti-poisse, car tout se passe bien pour l'instant. Je veux dire manquer de cuillères, on a déjà vu pire…
— Je te confirme, mon oncle est mort d'une crise cardiaque au mariage de ma sœur.
— Tu plaisantes, hein ?
— Non, sa femme s'est mise à hurler, c'était juste au moment des vœux, quand le prêtre dit : « Quelqu'un s'oppose-t-il à cette union ? »
— Je ne te crois pas ! dit-elle en se penchant pour regarder les couverts devant elle.

— On a dû reporter le mariage d'un mois. C'était la panique, mais vraiment. Ma sœur et son mari pensaient d'abord à une blague… Il y avait des gens qui voulaient que le mariage continue, d'autres non…

— Je…

Elle me fixe avec effroi.

— C'est terrible. Et moi, je me moque de lui… pauvre homme.

— Il avait quatre-vingt-dix ans, ne t'en fais pas. Il avait bien vécu. Avec mon cousin, on a une théorie en plus, on pense que le décolleté de Sally l'une des demoiselles d'honneur y est pour quelque chose.

— Les mecs… vous n'êtes pas croyables.

Elle me regarde comme si elle était désespérée par la gent masculine et puis elle ajoute :

— Remarque si c'est ça, le bougre aura eu une dernière pensée agréable avant de passer l'arme à gauche.

April agite ses sourcils avec un sourire. Je crois que c'est pour ça qu'elle me fait craquer de plus en plus… parce qu'elle ne s'offusque de rien. Je devais être aveugle avant qu'on ne passe ce temps ensemble parce que, tout d'elle me plaît. Je ne sais pas pourquoi je ne m'en suis pas rendu compte avant. L'année dernière quand on a essayé de coucher ensemble, on a vaguement parlé, mais avec l'alcool je ne m'en souviens plus tellement.

— C'est ce qu'on s'est dit.

— Toujours est-il que je suis étonné que ma poisse soit plutôt sage depuis quelques jours. C'est idiot, mais j'avais peur de ruiner le mariage.

Nous trouvons finalement ce que l'on cherche. Il neige un peu, alors April s'accroche à mon bras. Lentement, je baisse les yeux vers elle. Son contact me rend… heureux. C'est idiot, mais les autres femmes ne me font pas ressentir ça. On n'a pas vraiment eu l'occasion de reparler de nous… Comme on partage le chalet et que le mariage est imminent, ce n'est pas évident de se retrouver seuls elle et moi.

— Au fait, James est au courant pour nous. Enfin… il sait qu'on a couché ensemble.

April glisse son regard dans le mien.

— Tu lui as dit ? demande-t-elle, curieuse.

— Non, il a simplement utilisé ma salle de bains hier matin pour ne pas réveiller Ornella et dans la poubelle il y avait la capote qu'on a utilisée donc…

J'essaye de sonder son regard, de voir si elle est en colère ou éventuellement gênée que quelqu'un soit au courant, mais je n'y parviens pas. April plisse les yeux et puis elle éclate de rire.

— C'est quand même un comble d'être prudent et de se faire pincer comme ça.

— Je suis désolé qu'il soit tombé dessus.

— Ce n'est pas grave. Je suis une femme, jusqu'à preuve du contraire, et à moins que tu ne fasses un *remake* du film *Big*, tu es bel et bien un homme, donc si on a envie de s'envoyer en l'air, libre à nous de le faire. Et je ne vois pas qui ça peut bien gêner.

— Je suis on ne peut plus d'accord avec toi.

J'aimerais lui demander ce qu'elle pense de nous, si elle envisage qu'on recommence ou si c'était juste un merveilleux et unique égarement… j'avoue que je n'ai moi-même pas la réponse. Bien que le flocon que j'ai acheté pour elle tout à l'heure semble vibrer dans la poche intérieure de ma veste, en réponse à mes propres questionnements.

Alors que je suis perdu dans mes pensées, April qui était debout à côté de moi disparaît soudain. En poussant un cri aigu, elle se vautre sur une plaque de verglas et entraîne avec elle le sac qui contient le fameux butin de notre quête. Je n'ai pas le temps de me pencher qu'il disparaît à son tour dans une bouche d'égout dont la plaque est semi-ouverte.

— Oh putain…

April jure tout haut. Les gens qui nous regardent sur le parking ne nous aident même pas et les ouvriers qui nous observent juste à côté, se marrent comme de gros idiots. April est toujours au sol, l'air complètement effaré, et le sac est tombé je ne sais où…

— Ça n'est plus de la poisse, c'est de l'acharnement, je dis en lui tendant la main.

Elle a les larmes aux yeux. Je crois que c'est plus nerveux qu'autre chose. Lentement je l'embrasse sur le front pour tenter de l'apaiser un peu.

— Tu as mal quelque part ?

— À mon ego et aux paumes.

Ses mains rougies par la chute tremblent, j'embrasse doucement ses doigts, mu par je ne sais quel instinct protecteur.

— Va dans la voiture, j'arrive.

— Tu ne vas quand même pas…

— Je vais aller voir.

Tandis qu'elle s'éloigne, je m'approche de la bouche d'égout.

— Je peux y aller ? je demande à l'intention des ouvriers.

— Vas-y mon gars, fais-toi plaisir.

Préférant les ignorer, je descends par la petite échelle rouillée. L'odeur est de plus en plus forte. J'ai l'impression que tout ce qui pue en général s'est donné rendez-vous ici. Une fois le pied posé au sol, c'est encore pire. Je plisse le nez, car c'est une véritable infection et, comme je n'y vois rien, je sors mon téléphone portable et je m'éclaire avec la lampe torche. Heureusement, le sac n'est pas tombé dans la flotte. Je le récupère et remonte. Je manque de me vautrer aussi en glissant sur les barreaux gelés et mouillés. Sans prêter attention à personne, je me dirige vers la voiture. Une fois la portière fermée, je tourne la tête vers April qui plisse les narines.

— Je pue ? je demande en lui faisant un clin d'œil.

— Un peu, beaucoup, me répond-elle.

— Je pense qu'il faudra que je brûle mes fringues, l'odeur est imprégnée dans le tissu.

— Tu crois qu'on doit dire à Ornella que ses cuillères sont tombées dans les égouts ? demande April.

— Je pense que ce qu'elle ne sait pas ne peut pas lui faire de mal, je lance. Le sac est encore fermé, elles sont dans l'emballage.

— On ne lui dit rien alors ! *Deal* ?

— *Deal*.

Nous scellons notre accord d'une poignée de main.

— Je ne serais jamais descendue là-dedans, j'aurais été trop claustrophobe.

— Je vais mettre le sac et mon manteau dans le coffre, j'ai l'impression de sentir la mort.

— Ce n'est pas une impression.

— Dernière fois où je parle de ta poisse stratosphérique…

April presse les lèvres. Je sors de la voiture, m'exécute et reviens. J'hésite une seconde avant de donner le flocon orné de petits diamants à April.

— C'est pour moi ?

— Oui, je me suis dit qu'il serait assorti avec ta robe et que c'était dans le thème…

— Elle est magnifique, Cameron. Merci…

Elle s'avance vers moi et elle m'embrasse sur la joue. Nos regards se perdent l'un dans l'autre pendant quelques secondes.

— J'adore la neige sous cette forme, ajoute-t-elle.

— Je crois que j'aime bien la vraie finalement, car on ne serait pas là sinon.

April sourit. Et hoche la tête.

On est encore sur la même longueur d'onde apparemment…

Chapitre 22

April

Demain ma meilleure amie va se marier, et cela fait battre mon cœur. J'ai l'impression que c'était hier qu'elle m'annonçait en pleurant que James l'avait demandée en mariage. En fait, j'étais au courant, il m'avait contactée pour l'aider à trouver une bague de fiançailles, et il m'avait interrogée sur l'opportunité de faire ça à Noël. Au fond de moi, j'ai toujours su que ça arriverait, parce qu'elle avait déjà été amoureuse plusieurs fois, mais quand elle parlait de James c'était différent. La première fois qu'elle me l'a présenté, j'étais le cliché ambulant de la meilleure amie qui teste le nouveau prétendant de sa copine pour voir si ses intentions envers elle étaient bonnes. La vérité, c'est que j'ai vu tout de suite l'avenir en les voyant ensemble. La façon qu'il avait de caresser ses cheveux longs et ses bras quand elle se pressait contre lui, la manière dont il la regardait comme s'il n'y avait personne d'autre de plus important qu'elle, cette attention qu'il donnait à tout ce qu'elle désirait sans jamais la dénigrer, le soutien qu'il lui apportait… Je n'ai jamais idéalisé de relation amoureuse en particulier mais, la leur, je dois avouer que je l'ai toujours trouvée magnifique.

Ornella s'allonge dans mon lit. Elle a attaché ses cheveux en un chignon et elle porte un pyjama rose poudré. Comme c'est la dernière nuit avant le mariage, elle dort avec moi. Il n'est que 21 heures. Il est tôt, mais nous avions prévu cette dernière nuit ensemble depuis longtemps. J'imagine qu'elle doit être stressée mais elle ne laisse rien paraître. Parce que cette officialisation ne changera rien. Entre aujourd'hui et demain, leur amour sera le même.

— Bon ! j'annonce d'une voix solennelle. Avant que l'on ne commence notre soirée film et grignotage de ta veille de mariage, j'ai quelque chose à te donner.

— Tu as quelque chose pour moi ?

— Oui. Ce n'est pas grand-chose, c'est juste… tu verras.

Je vais chercher ce que je garde précieusement secret depuis quelques semaines. Je ne suis pas tout à fait certaine de mon cadeau, mais je ne peux plus faire marche arrière. Je sors la boîte de ma valise et je m'avance vers Ornella. Elle me regarde avec une petite moue quand je lui tends mon présent.

— Qu'est-ce que c'est ?

— Ouvre et tu verras.

Ma meilleure amie s'exécute et ouvre le petit écrin. Elle sort le collier et son pendentif et le fait tourner dans les airs. J'ai le cœur au bord des lèvres, je suis pétrifiée à l'idée qu'elle n'aime pas mon bijou.

— April ?

Je crois qu'elle en comprend la symbolique et que c'est pour ça que ses yeux se remplissent de larmes.

— J'ai demandé à ta mère, si j'avais le droit, elle m'a dit oui. Et je me suis sentie très honorée qu'elle m'y autorise.

— Le droit de quoi ?

— Bien sûr, tu connais l'adage qui dit que la mariée doit porter quelque chose d'emprunté, de vieux, de neuf et de bleu… et bien, c'est un peu le cas de ce collier.

Ornella secoue la tête.

— Ce bijou est vieux, car il appartenait à ma grand-mère, il est aussi neuf, car je lui ai offert un nouveau sertissage, il est emprunté, car il est à moi et, comme tu peux le voir, c'est un saphir bleu. Je sais que tu as fait broder en bleu la date de la cérémonie à l'intérieur de ta robe, mais j'avais envie de t'offrir ce symbole parce que je t'aime.

Elle sanglote en serrant le pendentif contre sa paume. Je refoule les larmes qui me montent aux yeux.

— April, c'est magnifique. Je ne sais pas quoi dire tant c'est joli.

— Tu aimes ?

— Évidemment. Je ne m'y attendais pas, c'est tellement magnifique et…

Elle sort du lit et se jette dans mes bras. Je la serre contre moi. Je suis si heureuse qu'elle aime mon idée, heureuse qu'elle soit mon amie, heureuse qu'elle soit heureuse.

— Je t'aime, April. Plus que les fleurs n'aiment la pluie.

— Je t'aime, je réponds. Plus que les zombies n'aiment les cerveaux.

On a ce truc de rajouter une absurdité après nos « je t'aime » depuis le collège je crois. On glousse à travers nos sanglots. Je pense qu'il est impossible d'expliquer notre relation. Moi-même je ne la comprends pas tout à fait. Les liens qui nous unissent ont grandi avec nous, ils se sont resserrés au fil des années tissant un fil indestructible.

— Je vais le porter demain, dit-elle en se reculant de quelques pas.

Je lui donne un mouchoir. Elle se mouche avant de se recoucher. Nous avons prévu un film et des choses à grignoter. Je m'installe à côté d'elle. Nous mettons *À nous quatre* avec Lindsay Lohan.

— Je peux te dire quelque chose ou alors tu es stressée ? je lance.

— Comme si je ne pouvais pas t'écouter. Dis-moi.

— J'ai couché avec Cameron.

Elle manque de s'étouffer, ce qui me fait rire. Et elle met le film sur pause bien qu'on le connaisse par cœur. Je ne sais pas pourquoi je lui avoue maintenant, je crois que j'avais juste besoin de me confier à quelqu'un et surtout à elle.

— Mais c'était quand ?

— Il y a quelques jours quand vous avez dîné avec vos parents. Il m'avait embrassée quand on débarrassait le chalet après vos enterrements de vie de célibataires.

— Mais… c'était bien ? demande-t-elle en me regardant avec un grand sourire.

— Oui, je réponds, un peu rêveuse. C'était même mieux que bien. Comme un prolongement logique de l'alchimie qu'on a créé durant ce voyage poisseux.

— Pas si poisseux, ricane-t-elle.

— Ce n'est pas faux. Tu sais en vrai qu'on avait déjà essayé avant. C'était pour le nouvel an, mais on était tellement bourrés que c'est parti en soirée vomi.

— Mais tu ne m'as jamais rien dit.

— J'avais un peu honte. Je n'imaginais pas que ce voyage allait me permettre d'apprendre à le connaître ni que ça nous donnerait la possibilité de confirmer cette attirance qu'on avait déjà ressentie.

— De toute façon, ça se voit que vous vous entendez mieux que bien. L'alchimie crépite entre vous.

Je hoche la tête et je fixe le plafond de la chambre.

— Je la ressens aussi.

— Tu crois que c'est sérieux ? demande Ornella en me caressant les cheveux.

Je ferme les yeux. Je pense à lui et la réponse s'impose à moi comme une évidence. Je crois qu'il y a quelque chose et que ça mérite de le creuser un peu…

— Je crois que j'ai envie de le revoir à New York. Pour vérifier si l'attirance est encore là où si c'est simplement l'ambiance de ce Noël étrange.

— Il faut tester pour savoir, mais Cameron est un mec bien.

Je ris.

— Oui, je crois.

Ça me fait du bien de lui parler.

— Tu crois qu'on pourra dormir encore comme ça quand tu seras mariée ?

— Tu sais bien que oui, me répond ma meilleure amie. Elle n'est pas née la personne qui brisera nos liens.

— C'est con, mais je crois que je dois ressentir la même chose que ton père.

— C'est-à-dire ?

— J'ai l'impression que je te laisse partir.

Elle glousse et puis elle pose la tête contre mon épaule.

— J'ai un peu l'impression de partir moi aussi. Mais bordel, rien ne changera entre nous.

Je souris, même si elle ne le voit pas. Je sais que rien ne changera, mais depuis toujours les changements importants nous ont toujours un peu bouleversées.

— Tu te souviens quand on est allé brûler un cierge à l'église pour qu'on soit dans la même classe au lycée ?

— Bordel, c'est vrai, s'esclaffe-t-elle. Nos soucis à l'époque, c'était quelque chose. J'ai honte.

— En vrai si on n'avait pas été ensemble, on aurait chialé comme des bébés. Tu te souviens quand on a quitté le restaurant sans payer ?

Elle hoche la tête.

— Et quand on a acheté tout un attirail pour aller courir ?

— Mais oui, on était obsédés par la marque de vêtements de Kate Hudson.

— Le premier jour, on n'a même pas fini de faire le parcours qu'on s'était fixé dans Central Park, on s'est arrêté pour prendre des donuts et des cafés. On n'y est pas retourné.

On continue d'énumérer certains moments de nos vies. On rit comme deux gosses, puis on remet le film en route. On l'a vu mille et une fois celui-là et on le reverra encore. Même à cinquante piges. Je me souviens qu'on a eu notre période d'écriture. On écrivait des scénarios bancals ou des *fanfictions* sur notre blog. On pourrait m'offrir l'opportunité de me réincarner dans n'importe qui de célèbre, je refuserais, parce qu'il n'y a que dans ma vie qu'Ornella est là. Une vie sans elle serait tellement fade.

— J'aurais aimé qu'on ne soit que deux demain.

— Moi aussi, avoue-t-elle. Mais, je n'ai pas le vraiment le choix. Tu sais que tu seras ma personne préférée parmi toutes ces filles.

— T'as intérêt.

Chapitre 23

Cameron

J'ai du mal à croire que demain, ça fera déjà dix jours que nous avons pris la route April et moi. D'une certaine façon, c'était long et, d'une autre, c'était beaucoup trop court… il s'est passé des choses. Et dire que demain, James se marie. Je me souviens de notre conversation, le jour où il m'a dit qu'il allait lui faire sa demande.

Je n'arrive pas à dormir, alors comme je n'ai pas spécialement faim je me suis dit que j'allais piquer une petite tête dans la piscine. Si nous avons utilisé le jacuzzi l'autre jour, je n'avais pas encore mis un pied dans cet espace. Quand James m'a parlé d'un voyage avec lui, Ornella et April, je me suis dit pourquoi pas. Comme je n'avais pas vraiment d'idée de cadeau, je me suis dit que ça serait chouette de leur offrir ces vacances dans ce chalet de luxe. Au moins, ils ont passé un bon séjour et ils en disposeront encore pour plusieurs jours après le mariage.

Alors que je descends au rez-de-chaussée vêtu d'un boxer de bain sous mon pantalon de jogging, une serviette posée sur l'épaule, je répète le discours de mariage que j'ai encore peaufiné sur mon téléphone. Demain matin, il faudra que je le réécrive sur du papier pour éviter de sortir mon téléphone devant tout le monde et d'avoir l'air con.

Une fois en bas, difficile de ne pas tomber d'émerveillement devant la grande piscine vitrée avec cascade intégrée. J'appuie sur l'écran de contrôle qui me propose plusieurs programmes. Lumière tamisée, rougeoyante, il y en a pour tous les goûts, mais je choisis le bleu car c'est une couleur que j'aime beaucoup en ce moment. Sur le côté, il y a des chaises longues, je pose ma serviette sur l'une d'entre elles et je me débarrasse de mon pantalon. Et puis, je plonge dans l'eau. Elle est bonne. Je fais des longueurs ; je les enchaîne. Quand j'étais au lycée, je faisais de la natation en compétition, j'étais plutôt bon d'ailleurs. Si je n'ai pas poursuivi dans cette voie, je n'ai jamais arrêté cette activité pour autant. J'essaye au moins une fois par semaine de piquer une tête dans la piscine de ma résidence. Lorsque je termine ma longueur, je croise le regard d'une créature que j'ai peur de rêver.

— April ?

— Bonsoir…

— Bonsoir.

Sa présence me surprend, mais elle me ravit aussi.

— Je n'arrive pas à dormir. Je buvais un verre dans la cuisine quand je t'ai vu descendre et…

Elle ne termine pas sa phrase, mais j'en ai compris le sens alors je lance :

— Je suis content que tu sois là.

Elle hoche la tête et me sourit timidement. Elle est belle, bordel. J'ai l'impression que ça me saute aux yeux à chaque fois que je la vois.

— Le hic, c'est que pour ne pas réveiller Ornella, je n'ai pas pris de maillot de bain.

Ses mots ne devraient pas m'exciter, pourtant c'est le cas.

— Tu peux juste tremper tes pieds, je dis.

— Je me suis cogné contre un meuble en sortant ; mon orteil a rencontré un coin de je ne sais quoi. J'ai lâché un juron, mais ma meilleure amie a juste ronflé en guise de réponse.

Elle monte les marches pour venir dans l'eau. Elle ne porte qu'un T-shirt et un mini-short. Si certains hommes aiment des types de femmes en particulier, je n'ai jamais été de ceux-là. Je craque souvent pour un *feeling*. Sauf depuis April. Elle en particulier semble être ce que j'aime chez les femmes. Lentement, elle s'assied sur le bord de la piscine et elle met ses jambes dans l'eau. Je me demande combien de temps je vais résister avant de l'entraîner dans l'eau avec moi.

— C'est un comble qu'Ornella dorme à poings fermés et que le stress me cause des insomnies.

— Tu es stressée ?

April hausse les épaules. Je nage jusqu'à elle. Je pose mes coudes contre le bord de la piscine avant de plaquer mes cheveux en arrière. Elle me regarde comme si j'étais irréel.

— Je ne sais pas… je me sens peut-être nostalgique d'une époque. Mais si elle dort profondément c'est qu'elle se sent bien alors je n'ai aucune raison de ne pas l'être moi non plus.

— C'est un gars bien. Dès qu'il l'a rencontrée, il n'y a eu qu'elle. Pourtant avant on sortait souvent ensemble, il a connu quelques femmes. Mais Ornella, c'est LA femme.

— Je sais qu'elle n'a rien à craindre. Quand je dis qu'on a littéralement tout fait ensemble, c'est le cas… mais ce n'est pas important. Et toi ? demande-t-elle.

— Moi, j'ai une petite insomnie et je me suis dit pourquoi ne pas aller profiter de la piscine. J'en fais de temps en temps.

— De la natation ?

— Oui, je trouve ça apaisant.

Elle hoche la tête.

— Tu en as fait en compétition ?

— Oui, au lycée et à l'université. J'ai eu quelques médailles, mais maintenant je n'en fais que par plaisir.

Elle me fixe, amusée.

— Quand j'ai besoin de m'apaiser, je fais des puzzles ou alors je crée des nouveaux *make-up*. Rien à voir…

— Tu as toujours eu cette vocation pour le maquillage ?

Elle sourit, avec douceur. J'ai l'impression qu'elle aime quand je parle de son métier.

— Je crois oui, je ne sais pas comment l'expliquer, ça m'a toujours fascinée.

— La passion ne s'explique pas toujours.

Pour le coup je pèse mes mots.

— J'ai hâte de travailler pour cette nouvelle série. Ça va être génial, je pense. Dès janvier on va commencer à fabriquer les prothèses, les modelages. C'est la première fois que j'intègre une si grosse équipe. C'est une chance de travailler avec Bart Grover. C'est un visionnaire, il a travaillé pour tellement de séries à succès.

— Je suis content pour toi. Tu n'as pas tout le temps la poisse finalement.

— Non, juste quand décembre survient et heureusement.

— Tu as envie de diriger une équipe un jour ?

April hausse les épaules.

— Oui, je crois… mais je ne me sens pas prête pour l'instant. Je préfère apprendre pour le moment.

— Si c'est ce que tu veux, je sais que tu y arriveras.

Elle m'offre un sourire éclatant.

— Merci, dit-elle en tendant la main vers moi.

Elle caresse mes cheveux. Pour les recoiffer, sans doute…

— Tu avais une mèche rebelle.

Je ne sais pas ce qui me prend alors, je me m'ébouriffe les cheveux et je la regarde avec un grand sourire.

— Et maintenant ?

D'un petit mouvement, elle s'approche de moi et remet mes cheveux en place.

— T'es un sale gosse, *Santa Lover*.

— À mes heures perdues parfois, je réponds. Ou alors, je suis malin.

Elle éclate de rire et elle fixe la pièce dans son ensemble.

— C'est vraiment beau ici. Je pourrais y rester je crois.

— Toi, April, tu envisages de rester ici en Alaska ?

Elle pouffe.

— Non, je parle de cet immense chalet. Même si la vue est vraiment sympa. Je maintiens que si tu me trouves jolie maintenant, dès que vient le printemps, je suis encore plus magnifique.

Difficile de faire plus belle que maintenant, mais je la crois sur parole et je me fais la remarque que j'ai très envie de voir ça.

— Demain, comme nous n'avons pas de partenaires, on pourrait peut-être se dire qu'on est ensemble.

April hoche la tête.

— J'aime beaucoup cette idée.

Je crois que je n'ai pas envie que d'autres mecs l'approchent et je veux passer du temps avec elle. C'est sans doute un peu macho sur les bords, mais je sens qu'il y a une étincelle entre nous et je n'ai clairement pas envie que quelqu'un d'autre tente sa chance, tant qu'elle est réceptive à moi.

— Promis, je ne te dirai pas de ne pas manger et je ne t'empêcherai pas d'éclater de rire, parce que quand tu ris, tout ton visage s'illumine et faut vraiment être con pour ne pas vouloir regarder ça.

Son regard scintille d'un coup.

— J'imagine que tu seras renversante, j'ajoute.

— Je confirme, mais je pense que tu ne seras pas en reste.

— J'essayerai de me hisser à ton niveau, *Unlucky Girl.*

Elle sourit et se redresse. Je l'observe sans en perdre une miette, sauf quand je me rends compte qu'elle retire son T-shirt. Son ricanement me parvient aux oreilles au moment où elle plonge dans l'eau et me fixe avec un regard capable de me mettre à genou. Je la laisse venir à moi, comme elle le désire. Elle malmène mon cœur sans s'en rendre compte. Elle ne porte plus qu'une culotte. Bordel qu'elle est belle ! On s'enlace et on s'embrasse.

Je la maintiens entre la paroi et moi. Dans l'intimité de la pièce, notre alchimie crépite une nouvelle fois. Je crois dur comme fer que sa poisse l'a menée jusqu'à moi ou bien l'inverse, mais dans tous les cas, sa malchance nous a conduit là, à cet instant.

J'ai un coup de cœur pour elle.

Je le sais. Je le sens. Je ne peux pas le cacher.

April s'éloigne un peu pour reprendre sa respiration et pose son front contre mon torse. Je la serre contre moi. Il semble que ni elle ni moi n'arrivons à mettre de mot sur ce qu'on est en train de vivre. Elle finit par redresser le menton et elle enlace mon cou. Je l'agrippe alors et la hisse à ma hauteur.

— Je ne sais pas jusqu'où tu désires aller, mais je n'ai pas de capotes avec moi.

— Je veux juste être avec toi, répond-elle. S'embrasser comme des ados, se rendre fou, ça me va.

Alors on recommence, on s'embrasse encore et encore… jusqu'à ce qu'elle me laisse l'embrasser beaucoup, beaucoup, beaucoup plus intimement…

Chapitre 24

April
15 décembre, jour du mariage.

Il est 14 heures. Je suis debout depuis 6 heures du matin. Le mariage n'a pas encore commencé que je suis déjà crevée. C'est la quatrième fois que je bâille. Mon petit doigt me dit que la journée va être longue.

Étant donné que la cérémonie n'aura lieu qu'en fin d'après-midi, je trouve ça un peu rude, mais il a fallu que je refasse mes valises, car le départ est pour bientôt. Je décolle demain soir – si tout va bien, j'ai un vol de nuit pour New York. Et pour laisser Ornella et James tranquilles, nous avons décidé Cameron et moi de leur abandonner le chalet afin qu'ils puissent profiter de leur nuit de noces et se réveiller demain sans personne dans leurs pattes. Après le mariage, je dors à l'hôtel et ensuite, je rentrerai enfin chez moi. Je pourrai récupérer Pénélope, mon chat que j'ai laissé chez Poupette ma voisine de palier et retrouver mon petit appartement paisible que j'aime tant.

— Voilà, j'ai fini !

Annabelle se regarde dans le miroir et s'extasie devant le maquillage que je viens d'achever. Ses yeux bleus paraissent verts avec la couleur de fard à paupières.

— Tu es radieuse, je dis.

Ornella sera en blanc, elle a juste demandé une chose, que nos robes soient bleues, pour la coupe ou la longueur, elle nous a laissé choisir. Alors je maquille tout le monde avec les couleurs qu'il y aura lors de la réception. Nuances de vert, de rouge, de taupe…

— C'est mon tour, c'est mon tour ! s'écrie Daphné, hystérique.

Elle passe devant Jane en courant comme une folle.

— Désolée, s'excuse-t-elle. Je suis tellement impatiente.

Jane secoue la tête en souriant. L'ambiance est bon enfant, on s'entend toutes plutôt bien. J'avais promis à Ornella que je maquillerais les trois autres demoiselles d'honneur, Annabelle Daphné et Jane, la sœur de James. Cette dernière lui ressemble comme deux gouttes d'eau, mais avec des traits plus fins et plus gracieux. Pour avoir mangé avec elle et Ornella de nombreuses fois, je dois avouer que je l'aime beaucoup. Les garçons sont partis dans la matinée pour nous laisser la maison libre. Il n'y a donc que des filles. Des filles qui crient, qui prennent des photos, des vidéos, qui pleurent et qui parlent de mecs. Je dois dire que je commence à saturer un peu. Ou alors peut-être que j'ai juste envie de passer un peu de temps avec Cameron… si j'arrêtais de me voiler la face, je répondrais plutôt ça.

Daphné et Annabelle sont sœurs, ce sont les cousines d'Ornella. Elles sont assez proches, en tout cas, on se voit beaucoup quand ma meilleure amie organise des fêtes.

Daphné s'installe sur l'un des tabourets de l'îlot central que nous avons placé face à la baie vitrée du jardin, car c'est là qu'il y a le plus bel éclairage naturel.

— Tu as une idée précise de ce que tu veux ou alors tu me fais confiance ? je demande.

— Je te fais confiance, je veux juste être bonne.

— Elle est maquilleuse, elle n'est pas magicienne, s'esclaffe Annabelle.

Je me sens un peu vexée, parce que après tout mon métier me permet de transformer les gens, de faire des miracles rien qu'avec des produits cosmétiques. Mais je ne dis rien, car Annabelle et Daphnée sont toujours comme ça. Elles s'aiment comme chien et chat. Et je sais que la petite pique était surtout destinée à Daphné.

— Mais, et d'une, je t'emmerde, déjà. Et de deux elle a réussi à te rendre potable donc elle sait faire de la magie. Et de trois, il y aura des célibataires dans la salle, et je compte bien en profiter.

— Ornella, ta dévergondée de cousine va probablement baiser à ton mariage, s'écrie Annabelle.

Ma meilleure amie relève la tête de son téléphone pendant que les filles rient. Aujourd'hui encore, elle semble totalement zen. Sans aller jusqu'à penser qu'elle serait hystérique, j'imaginais qu'elle serait plus stressée que ça. Elle est juste heureuse.

— Tant que ce n'est pas avec mon mari ou Cameron, tout va bien.

Je rougis instantanément et manque de m'étouffer avec ma salive. Heureusement, il fait chaud dans le chalet aujourd'hui et personne ne me prête vraiment attention. Qu'est-ce qui lui as pris de parler de Cameron ?

— C'est vrai qu'il est beau gosse, Cameron, soupire Daphné en face de moi. Il n'est plus célibataire ?

— Je crois qu'il voit quelqu'un, répond ma meilleure amie. Donc on évite de l'approcher. Il y aura plein d'autres mecs célibataires.

Je ne sais pas si j'ai envie de la remercier ou de la fusiller. Mais, elle est adorable de penser encore à moi alors qu'elle devrait surtout focaliser sur le fait qu'elle va s'engager pour la vie. Parce que étrangement, quand j'y réfléchis, je ne sais pas trop si j'aurais accepté ou même bien supporté de voir Daphné draguer Cameron.

— Pas mon style, soupire Anabelle. Je préfère les mecs plus sales.

— Sales ? s'étonne Jane.

— Oui, des types avec des tatouages, avec une barbe, qui s'habillent un peu à la hipster et qui sont baraqués.

— Genre Jason Momoa ? je demande.
— Non plutôt, Tom Hardy.
Jane grimace.
— Tu n'aimes pas ? C'est quoi ton genre alors ? la questionne Annabelle.
— Logan Lerman, répond-elle en souriant.
— Mais c'est un bébé.
Jane éclate de rire.
— Il a trente ans, ce n'est pas un bébé. Avec ses cheveux mi-longs et sa barbe de trois jours, il est tellement sexy. De toute façon, je *crushe* sur lui depuis qu'il a joué dans Percy Jackson.
— Intéressant, minaude Daphné. Et toi, April ?
— Mon *crush* de toujours c'est Jensen Ackles. Ce béguin ne m'a jamais quitté.
— Et moi c'est Jared Padalecki, enchérit Ornella. Comme ça quand on regardait *Supernatural*, il n'y avait pas de jalousie. On avait chacune notre chouchou.
Je me concentre sur le début de mon *make-up* sans faire attention à ce qu'elles disent. Honnêtement, j'ai hâte d'aller prendre l'air, je commence à avoir un peu mal à la tête. Le mariage ne sera pas plus calme, car il y aura encore plus de monde, et de bruit, mais j'ai besoin d'une petite pause. Mes parents sont arrivés ce matin, j'ai hâte de les voir. Comme je pars demain, je n'aurai pas l'occasion d'être beaucoup avec eux, mais on se verra ensuite à Noël. Les maquillages se poursuivent, et il ne reste finalement plus que la reine du jour. J'aurais préféré qu'on soit seules toutes les deux, mais c'est comme ça les mariages. Il y a toujours du monde.
— Prête ? je lui demande.
— Oui.
Je l'ai maquillée si souvent que mes premiers gestes sont mécaniques. C'est étrange, mais j'occulte l'univers qui nous entoure pour me concentrer que sur elle. Et je crois au regard que nous échangeons que c'est réciproque. Je ne suis pas rémunérée pour cette prestation et pourtant

j'ai l'impression que c'est l'une des plus importantes de toute ma vie.

❆❆❆

— Waouh ! Tu es incroyable ! s'exclame Annabelle.

Elle m'enlève les mots de la bouche. J'avais vu sa robe lors des essayages, mais je ne l'avais pas encore vue terminée. Toutes les filles la complimentent, moi je me contente de rester là, comme une idiote, à l'admirer. Elle n'a pas besoin de mots pour savoir combien je la trouve belle et comme je suis émue.

Chapitre 25

Cameron

Je ne sais pas pourquoi, je suis fasciné par la neige qui tombe derrière les grandes baies vitrées de la salle de réception. Elle s'est mise à tomber quand nous sommes sortis de la mairie. Peut-être que j'espère être coincé par elle et ne pas pouvoir prendre l'avion… Alors que mes pensées vont encore vers elle, April se lève et tapote sur son verre. Elle se redresse avec grâce et, un homme qui sort de je ne sais où lui donne un micro.

— Bonsoir à tous, je ne sais pas à quoi va ressembler ce discours, mais si je ne me commence pas maintenant, je ne me lancerai jamais.

Elle marque une petite pause.

— Il y a bon nombre de choses que j'ai faites avec Ornella au cours de ma vie à commencer par grandir à son côté. Et ce n'est pas une image, pendant que nos mères buvaient du café ou des verres de vin blanc, on était juste à côté dans un parc rempli de jouets à nous voler nos tétines… Nos mamans sont meilleures amies, et nous avons eu la chance de tracer le même chemin qu'elles. J'ai vingt-six ans et je connais ma meilleure amie depuis le même nombre d'années. Et c'est la chose la plus précieuse que je possède. J'aurais pu écrire des vœux qui détaillent tes défauts, te faire honte et souhaiter bon courage à James… mais, je ne peux pas, parce qu'il va être heureux avec toi, parce que tu es exceptionnelle. Et s'il est là avec toi, c'est parce qu'il le sait.

Les deux mariés sourient à April qui retient captive toute l'attention de l'assemblée. Je dois avouer qu'elle est foutrement belle et charismatique aujourd'hui. Sa robe lui sied à merveille. Bleu glacier, épousant parfaitement sa poitrine et son ventre avant de s'évaser sur ses hanches. Je l'ai quittée à regret après cette nuit. Et j'ai encore envie d'être avec elle, même si techniquement, hormis lui faire du bien nous n'avons rien fait. Le hic, si toutefois c'en est un, c'est que mon envie d'elle n'est pas seulement charnelle. C'est un tout. Je crois que si la neige de ce soir persistait à tomber et nous obligeait à rester là, je serais heureux.

— Au lieu de ça, je vais vous parler des choses qui font que cette personne est ma meilleure amie et qui la rendent humainement géniale. Je vais la remercier d'être à mes côtés depuis toujours, car si elle n'avait pas été là pour vivre tout ça avec moi, je pense que ma vie aurait été plus terne.

Ornella presse un mouchoir contre ses yeux, et James passe un bras autour des épaules de sa femme.

— Ornella merci pour toutes ces fois où nous sommes restées des heures au téléphone. Alors que parfois nous nous étions vues deux heures avant. Merci pour toutes les soirées pizzas-film au pieu, c'est avec toi que c'est le meilleur. Avec les mecs c'est bien, mais entre copines c'est stratosphérique. Désolée James, ce privilège est pour moi. Merci de me comprendre même quand je ne parle pas. Ton décodeur à émotions ne t'a jamais fait défaut, même lorsque tu as rencontré l'homme de ta vie. Merci de me garder auprès de toi, même si je n'aime pas spécialement l'hiver et Noël et merci a contrario de supporter Halloween et les films d'horreur.

Elle souffle et reprend :

— Merci d'être honnête, de me dire quand je fais de la merde, et de garder ton cœur ouvert quand j'en fais autant. Merci également pour ces heures qu'on a passées dans nos chambres, à refaire le monde, à complexer, à se maquiller et se parler de nos bizarreries du genre : « Non, mais moi j'ai toujours un poil sur le nichon qui pousse, trop bizarre, tu vois ? » Merci pour les fous rires. Ils arrivent tard, mais la liste n'est pas classée par ordre de préférence. Ces rires qui nous prennent comme ça, sans raison parfois et qui sont incontrôlables. Comme à l'enterrement de ta tatie Lili quand on était incapables de s'arrêter. Merci de faire de moi un être unique. Hormis ma mère tu es la seule personne à avoir vu ma morve de près quand je pleure et inversement. Merci d'être là tout le temps. Je t'aime, plus que James ne t'aimera jamais. Il t'aime très fort, tu le sais, mais il ne peut pas rivaliser avec vingt-six ans d'affection.

Les invités applaudissent vivement, moi aussi. Ornella et April pleurent et fondent dans les bras l'une de l'autre. Comment puis-je passer après ça, moi ? Mon discours va être fade, mais j'accepte le défi et je me lève à mon tour. Mon regard croise celui d'April quand elle me donne le micro. Je m'éclaircis la gorge.

— Bonsoir, tout le monde, je vais essayer d'être concis. La galanterie exige de faire honneur aux dames, mais j'aurais dû être macho et passer devant, car je ne sais pas si je vais être à la hauteur après un discours aussi réussi.

Les gens rient tandis que je souris à April. Elle me tire la langue.

— J'ai connu James lors de notre dernière année au collège. Je suis arrivé en cours d'année, j'étais un peu apeuré de débarquer alors que tout le monde se connaissait déjà, mais j'ai su à la seconde où j'ai croisé son regard qu'on ferait des conneries ensemble lui et moi. Je crois que moins de deux semaines après, on était convoqués chez le proviseur pour avoir déclenché une bataille de bouffe à la cantine. Alors qu'on ricanait nerveusement comme deux idiots face au proviseur, j'ai su que je voulais faire un long bout de chemin avec lui. D'ailleurs, depuis ça, on ne s'est plus quittés. Ça ne fait pas vingt-six ans…

Je m'incline devant Ornella et puis devant April.

— Mais ça fait quinze ans, et je crois que s'il existe une personne au monde avec qui je peux être vrai, c'est avec James. Il fait ressortir le meilleur en moi et j'aime à croire que c'est réciproque. Je connais tout de lui : la tristesse, la joie, la colère, l'ivresse. Je l'ai réconforté quand il avait des peines de cœur, encouragé quand il voulait baisser les bras pour ses études de médecine, j'étais là à sa remise de diplôme, j'ai même prétendu avoir une poussière dans l'œil tant j'étais fier de lui. Je l'ai vu évoluer, grandir, se transformer. Je l'ai vu tomber amoureux… et c'est étrange parce que alors je l'ai vu changer sans réellement changer. Je crois qu'en rencontrant Ornella il est devenu une meilleure version de lui. Le véritable amour, c'est de trouver quelqu'un avec qui on reste soi-même. Je suis sincèrement heureux pour vous deux et je ne doute pas le moins du monde que ce mariage sera heureux.

Je serre la mariée contre moi, puis mon meilleur ami sous les applaudissements des invités. Je ne me suis pas trop foiré visiblement.

❄❄❄

La salle de réception est magnifique. J'avais peur que ça fasse un peu trop mariage « noëlesque », mais pas du tout. La décoration est épurée et savamment dosée. Les lustres et les guirlandes suspendues de part et d'autre du plafond donnent une dimension vraiment féerique. La soirée se poursuit et les mariés sont finalement appelés pour leur première danse. Main dans la main, ils s'avancent sur la piste sous les applaudissements des invités, dont les miens. Lorsqu'ils posent leurs pieds sur la piste de danse, celle-ci s'illumine. Certains restent assis, d'autres se lèvent pour prendre des photos et filmer. C'est vrai que c'est beau. Mais à trois chaises de moi, il y a April qui regarde rêveusement sa meilleure amie, et ça aussi c'est beau. Elle. Elle est somptueuse. J'attends que la chanson des mariés se termine pour me lever et l'inviter avant que quelqu'un d'autre ait la même idée que moi.

— Est-ce que tu veux danser ? je lui demande.

— Avec plaisir.

Je lui tends la main qu'elle accepte. Je l'entraîne sur la piste, au milieu des invités qui ont déjà rejoint les stars du jour. Sans me soucier de personne, je l'attire contre moi. Notre position est beaucoup plus intime qu'un slow, mais ça me va parfaitement. Encore plus lorsqu'elle pose sa tête sur mon torse. Je crois qu'on est sur la même longueur d'onde elle et moi.

— Il y a une dame qui nous fixe, j'ai l'impression.

— Laisse-moi deviner, est-ce qu'elle porte un chapeau bleu ?

— Exact.

— Tu n'as rien à craindre. C'est ma mère. Elle a l'air d'une stalkeuse vue de loin, mais c'est une gentille, promis. Là, elle se demande probablement pourquoi je danse avec toi et qui tu es. Fais-lui un petit coucou de la main, elle tournera la tête aussitôt pour regarder ailleurs.

Je m'exécute et pars dans un rire quand elle sursaute et se met à s'intéresser à la conversation de l'homme à son côté que je présume être son mari.

— Tu veux que j'aille lui dire bonjour ?

— Ne fais pas ça malheureux, elle va te poser plein de questions.

Je pose un baiser sur ses cheveux, et on reste silencieux quelques secondes en continuant de danser blottis l'un contre l'autre.

— Ton vol est pour demain aussi ? demande-t-elle.

— Oui, en début d'après-midi ? Et toi ?

— Le mien est de nuit. Enfin si tout se passe bien…

— Il n'y a pas de raison.

— La poisse, *Santa Lover*. N'oublie pas ma poisse.

Je ricane avant de me pencher vers son oreille pour y glisser :

— Je nous trouve plutôt chanceux, là maintenant.

Elle relève la tête, et son regard me retient complètement captif. Il faut dire que la musique est lente. Et les lumières tamisées rendent l'endroit vraiment romantique.

— Peut-être parce que tu agis comme un talisman.

— Ravie de l'apprendre.

Elle rougit un peu.

— Tu m'enverras un message quand tu seras dans l'avion et quand tu auras atterri à New York ?

Son regard pétille comme si elle était heureuse que je m'inquiète pour elle. La vérité c'est que si je n'avais pas un rendez-vous important avec mon agent, j'aurais modifié mon vol pour prendre le même que le sien et ainsi passer du temps avec elle.

— Oui.

— Elle s'arrête quand cette poisse exactement ? je demande.

— Le 24 décembre à 18 heures et 36 minutes si je ne dis pas de bêtises, explique-t-elle sérieusement. Je serai probablement sous un plaid à grignoter un plat de chez le traiteur qui est juste face de chez moi et à mater un truc à la télé.

— Charmant programme.

— Cette année mes grands-parents viennent à New York, on se retrouvera chez mes parents le jour de Noël. Alors je vais juste *chiller* tranquillement pour le réveillon.

Elle n'a pas l'air déçue de son programme. Je dirais même qu'elle l'attend avec plaisir.

— Donc pas de crotte de bouc.

Elle presse les lèvres en secouant la tête. Nous dansons toujours, l'un contre l'autre et, honnêtement, le monde a disparu autour de moi. Cette soirée se réduit simplement à elle.

— À moins que ma grand-mère ne ramène Roger, non, je ne me ferai pas chier dessus.

J'ai envie de l'embrasser. La conversation ne s'y prête pas du tout, mais elle me fait rire. Et bordel, qu'est-ce qu'elle est belle sous la lumière des lustres et des guirlandes qui scintillent ! Je sais maintenant que je vis un foutu scénario de film, car je suis complètement dingue de cette fille. Et je n'ai pas envie de combattre ça.

— N'empêche ton maquillage est très joli. Tes yeux paraissent encore plus grands.

— Merci.

— À l'occasion, j'aimerais que tu me montres les maquillages que tu as réalisés. Comme ceux que tu aimes le plus.

— Vraiment ?

Au ton qu'elle emploie, on dirait qu'aucun mec ne lui a jamais demandé de voir son travail.

— Carrément. Ça m'intéresse beaucoup.

April hoche la tête. Ses longs cils caressent sa peau dès qu'elle ferme les yeux. Elle n'a pas besoin d'artifice, mais bordel qu'elle est belle ainsi maquillée. Je ne devrais pas penser ainsi, mais quand elle me sourit, j'ai envie de l'embrasser et de ruiner son maquillage. Du moins son rouge à lèvres carmin. Je me rends compte que j'ai envie de connaître tout ce qui la passionne.

— Je ne crois pas avoir eu le temps de te dire que tu étais somptueuse dans ta robe, ce soir.

— T'es à tomber toi aussi.

— À titre d'information, tu es la bienvenue dans ma chambre d'hôtel si jamais il y a un raton laveur dans la tienne, j'ajoute avec un sourire.

— Pourquoi voudrais-tu qu'il…

Elle se tait, puis elle rit.

— Quel homme prévenant. Tu seras le premier au courant.

— Tu peux venir pour n'importe quelle autre raison d'ailleurs.

Si je devais passer cette soirée et même la nuit avec une femme, je ne voudrais qu'elle. Je caresse sa joue, elle ferme ses yeux, comme pour se nourrir de cette caresse.

— Je peux t'embrasser ?

— Oui.

Alors, au milieu des invités, sur la piste de danse, sur la chanson *I Don't Want to Miss a Thing* d'Aerosmith, je l'embrasse. Peu importe les gens qui font attention à nous, peu importe les réactions que ça peut susciter… pour rien au monde, je ne mettrais fin à cette étreinte. Ce baiser se fraye un chemin dans mes veines. Il se gonfle d'adrénaline et va jusque dans mon cœur. Je le sens qui bat plus fort.

Chapitre 26

April
17 décembre

Je viens d'atterrir à New York. Pour l'instant tout va bien.

J'appuie sur envoyer et j'ajoute : « J'aurais voulu être avec toi et avoir un imprévu... » Je supprime mon message en secouant la tête. *Bon sang, mais qu'est-ce qu'il me prend ?* Après le mariage, nous avons passé la nuit ensemble. Même pas eu besoin de prétendre avoir un raton laveur dans ma chambre. Nous avons partagé un taxi et nous avons fini par nous embrasser. On avait un peu bu, c'est vrai, mais rien à voir avec la nouvelle année... et c'était tout aussi fabuleux qu'au coin du feu lorsqu'on a fait l'amour. Après ça, on a discuté comme des gamins. Il était hyper tard, mais je n'avais pas envie d'avoir sommeil. Cameron a donc allumé la télé et on est tombés sur un de ses films. On a regardé un peu et puis je me suis endormie. Quand je me suis réveillée, il était déjà parti pour ne pas manquer son vol. Ça m'a fait un truc... en vérité, j'ai scruté l'heure en espérant qu'il débarque finalement en mode « j'ai raté mon avion pour rester avec toi. »

Je suis un peu paumée, je dois bien l'avouer. Je n'avais jamais ressenti un tel chamboulement dans ma tête et dans mon corps. Quand je pense à lui, j'ai l'impression qu'un sourire niais impossible à décrocher s'épanouit sur mon visage. J'ai la sensation d'avoir les jambes en coton et j'ai cette stupide envie d'être avec lui quand il n'est pas là… qui aurait cru que l'Alaska me manquerait ? Et encore plus ce voyage que j'ai fait avec lui ? Quand j'étais dans l'avion, la tête posée contre le hublot et non contre l'épaule de Cameron, je me suis dit que j'aurais adoré qu'on fasse le chemin du retour en voiture.

❄❄❄

Il neige sur New York. Peut-être que je trouve ça plus attrayant qu'avant, mais l'été me manque. Il est 5 heures du matin quand le taxi me dépose en bas de mon immeuble, dans le quartier de West Village, dans le sud de Manhattan. J'habite très exactement à deux minutes à pied de la façade utilisée dans la série *Sex and the City* pour représenter l'appartement de Carrie Bradshaw. L'appartement appartenait à ma défunte grand-mère qui me l'a légué, car elle savait que je l'adorais. Je laisse une valise dans le hall, car je ne peux pas tout monter et reviens la récupérer. Je laisse tout dans le corridor et je me vautre lamentablement sur mon canapé douillet sans même avoir retiré mon manteau ni mes chaussures. Ça fait du bien de rentrer et ça laisse un vide dans le cœur aussi. Je n'avais jamais ressenti ça… à part lorsque j'étais ado et que je rentrais de vacances avec mes parents. J'avais toujours cette sensation que cette période m'avait changée à jamais. Je crois que j'éprouve la même chose aujourd'hui. Pourtant je suis plutôt du genre casanier. Malgré mon métier, ma famille, mes amis, j'aime ma solitude. C'est un luxe que j'adore. Je trouve qu'il est parfaitement sain de se retrouver avec soi-même de temps en temps. Passer plus d'une semaine dans une cohabitation un peu forcée m'a fait sortir de ma zone de confort. Et j'ai aimé ça…

Je retire finalement mes chaussures et mon manteau et je me traîne jusqu'à mon lit. Comme je n'ai rien de prévu aujourd'hui, je m'effondre, comme une masse.

Chapitre 27

April
20 décembre

Alors que je hèle un taxi, une voiture passe au même moment à toute blinde devant moi, et elle m'éclabousse. L'eau boueuse glacée me trempe complètement. Sous le coup de la surprise, je pousse un petit cri. Ce connard de chauffard vient de ruiner ma robe bleu ciel et mes collants puisque je n'avais pas fermé mon manteau.

Ma poisse me poursuit. Ou elle revient de plus belle. Je ne sais pas. Mais la malédiction du miroir brisé ne semble pas m'avoir oubliée. Il reste encore quatre petits jours. Après l'avoir endurée pendant sept hivers, je peux bien supporter quatre jours. Je pense qu'elle va s'accrocher à moi jusqu'à la fin telle une sangsue. Bon sang, je déteste l'hiver. New York est en effervescence. Il reste cinq jours avant le 25. Les rues sont bondées de monde, les magasins encore plus. Les décorations sont omniprésentes partout. Je pourrais faire demi-tour, car je suis juste devant chez moi, mais je me connais et je sais que si je rentre, je vais me mettre en jogging et ne plus bouger. Il faut que j'y aille. C'est donc mouillée et d'une humeur de chien que je monte dans le taxi qui daigne s'arrêter devant moi.

— Où allons-nous ?

— Au Macy's, s'il vous plaît.

Je regarde mon téléphone pendant le trajet. Je n'ai pas vraiment eu de nouvelles de Cameron ces derniers jours. Il a juste répondu à mon message quand je lui ai dit que j'étais rentrée à New York. Je n'ose pas en envoyer d'autres. J'ai peur de le déranger. Je crains tout le temps d'emmerder les gens quand j'envoie des messages… Je me dis que s'il n'a pas répondu avec autre chose, c'est qu'il n'a rien à me dire. Enfin, je crois… Je ne sais pas, je suis perdue. Quand je pense à lui, j'ai l'impression de devenir stupide.

Le taxi me dépose devant la devanture du Macy's. C'est l'un des magasins les plus emblématiques de New York. Situé au milieu d'Herald Square, il occupe à lui seul un pâté de maisons. Il a plus de onze étages pour un total de presque un hectare de rayonnage. C'est l'un des magasins les plus populaires et les plus fréquentés aussi. La première fois que j'y suis allée, je devais avoir huit ou neuf ans. Il y avait ma mère, celle d'Ornella et, bien évidemment, mon amie elle-même. C'était comme ouvrir les portes du paradis. J'avais l'impression d'être insignifiante, car tout était grandiose. J'aurais voulu qu'on y reste enfermé toute une nuit comme dans les films, afin de tout explorer. Il y avait des étalages en tout genre, avec des vêtements par milliers, des bijoux à foison, des litres de parfum dans des bouteilles plus belles les unes que les autres, tellement de chaussures qu'il était presque criminel de ne devoir en prendre qu'une paire. Et d'autres choses aussi. Le Macy's du haut de nos huit ans nous semblait être le plus bel endroit du monde. Avec Ornella, on était complètement subjuguées. Quand on est sorties de là, plusieurs heures plus tard, avec des sacs remplis, on avait l'impression d'être les gamines les plus importantes du monde.

Je dois me procurer mes derniers cadeaux de Noël et, vu que ma robe est souillée par de l'eau boueuse, je me sens d'humeur acheteuse. J'ai besoin de réconfort. Il y a du monde et je regrette un peu d'être seule. La balade aurait été plus sympa accompagnée, mais le Macy's n'est drôle qu'avec Ornella. Je me dirige vers le rayon des parfums pour le cadeau de ma mère. Dans les rayonnages, il n'y a que les testeurs, alors j'interpelle une vendeuse :

— Bonjour, je voudrais ce parfum, s'il vous plaît.

La jeune femme se penche vers les tiroirs sous les présentoirs et farfouille parmi les nombreuses boîtes et échantillons. Elle se redresse avec une moue contrariée.

— Je suis désolée, on ne l'a plus en stock.

Poisse.

Je soupire.

— Merci quand même.

— Si nous pouvons vous aider en quoi que ce soit, n'hésitez pas à demander.

Je hoche la tête et je continue de fureter à travers les rayons des produits cosmétiques. Je peux passer des heures à regarder les différentes sortes de maquillage. Je prends deux rouges à lèvres pour moi et je passe à la caisse. Je ne sais pas ce que je vais acheter à ma mère. J'étais fixée sur du parfum… mais j'ai la flemme de faire d'autres magasins. Il y a suffisamment de choses ici pour que je trouve mon bonheur.

Je débarque dans les allées des vêtements, mais je fais chou blanc, à chaque fois que je trouve quelque chose qui me plaît, il n'y a pas ma taille. Trois sublimes robes me passent sous le nez.

Poisse. Poisse.

Je trouve néanmoins deux cadeaux pour ma mère. Un chapeau et une écharpe en soie. C'est le genre d'accessoires dont elle raffole. J'ai déjà acheté celui de mon père sur Internet. Il collectionne les insignes de voiture et les expose dans son bureau. C'est un fan inconditionnel de bagnoles. Particulièrement les modèles italiens, comme Ferrari. Je continue mes emplettes quand je vois une magnifique robe rose. J'ai une passion pour les robes depuis toujours. Je dois en avoir plus d'une trentaine dans ma penderie, adapté pour toutes les saisons. Je pleurerais presque qu'il y ait ma taille. Bon sang, quelle idiote.

Je continue mes emplettes, j'explore même le rayon des décorations de Noël qui en cette période de l'année est tellement exubérant que c'en est ridicule. Les ornements sont classés dans les allées par couleurs. Il y a tellement de choix que c'est indécent…

En fin de compte, je quitte le magasin avec les bras chargés de sacs. Un vrai cliché ambulant, mais j'assume. Je hèle un taxi quand, soudain, je me fais violemment percuter par un mec qui tente de m'arracher les sacs que je tiens dans ma main gauche. J'essaye de me défendre, mais le type qui porte une cagoule me repousse brusquement. Je tombe à la renverse, le cul sur le macadam et percute quelqu'un dans ma chute. L'homme se penche encore vers moi et, cette fois, m'arrache mes sacs. Je n'ai même pas la force de crier au voleur, avant qu'il ne parte en courant. Les pickpockets il y en a plein ici. Ils sont d'ordinaire plus discrets et pas aussi bourrins.

— Est-ce que tout va bien ?

Une dame se penche vers moi et me tend la main pour m'aider à me relever. Je saisis ses doigts.

— Vous n'avez pas de mal ? demande-t-elle en souriant.

Pendant une fraction de seconde, j'ai l'impression qu'il s'agit de Gretel. Je secoue la tête, ferme les yeux quelques secondes avant de les rouvrir. Il est sans doute temps que je mange quelque chose, car j'ai des hallucinations.

— Merci de votre gentillesse et désolée de vous avoir bousculée.

— Voyons, vous n'y êtes pour rien. Je suis désolée pour ce grossier personnage.

— Il vous a volé vos achats ! lance une petite fille.

J'ai toujours mon sac à main, mais il vient de m'arracher des mains presque l'intégralité de mes courses.

Poisse. Poisse. Poisse…

— Est-ce que ça…

— Bordel de merde ! je crache. J'en ai marre de cette poisse. Ce matin je me suis pris une flaque d'eau boueuse en pleine tronche, et maintenant ça… ça va faire sept ans que j'ai brisé ce foutu miroir c'est la dernière année de malchance mais, là, c'est fort.

Je sanglote et puis je souris à la dame. Elle me regarde avec compassion mais sans pitié. La petite fille qui l'accompagne porte un chapeau victorien par-dessus ses cheveux blonds.

— Vous voulez qu'on aille boire quelque chose ? me propose la dame.

— Je… non, merci. Je vais rentrer chez moi.

❁❁❁

Même si je n'ai aucune chance de récupérer mes affaires, ma mère m'a emmenée au commissariat après que je l'ai appelée en pleurs. Elle a accouru, m'a ensuite fait à manger et puis, comme une enfant ils m'ont ramené chez moi en voiture. Je crois que ma mère s'est rendu compte que je n'allais pas bien car elle n'a fait aucune allusion à Cameron.

Lorsque je rentre chez moi, je me déshabille et file sous la douche ; à peine ai-je posé un pied dans le salon que je marche dans un liquide chaud. Je baise les yeux et remarque que mon chat à pissé par terre.

Sans même râler, sans même crier, je retourne sous la douche et, après avoir nettoyé les saletés et changé sa litière, je me couche :

> J'ai eu la poisse aujourd'hui. Du genre stratosphérique… je crois que tu te moquerais de moi.

Je regarde mon message quelques secondes, une minute et puis deux… puis je l'efface. J'ai peur de le lui envoyer. J'ai peur qu'il ne me réponde pas. J'ai peur de m'être fait des idées. Et je crois que je n'assumerai pas d'essayer de lui envoyer un message et d'être déçue. C'est la poisse. Elle ne nous a finalement pas tant rapprochés que ça.

Chapitre 28

Cameron
24 décembre, 18 h 36 minutes.

Je frappe à la porte de l'appartement d'April et je souffle un grand coup. Je ne sais pas ce que je fais, mais je le fais.

J'ai même sorti le grand jeu.

Je porte un costard, j'ai les bras chargés de sacs remplis de bouffe. J'ai même des fleurs quelque part, je crois… durant ces jours sans elle, elle m'a manqué, je dois l'avouer. Cette proximité forcée aux allures de comédie romantique m'a permis d'apprendre à la connaître et le hic, c'est que j'ai envie d'en savoir plus. Car jusqu'à présent, à chaque fois qu'elle s'est dévoilée, j'ai adoré ce que j'ai découvert. Je l'ai quittée à regret le lendemain du mariage. Je serais bien resté au lit avec elle, malheureusement je ne pouvais pas.

La porte s'ouvre, et mon stupide cœur bat de joie.

— *Santa Lover* ?

— *Unlucky Girl* ?

Elle sourit à la mention de son surnom. Bon sang qu'elle est belle. Son chignon est fait à la va-vite, elle porte un caleçon avec un gros sweat, mais elle n'en est pas moins sexy à mes yeux. Je ne crois pas qu'une femme m'ait autant fait craquer qu'elle.

— Qu'est-ce que tu fais là et comment tu as su où j'habitais ?

— J'ai demandé ton adresse à Ornella, parce que je voulais être là aujourd'hui. Tu m'avais dit que tu allais faire une soirée plaid et, comme j'allais faire la même chose, je me suis dit… pourquoi pas en faire une à deux ? Par ailleurs, il me semble que si tu regardes ton téléphone, tu verras qu'il va bientôt être 18 heures et 36 minutes et donc que ta malédiction se termine d'ici quelques instants normalement.

— Je…

Elle sort son téléphone de la poche de son sweat blanc et elle hoche la tête.

— Je voulais être avec toi pour fêter la fin de ces sept ans de malchance et donc célébrer la nouvelle ère sans poisse. En plus j'ai ouï dire que je portais chance.

— C'est une chose que tu as autoproclamé ou alors on te l'as dit ?

— Une femme surnommée April, il n'y a pas si longtemps. Le genre super drôle et super mignonne. Un combo parfait.

Elle esquisse un sourire malicieux.

— Dans ces sacs, il y a de quoi faire un petit festin, on pourrait le préparer ensemble et passer ce réveillon tous les deux puisque nous n'avons pas de projets. Je ne t'impose rien, si tu préfères que je parte, tu me le dis et j'obéis.

— Tu viens jusqu'à moi avec de la bouffe et tu me dis des choses dignes d'un scénario de comédie romantique… comment veux-tu que je te dise non ?

— J'ai des fleurs aussi quelque part, mais je ne sais plus où je les ai mises, j'ai trop de sacs dans les mains.

Elle rit, m'observe et lâche :

— Entre !

Je pose le tout sur la petite table du salon et je me tourne vers elle pour lui tendre mon bouquet de roses.

— Merci. Il est magnifique.

Elle enfouit le nez dedans et elle se dirige vers son buffet où elle prend un vase en cristal vert dans lequel, elle les dépose. Je l'observe verser de l'eau dedans et revenir vers moi. Je retire mon manteau et elle cligne les yeux plusieurs fois en me regardant.

— Tu as mis un costume pour moi ? demande-t-elle.

— Oui.

Elle rougit. Au mariage et même aux enterrements de vie de célibataires de nos meilleurs amis, il me semble que j'avais l'air de lui plaire. J'avais juste envie d'être à sa hauteur.

— Tandis que je suis immonde.

J'ose replacer une mèche qui s'échappe de son chignon et lui tombe devant les yeux derrière son oreille.

— Pour ce que ça vaut… je trouve que ce que tu considères comme immonde est magnifique.

— Attends de me voir en robe, ricane-t-elle. Une vraie bombe.

— Je m'en souviens… au mariage je ne voyais que toi et ta robe. À la soirée aussi. Même quand tu as changé en cours de route…

Elle souffle. Je caresse sa joue, et elle me laisse faire. J'ai les doigts qui tremblent. C'est terriblement perturbant, je ne sais pas trop ce qui m'arrive. Elle est perdue, mais je le suis aussi. Je sais que j'impose ma présence, mais j'ai simplement suivi le *feeling* qui me prend au corps depuis plusieurs jours.

— Je suis contente que tu sois venu, dit-elle en se redressant sur la pointe des pieds pour embrasser ma joue.

J'ai un sourire d'idiot plaqué sur mes lèvres, c'est plus fort que moi. Je suis content de lui plaire, car c'est réciproque.

— J'ai même un cadeau pour toi.

Elle secoue la tête, étonnée.

— Ce n'est rien. C'est même une bêtise, mais…

Je sors d'un des sacs, un petit renne qui porte un chapeau de Noël, et je lui offre. Elle éclate de rire et puis pose sa tête contre mon torse.

— Je l'adore, bordel !

— Et Gretel ne l'a pas, je présume.

April glousse contre moi. Je me suis dit que ça la ferait rire et je ne me suis pas trompé.

— Pour le savoir, il faudrait vérifier et donc y retourner.

Je pose un baiser sur ses cheveux, et on reste silencieux quelques secondes. J'ignore si elle songe comme moi aux mots qu'elle vient de dire… mais je crois que ça ne me dérangerait pas vraiment d'y retourner avec elle.

— Dis-moi, tu veux que je reste comme ça où on tente la robe ? J'en ai une noire avec des petites fleurs rouges.

— Robe, jogging, nue… tu seras magnifique de toute manière.

Elle me frappe gentiment le torse et s'éloigne de moi.

— Choisis, *Santa Lover* !

— La robe.

Elle hoche la tête.

— D'accord, laisse-moi aller me préparer, j'arrive.

— Je peux déposer ça dans la cuisine et commencer à préparer le repas ?

— Vas-y, dit-elle en s'éclipsant. Je me dépêche.

Je prends mes sacs et je dépose le tout sur la table. J'ai pris de quoi faire des pommes de terre sautées, un dessert au chocolat et un rosbif. Je mets les boissons dans le frigo quand un chat au pelage gris se faufile entre mes jambes. Je me penche pour le caresser et je lis sur son collier « Pénélope ». Je souris. Pas commun comme nom de chat.

Après m'être lavé les mains, je trouve un plat adéquat et je m'occupe d'abord de la viande que j'enfourne. J'attache aussi le gui que j'ai apporté juste au-dessus de ma tête. Alors que je m'occupe d'éplucher les patates, elle apparaît tel un mirage. Vêtue de sa jolie robe qui pourrait bien avoir raison de moi, elle me rejoint dans la cuisine. Ses cheveux noirs tombent sur ses épaules, et elle a rehaussé son regard d'un trait noir.

— Tu es somptueuse.

— Je crois que tu devrais venir plus souvent, pour mon ego, et pour toutes les fois où je n'ai pas confiance en moi.

— Compte sur moi. Je rapplique quand tu veux.

Elle tire la langue, attirant mon regard sur le rouge carmin qu'elle a mis sur ses lèvres pulpeuses. Elle me rejoint derrière le plan de travail.

— J'ignorais que tu avais un chat.

— Tu as rencontré Pénélope ? Je l'ai depuis trois ans. Et elle est la principale raison pour laquelle il n'y a pas de sapin dans mon appartement.

Je ricane.

— À ce point ?

— Après avoir retrouvé mon arbre de Noël six fois à terre rien que l'année dernière, j'ai décidé que j'avais ma dose.

— Je comprends.

Elle hoche la tête et regarde ce qu'il y a devant elle.

— Alors on mange quoi ?

— Pommes de terre sautées, rosbif agrémenté d'une sauce au vin, et moelleux au chocolat, ça te semble correct ?

— Ça me semble appétissant.

— Comme je ne savais pas trop ce que tu aimes boire, j'ai pris du vin rouge et du blanc, mais aussi des sodas aux fruits et du crémant.

— Tu es prévenant et prévoyant.

— Dit comme ça, on dirait que tu parles d'une assurance retraite et non de mes innombrables qualités.

April glousse et, levant son visage vers le plafond, elle remarque le petit bouquet de gui que j'ai accroché quelques minutes plus tôt.

— Je dirais même plus : malin. Car je ne me souviens pas d'avoir mis du gui chez moi.

— Il paraît que, si on s'embrasse dessous on s'assure chance et prospérité, je dis avec un sourire carnassier.

— Et tu t'es certainement dit qu'après ces sept ans de malheur ça valait le coup de tenter ?

— Exactement.

— T'es doué et futé, *Santa Lover*.

— Je sais. J'essaye en tout cas.

Nos regards se croisent quand je tourne la tête vers elle. Elle me semble rayonnante. Je crois que comme moi, elle est heureuse qu'on soit ensemble ce soir. C'est vrai que l'alchimie est toujours là, même après ces quelques jours sans nous voir.

— Et donc, tu attends quoi, *Santa Lover* ? Le dégel ?

Je me penche vers elle, sans la toucher, car mes mains sont sales. Nos lèvres se retrouvent et, bon sang, que c'est délicieux. Il y a ce truc incroyable avec elle, cette fougue, cette alchimie qui rend chaque contact physique et charnel délicieux et addictif.

— Après sept années de malheur, il va m'en falloir plus, tu ne crois pas ? Histoire de se gaver de chance.

Alors on s'embrasse encore, plus fort, plus langoureusement jusqu'à ce qu'elle se recule en râlant :

— Cameron, pourquoi tu ne me touches pas ?

— J'ai les mains sales, et ce serait dommage de salir une si jolie robe.

Elle soupire et me caresse la joue avant d'attraper un saladier.

— Tu veux que je te raconte l'histoire de cette robe ? C'est une autre de mes mésaventures désastreuses de Noël, c'était il y a quelques jours.

— Ce sont mes anecdotes préférées, je suis tout ouïe.

April éclate de rire tout en se mettant à couper les pommes de terre que j'ai déjà épluchées.

— Je te promets que tu vas trouver ça lunaire.

— Je n'en attends pas moins de toi.

— C'était il y a quelques jours, en sortant du Macy's, je me suis fait pousser par un gars qui a empoigné tous les sacs que je tenais dans la main gauche pour les voler. C'étaient mes achats de noël, il ne me restait plus rien…

— Pardon ?

Je quitte le plan de travail des yeux pour la fixer, elle. Elle me sourit tendrement, mais je perçois dans ses yeux un peu de tristesse.

— April, est-ce que tu vas bien ?

Cette fois, je me frotte les mains et je m'avance vers elle. Sans que j'aie besoin d'amorcer le moindre geste, elle se blottit dans mes bras. Je caresse ses cheveux.

— J'ai passé des jours assez… poisseux on va dire.

Elle me raconte alors comment, cette journée-là, une voiture l'a éclaboussée, comment elle a marché dans la pisse de Pénélope, comment le lendemain en sortant ses poubelles un oiseau lui a fait dessus…

— Je me suis sentie seule. J'avais envie de t'envoyer des messages…

— Si je ne t'ai pas donné de nouvelles, c'était pour te faire une surprise aujourd'hui. Je suis désolé. Si j'avais su… April si tu m'avais envoyé des messages, je t'aurais répondu.

— Je ne voulais pas te déranger…

— Comme si c'était possible.

Alors qu'elle reste blottie contre moi en silence, je reste bloqué sur le fait qu'elle s'est fait voler ses affaires dans la rue et qu'un connard lui a fait du mal. Ça me semble assez violent. Je m'en veux de lui avoir donné l'impression que je me fichais d'elle, alors que c'est loin d'être le cas. Je n'aime pas l'idée qu'elle ait pu se sentir seule alors que moi aussi je voulais être à ses côtés. J'attendais juste cette date iconique pour elle, la fin de ses sept ans de malheur.

— Mais du coup, tu es allée au commissariat ?

— Ma mère m'y a emmenée. Je vais bien, ne t'en fais pas… En fait, je me sentais plutôt seule et puis tu as débarqué ce soir. J'ai fait celle qui était décontractée, mais quand je t'ai vu en ouvrant la porte, je me suis sentie vraiment heureuse.

Je la serre plus fort contre moi

— Désolé d'avoir mis du temps.

— Je te pardonne parce que tu as assuré, *Santa Lover*.

— J'essaye de me montrer digne de ma réputation.

Elle relève la tête vers moi.

— T'es plutôt bon dans ton genre.

— Et je ne suis pas à mon max, je ricane.

— Je verrai ça un jour ?

— Carrément…

Je l'embrasse sur le front, le nez et puis les lèvres. J'aimerais lui faire part d'une chose à laquelle j'ai pensé concernant sa malchance. Je lui dirai demain. Si nous sommes réellement sur la même longueur d'onde, je crois qu'on aura le temps de se dire les choses.

— Et donc, cette robe, tu ne m'as pas raconté son histoire ?

— Ah ! fait-elle comme si je venais de lui rappeler un fait intéressant. J'ai fait des achats sur Internet parce que j'étais terrifié de devoir retourner dans un magasin et je me suis ruinée pour cette beauté. Il ne restait qu'un exemplaire en stock à ma taille. Avec ma chance, je me suis dit qu'elle allait arriver en lambeau par la poste… je comprends maintenant que ma robe savait peut-être que tu viendrais. Voilà pourquoi elle est si jolie.

Le regard qu'elle me jette est irrésistible, tout comme ses mots. J'aime qu'elle se mette à croire aux signes pour nous.

— Tu es vraiment sublime dedans. Tellement que je risque de te la retirer.

Elle glousse et glisse à mon oreille :

— Peut-être que je te ferai garder ce costume pour ma part.

Ouais, il n'y a pas de doute, on est sur la même longueur d'onde.

❄❄❄

— Ça faisait si longtemps que je n'avais pas vu ce film, je dis.

Le générique des *Gremlins* défile devant nos yeux. April qui s'était blottie dans mes bras se redresse légèrement et embrasse ma joue.

— Merci de l'avoir regardé avec moi.

Il est plus de minuit quand je jette un œil sur mon téléphone, on est officiellement le 25 décembre.

— April ?

— Oui ?

— J'ai très envie de te revoir.

Elle se tourne complètement vers moi.

— Pas juste occasionnellement quand James et Ornella organisent quelque chose, j'enchaîne, peu sûr de moi. J'ai envie de poursuivre ce truc qu'on avait lorsqu'on a voyagé pour rejoindre l'Alaska. Il y avait quelque chose, n'est-ce pas ?

Ses grands yeux sont rivés au mien, et un sourire timide se dessine sur ses lèvres. Elle en a envie, elle aussi, et ça me rend vraiment heureux.

— Indéniablement, répond-elle. De l'alchimie ? De l'attirance peut-être ?

— Probablement un peu des deux.

April hoche la tête.

— Cette alchirance…

— Alchirance ?

Elle éclate de rire.

— J'adore ce mot.

— Ce truc qui est né entre nous, j'ai envie de voir s'il va s'éteindre ou s'il va s'étoffer. Tu me fais craquer, April, littéralement. Je ne peux même pas lutter contre ce fait, c'est acté.

Je l'attire sur mes genoux.

— Moi aussi j'ai envie de voir jusqu'où ira l'alchirance entre nous.

Elle pose ses mains sur mon torse.

— Quand on était à l'aéroport, tu m'as dit que tu étais faite pour l'été, et j'ai très envie de voir ça… à vrai dire, j'ai envie de te voir en automne, et au printemps aussi.

— Je suis incroyablement mignonne au printemps…

— Je n'en doute pas le moins du monde.

— … mais en été… je suis vraiment sublime.

— Tu sais que le *teasing* est insoutenable, il me donne très envie de te découvrir. Et puis, je sais que c'est dans un an, mais je voudrais voir si tu auras toujours la poisse. Tu en dis quoi ?

Je sais qu'on a tous les deux des carrières prenantes, mais je ne doute pas qu'on pourra se donner du temps si on le désire vraiment.

— Que je suis heureuse d'avoir eu la poisse cette année encore et d'avoir voyagé avec toi. Je suis ravie que l'hiver nous ait donné la chance de nous connaître. Peut-être que tu as raison, tu es un porte-bonheur, *Santa Lover*.

On s'embrasse passionnément et on reste assis l'un contre l'autre pendant un moment, appréciant d'être simplement ensemble et sur la même longueur d'onde. Je suis heureux qu'on se donne une chance. C'est tout ce dont j'ai envie en ce moment. Elle et rien d'autre qu'elle.

— Il neige, dit-elle alors.

Je tourne la tête. Effectivement, je vois la neige tomber à travers la fenêtre de son salon.

— Au fait, joyeux Noël, April.

— Joyeux Noël, Cameron.

Chapitre 29

April

Je dois avouer que ce réveillon, seule avec lui, était le plus beau que j'aie jamais eu. C'était simple, sans fioritures. Juste lui et moi. Notre alchimie et notre complicité. Je n'avais besoin de rien de plus.

Le manque de nouvelles cumulé à ma poisse à répétition m'a laissé un drôle de poids sur l'estomac ces derniers jours. Je me suis sentie vraiment seule et comme Ornella est sur son petit nuage avec James, je n'avais pas envie de l'embêter avec mes états d'âme. Mais j'ai vraiment ressenti une solitude que je n'avais jamais connue auparavant. J'ai toujours prôné les bienfaits du célibat et du besoin parfois de se ressourcer seul, mais là c'était différent. J'avais envie d'avoir des nouvelles de Cameron, de lui en donner. Je voulais qu'il soit là.

Et puis, il est apparu à l'heure exacte à laquelle, sept ans plus tôt, je brisais un miroir en me foutant royalement de la superstition. À l'époque, je n'imaginais pas 2024, c'était beaucoup trop loin pour moi et je n'avais que dix-neuf ans. Maintenant, je sais qu'en 2024 m'attendait *Santa Lover* en personne.

Il est tôt pour un 25 décembre, mais nous sommes réveillés. Cameron boutonne sa chemise tandis que toujours nue, je serre le drap contre moi. Je dois avouer que je ne perds pas une miette de son habillage. Cet homme est définitivement à croquer.

— On se retrouve demain ? demande Cameron.

Quand il me sourit, ses fossettes apparaissent.

— Pourquoi pas le premier janvier ? T'as entendu quand j'ai parlé de ma poisse hier ? J'ai l'impression qu'elle est toujours là.

D'ailleurs, comment on se rend compte de ça quand on traîne des années de galères ?

— Je suis certain que tu es immunisée. Parce que ces sept ans de malheur sont enfin passés. Et puis, je ne suis pas certain de vouloir attendre cinq longs jours avant de te voir.

Il se penche vers moi et embrasse mon front. Comme une idiote, je n'arrive même pas à cacher ma joie.

— Et comment tu peux en être si sûr ? je dis en tirant sur sa chemise.

Cameron se laisse tomber sur le lit, juste au-dessus de moi.

— Je pense que je te protège à partir de maintenant. Après si tu veux qu'on se retrouve chez toi ou chez moi, plutôt que dehors, je n'y vois pas d'inconvénient. Bien au contraire.

Je me love contre son torse. Je dois avouer que c'est agréable ces câlins, cette tendresse. Que c'est assez cool de prévoir des choses avec un homme qui me fait craquer. Je n'avais pas été en couple depuis si longtemps, j'avais oublié combien c'était agréable.

— C'est assez prétentieux, non ? De croire que tu as le don de porter chance.

Il me fait relever le visage et caresse ma mâchoire. Le truc, s'il continue ces petites attentions comme ça, c'est qu'il va finir par me rendre folle.

— C'est magique, plutôt, me répond-il. Et je ne compte pas m'éloigner de toi, donc tu n'as plus rien à craindre, je te promets.

Je souris. Ses mots, la façon dont il les prononce. Son regard et la promesse dans ses yeux qu'il est sincère. J'ai envie de le croire. Je vais le croire. Pour moi qui n'aime pas vraiment l'hiver ni les fêtes de Noël, ce serait quand même un comble que *Santa* ait réellement brisé ma poisse. Mon *Santa Lover*.

— Quand tu as commencé à apprécier l'hiver, Noël et même ma compagnie durant ce voyage, ta poisse s'est estompée. Je dirais même qu'elle a eu tendance à se manifester pour qu'on soit plus proches.

— C'est-à-dire ?

— Une seule chambre, le raton laveur, le renne… tous ces instants n'ont eu pour but que de nous rapprocher à mon humble avis.

— Tu crois ? Et le bagage qui me tombe sur la tête, c'était un rapprochement ?

— Bien sûr, il t'a assommée, tu as dormi contre mon épaule. C'est comme si ta malchance nous avait donné le temps de nous connaître, de nous apprécier.

— Je n'avais pas vu les choses sous cet angle, j'avoue, le souffle court.

— Ce voyage et maintenant nous, c'est comme un véritable film de Noël. Il y a tous les ingrédients. Le cliché, la jolie fille, la poisse, les rapprochements…

— Il me semble qu'il n'y a jamais de sexe dans tes films.

— Heureusement on en a ajouté un peu.

Je ris, et il me caresse la joue avant de m'embrasser, cette fois un peu moins tendrement. Je commence à regretter très fort d'avoir des projets aujourd'hui.

— On ne pourrait pas rester ici ? On dit qu'on est malades.

En souriant, il frotte son nez contre mon épaule et puis il l'embrasse. On dirait qu'il finit même par soupirer. Comme quoi, mon idée n'est pas si bête.

— Si tu continues de dire des choses comme ça, je vais être très en retard. Si je pouvais, je resterais.

— Tu as peur de ta mère ?
— Carrément. Si je n'étais pas certain qu'elle allait me faire la peau, je resterais avec toi, *Lucky Girl*.
— Tu changes mon surnom ?
Il se redresse, j'ai un nouveau sourire niais sur le visage. Il est vraiment le seul à faire papillonner mon cœur ainsi.
— Oui. Fais-moi confiance. Tu vas profiter de ta famille, sortir de chez toi et, ce soir, tu m'enverras un message et tu me diras que tu as passé une journée sans poisse.
— Tu es beaucoup trop sûr de toi, *Santa Lover*, mais je te crois.

❄❄❄

Je me prépare à rejoindre mes parents le cœur plutôt léger. Je me sens simplement heureuse. Je charge les cadeaux pour toute ma famille dans le coffre de la voiture et je me mets en route. Tandis que je roule, je repense aux mots de Cameron et à combien j'aimerais qu'ils soient vrais. Je voudrais enfin être débarrassée de ma poisse. J'ai déjà hâte de le revoir. J'attends de retrouver Ornella avec impatience pour lui parler de ça, de Cameron… elle m'a beaucoup questionnée sur nous ces derniers jours, mais j'ai évité de m'épancher sur le fait que je me sentais seule. Je voulais qu'elle soit heureuse. La prochaine fois qu'on s'appellera, on aura des choses à se dire. Mes parents habitent à Chappaqua. Ils ont déménagé, il y a quelques années pour vivre dans un quartier plus calme. Ils vivent dans une petite banlieue tranquille. C'est à une quarantaine de minutes en voiture, un peu moins par voie ferrée. Quand je vais les voir, je prends le train pour éviter de rouler, mais avec la tonne de cadeaux que j'ai, il était plus judicieux de prendre la voiture.

Je finis par me garer devant chez eux. J'ouvre le coffre quand une ombre me fait sursauter. En tournant la tête, je découvre un… un magnifique renne. Le cœur battant, je ferme les yeux et les rouvre. Mais l'animal est encore là. Majestueux, il penche la tête vers moi. J'ai l'impression qu'il est plus petit et moins costaud que celui que nous avions vus mais il n'en reste pas moins magnifique. Je caresse son cou, sans oser y croire. J'ai l'impression d'être dans un rêve. Impossible que je tombe sur cet animal alors que nous en avons vu un avec Cameron, la première fois que nous nous sommes réellement embrassés. C'est un signe. C'est comme si l'univers était en train de me dire quelque chose.

— Rupert ! Rupert !

Je continue de caresser l'animal alors qu'un homme habillé en Père Noël et affublé d'une longue et grosse barbe blanche arrive vers moi.

— J'aurais dû t'appeler Casse-Couille, gronde-t-il à l'animal qui le fixe comme s'il avait conscience des mots de son maître avant de me réclamer à nouveau des caresses.

Je ne peux m'empêcher de rire. Les bois de Rupert sont impressionnants. Ils lui donnent une allure princière, c'est comme s'il avait une couronne déstructurée. J'ai la sensation de rêver. Si ça se trouve en réalité, je suis encore dans mon lit, et Cameron n'est pas venu chez moi hier…

— Tout ça, c'est réel ? Ou alors j'ai eu un accident de la route et en fait je suis morte ?

L'homme rigole.

— Vous êtes bien vivante.

— Je me demandais parce que rencontrer le fameux Santa Claus et l'un de ses rennes… ça n'arrive pas tous les jours.

— Rupert est un renne apprivoisé. On va dans les familles le jour de Noël pour donner un peu de magie.

J'imagine les yeux des enfants remplis de joie en voyant le Père Noël et son renne. Je dois au moins avoir autant de magie dans les miens… Parce que, cette rencontre, ça me galvanise d'une manière totalement imprévue.

— Il est magnifique.

— Oui, et il le sait. Monsieur profite que je sois occupé pour se faire la malle.

— Dites-moi, est-ce que ça vous ennuie si je nous prends en selfie ?

L'homme me regarde d'abord curieux et puis il hoche la tête.

— J'ai eu beaucoup de poisse à Noël, ces dernières années et récemment, alors que j'embrassais un homme, un renne nous a interrompu en fonçant sur la baie vitrée. Votre Rupert, c'est comme un signe…

Je ne sais pas pourquoi je raconte ça à un parfait inconnu. J'en ai simplement besoin, c'est tout. Cameron m'a dit que maintenant tout irait bien et puis le destin m'envoie ce renne. Je crois que *Santa Lover* avait raison. La poisse a peut-être tournée finalement.

Nous prenons plusieurs photos, et je le remercie pour le temps qu'il m'a accordé.

— Passez un Joyeux Noël.

— Vous aussi. Au revoir, Rupert !

Tandis que je le regarde s'éloigner puis tourner au coin de la rue où il a probablement garé ou caché sa voiture pour ne pas que les enfants le voient débarquer en camionnette, ma mère me rejoint dehors et me serre dans ses bras.

— Est-ce que tout va bien ? me demande-t-elle.

— Mieux que bien, je réponds.

❄❄❄

Comme il est tard, ma mère n'a pas voulu que je reprenne la route pour rentrer chez moi. Je me retrouve donc à dormir dans leur chambre d'amis. Ce n'est pas si mal, elle me chouchoute comme quand j'étais gosse. Elle était contente de voir que j'allais mieux et je lui ai dit que Cameron et moi on allait se revoir bientôt. Je me suis forcée à attendre ce soir pour lui envoyer un message. Installée bien au chaud dans mon lit, j'attrape mon téléphone :

April : Bonsoir, *Santa Lover*.

Cam : Bonsoir, *Lucky Girl*.

On dirait qu'il attendait de mes nouvelles, et ça me rend heureuse.

April : Il m'est arrivé quelque chose de dingue aujourd'hui.

Cam : Je te paris que c'était un truc cool.

April : Plutôt oui.

Cam : Raconte.

Je lui envoie alors mon selfie avec Rupert et le Père Noël en lui expliquant cette petite rencontre improbable.

Cam : C'est la magie de Noël.

April : Tu as raison, je crois que ça va aller maintenant… Rupert, c'est un signe, j'en suis certaine.

Cam : Je le crois aussi.

April : J'ai hâte de te voir demain. Si c'est toujours d'actualité.

Je ne regarde pas sa réponse de suite, je ferme les yeux, le sourire aux lèvres en sachant que, maintenant, j'aurai de la chance…

Épilogue

Cameron
Trois mois plus tard

Aujourd'hui, c'est le premier jour du printemps et connaissant April, je sais qu'elle jubile de l'arrivée des jours ensoleillés. D'autant que les températures sont assez clémentes en cette fin de mois de mars. Je reviens à New York après un tournage de trois semaines. Je suis parti dans un studio canadien. J'ai hâte de la voir. Parce que le téléphone c'est bien, ça aide à maintenir la relation mais, merde, la distance nous prive de la chaleur de l'autre, de son odeur…

Je n'avais jamais été accro à une femme, comme je le suis devenu d'elle. Tout était différent avec les autres. En fait, avec April, c'était simplement mieux. Dans tous les domaines. Sans savoir comment expliquer ça, un peu plus chaque jour, je me disais : « cette fille, c'est la femme qu'il te faut. » J'ai compris rapidement que j'avais trouvé la sérénité que James avait atteint en rencontrant Ornella.

Le taxi me dépose finalement devant mon immeuble, je le paye et sors. J'ai à peine ouvert la porte d'entrée qu'April se jette dans mes bras. Le cœur battant, je lâche mes bagages et je la serre contre moi avec une force que je ne maîtrise pas. Je sens son odeur, et un sourire niais naît sur mon visage. La fragrance de son cou, c'est ma maison. *Que c'est bon d'être rentré.*

— Bienvenue à la maison, dit-elle.

— Tu m'as manqué, j'avoue contre son épaule nue.

— Toi aussi.

Toujours sur la même longueur d'onde.

April a gardé son appartement, même si elle s'est progressivement installée dans le mien. Nous nous écartons pour nous regarder dans les yeux, lentement dans une même harmonie, nous nous embrassons. *Putain, trois semaines.* Sans l'embrasser, sans la toucher. Ça m'a semblé être une éternité. Ce n'est pas la première fois que je pars. En revanche, c'est la première fois que c'est aussi difficile d'être loin d'elle. Je crois simplement que notre alchimie a évoluée et que j'ai développé des sentiments plus profonds que l'attirance, que l'affection. *Je l'aime.* Cette femme, je le sais, c'est la bonne. Je suis tout simplement amoureux d'elle.

Je m'éloigne d'elle, je l'observe. Mon cœur qui bondit dans ma poitrine, c'est la confirmation de mes pensées. Évidemment que je l'aime. Le lendemain matin du mariage quand j'ai dû prendre mon vol, j'ai longuement hésité à rester. Mais c'était quand même fou, on ne se connaissait pas tant que ça. Je crois que mon cœur savait déjà. Ses cheveux bouclés dansent sur ses épaules et ses yeux aussi bleus qu'un ciel d'été me fixent avec autant de curiosité que moi. Elle porte une robe à fines bretelles de la même couleur que ses yeux, et c'est assez renversant. Je crois que toutes les robes qu'elles portent auront toujours raison de mon pauvre cœur.

— Tu es…

Elle tourne sur elle-même et fait voler le tissu de sa robe qui me dévoile ses fesses.

— Ne t'avais-je pas dit que j'étais sublime quand il y a du soleil ?

J'aime quand elle dit des bêtises de ce genre, j'aime quand elle sourit et qu'elle est sûre d'elle. Je l'attire vers moi en rigolant.

— Tu es toujours belle. Que tes robes soient longues, courtes, que tu les portes au printemps, en été, en automne ou en hiver, tu es toujours divine et je t'aime *Lucky Girl*.

Les cinq derniers mots sont sortis sans que je ne les contrôle vraiment. Bouche bée, elle me rend mon regard et puis, elle noue ses bras autour de ma nuque et m'offre un sourire qui me coupe encore plus le souffle que l'attente de sa réponse.

— Du soleil, une jolie robe et des mots que je rêvais d'entendre… décidément, rien n'égale jamais les beaux jours.

Elle semble heureuse.

— Tu rêvais de les entendre ?

— Ouais, parce que je t'aime, *Santa Lover*.

Mon cœur rate un battement et reprend sa course effrénée. Je la serre encore dans mes bras. Je ne sais pas trop à quel moment ça a senti le roussi pour moi dans ce *road trip* avec elle, mais, j'étais cuit à la seconde où sa poisse l'a menée directement dans mes bras.

❆❆❆

April
Neuf mois plus tard

Je n'aime toujours pas Noël ni l'hiver, je pense toujours que c'est surfait et que rien ne vaut le printemps, l'été, et le soleil. Mais je dois dire que lorsqu'on passe l'hiver accompagné, ça peut, de temps en temps, devenir agréable. On est le 10 décembre et pas l'ombre d'une malchance en vue. Rien. Même pas une gamelle sur le macadam. Sans dire que ça me manque, ça me fait bizarre que ça se soit finalement terminé. En sept ans, j'ai connu tellement de galères qu'il serait idiot que je sois nostalgique, pourtant… j'avoue je le suis un peu. Parce que, stupidement, je me suis dit que si c'était la poisse qui avait créé un lien entre Cameron et moi, j'avais peur qu'en n'en ayant plus elle me prenne cette alchimie. Mais c'est idiot, ce début de décembre avec lui n'est que le prolongement de notre histoire. Notre lien, notre attirance et même notre amour ne disparaîtra pas de sitôt. Ma poisse m'a amené cet homme incroyable dont je suis tombée éperdument amoureuse. Et, comble de l'ironie, c'est de la chance, non ? Bon, je dois avouer que si je pouvais retirer certaines dingueries qui me sont arrivées, je ne dirais pas non. Mais juste pour lui, mon *Santa Lover*, je pourrais, je pense, accepter un peu de catastrophes.

— C'était aussi lumineux l'année dernière ?

Je regarde par-dessus mon épaule.

Cameron fixe la devanture de l'auberge avec sérieux. Qui aurait cru que je tomberais amoureuse en plein hiver ? Qui aurait cru que moi je tomberais amoureuse de l'acteur fétiche des comédies romantiques de Noël ?

Bon, il faut dire qu'il avait pas mal d'atouts pour me faire craquer. À commencer par sa belle gueule et sa prévenance. Et puis il a rendu ma poisse beaucoup plus facile à supporter. Avec le recul je me dis que n'avoir eu qu'un seul lit chez Gretel, c'était le destin, et la visite du raton laveur dans ma chambre aussi. Tout ça c'était une machination pour qu'on soit plus proche, comme il me l'a dit un an plus tôt.

Je suis allé le voir de nombreuses fois sur ses tournages – peut-être pour garder un œil sur ses collègues féminines – et puis, ensemble on a assisté à l'avant-première de son film sur Netflix. J'étais, je l'avoue, très fière de lui. Il me le rend plutôt bien lui aussi, contrairement aux hommes que j'ai pu connaître, il est le seul à s'intéresser à mon métier.

Je lui souris. Lui aussi.

Il est toujours aussi beau et il me fait toujours autant craquer qu'il y a un an. Je dirais même encore plus. C'est injuste, ce pouvoir, mais je crois que je possède le même, alors bon…

— Je crois, oui.

Il m'enlace par-derrière.

On ne s'est plus vraiment quitté depuis qu'il a débarqué chez moi à Noël dernier. Nous avons laissé une chance à notre attirance tout le long de cette année, et ce qui est né lors de ce voyage imprévu est resté. Les rires, l'alchimie… aujourd'hui, c'est même encore plus fort. J'ai d'ailleurs depuis le temps remercié Ornella de s'être mariée en Alaska en plein hiver. Avec Cameron, nous avons pris notre temps, pour apprendre à nous connaître, et puis, aussi simplement qu'on respire, on est tombé amoureux. Lorsqu'on s'est dit « je t'aime » pour la première fois, c'était comme se dire bonjour. Simple, facile, logique. Nous nous sommes même fait tatouer le même symbole sur le poignet : un renne.

— On rentre ? demande-t-il.

— Je ne suis plus tout à fait certaine d'en avoir envie.

Cameron éclate de rire.

— Gretel doit être impatiente de nous revoir. Ses nounours aussi.

Nous avons décidé de faire un *road trip* de deux semaines pour perpétuer ce qui est né entre nous il y a un an. Évidemment, Cam a réservé la même chambre. Sauf que cette fois, nous serons sans doute moins sages dans le lit de Gretel. Nous allons visiter le Canada. Je veux voir des paysages magnifiques et m'en émerveiller à son côté. Nous avons aussi prévu des vacances au soleil dans quelques mois. Je fais semblant d'être impassible, mais la vérité c'est que je suis émue d'être ici. Parce que ce que je croyais être l'hiver le plus chaotique de ma vie s'est révélé être le plus doux et le plus beau. Grâce à mon *Santa Lover*.

— Je suis heureuse d'être ici avec toi.

— Je t'aime, glisse-t-il à mon oreille.

Je ne me lasse jamais d'entendre ça. Bon, je l'avoue j'aime un peu l'hiver depuis que *Santa* a brisé ma poisse. Et puis, je ne crains même plus le froid maintenant que ses bras sont là pour m'enlacer.

Édité par HarperCollins France.
Composition et mise en pages
Nord Compo à Villeneuve-d'Ascq

Imprimé en septembre 2024
par CPI Black Print (Barcelone)
en utilisant 100 % d'électricité renouvelable.
Dépôt légal : octobre 2024.

FSC
www.fsc.org
MIXTE
Papier issu de
sources responsables
FSC® C159065

Pour limiter l'empreinte environnementale de ses livres, HarperCollins France s'engage à n'utiliser que du papier fabriqué à partir de bois provenant de forêts gérées durablement et de manière responsable.

Imprimé en Espagne.